LINDA LAEL MILLER

Cuando llegues a mi lado

Editado por Harlequin Ibérica.
Una división de HarperCollins Ibérica, S.A.
Núñez de Balboa, 56
28001 Madrid

© 2007 Linda Lael Miller. Todos los derechos reservados.
CUANDO LLEGUES A MI LADO, N° 95 - 1.3.10
Título original: McKettrick's Pride
Publicada originalmente por HQN™ Books.
Traducido por Victoria Horrillo Ledesma

Todos los derechos están reservados incluidos los de reproducción, total o parcial. Esta edición ha sido publicada con permiso de Harlequin Enterprises II BV.
Todos los personajes de este libro son ficticios. Cualquier parecido con alguna persona, viva o muerta, es pura coincidencia.
™ TOP NOVEL es marca registrada por Harlequin Enterprises Ltd.
® y ™ son marcas registradas por Harlequin Enterprises Limited y sus filiales, utilizadas con licencia. Las marcas que lleven ® están registradas en la Oficina Española de Patentes y Marcas y en otros países.

I.S.B.N.: 978-84-671-7924-8
Depósito legal: B-1699-2010

Para Sally y Jim Lang, con cariño

CAPÍTULO 1

El perro se había sentado sobre el asfalto resbaladizo por la lluvia, junto al Volkswagen escarabajo rosa chicle de Eco Wells. Tenía el pelo empapado, apelmazado y cubierto de barro. Al salir a toda prisa del restaurante de carretera con los restos de su cena guardados en una caja, con la esperanza de no mojarse hasta los huesos antes de llegar al coche, Eco se paró de golpe.

—No necesito un perro —le dijo al universo y, echando hacia atrás la cabeza, dejó que la lluvia borrara los últimos vestigios de su maquillaje.

El perro gimió. Era un animal grande, de color y raza indeterminados. Una leve depresión en el cuello revelaba que alguna vez había llevado collar. Se le notaban las costillas y en una de las patas delanteras tenía una mancha pardusca de sangre reseca.

—Ay, Dios —dijo Eco. Recorrió con la mirada el aparcamiento, vacío a excepción de un par de semirremolques y una furgoneta vieja, pero no había nadie a la vista; nadie que estuviera buscando una mascota perdida.

Saltaba a la vista que el perro llevaba solo varios días, si no semanas... o incluso meses.

Con sólo imaginar la soledad, el miedo y las penurias que habría sufrido el pobre animal, Eco se estremeció y sintió que un abismo de compasión se abría dentro de ella.

Aquel vagabundo canino había sido abandonado (en opinión de Eco, en el infierno había un lugar reservado para quienes abandonaban a animales indefensos) o se había perdido mientras sus dueños ponían gasolina o estaban dentro del restaurante, tomando algo.

—Acaban de limpiarme el coche —le dijo al perro. El escarabajo era su única vanidad, un capricho temerario con implicaciones psicológicas que no quería examinar demasiado de cerca.

El animal volvió a gemir y la miró con una esperanza tan triste en los ojos marrones y profundos que el corazón de Eco se derritió por segunda vez.

Resignada, rodeó el coche y abrió la puerta del copiloto con una mano mientras sujetaba con la otra la caja de la comida. El perro pasó a su lado, media agazapado, cojeando un poco.

—Anda —dijo Eco con suavidad—. Pasa.

El perro vaciló y luego saltó al asiento, con barro, lluvia y todo lo demás.

Eco suspiró, abrió la caja y se quedó allí, en medio de la lluvia, dándole con la mano los restos del pastel de carne. Adiós a su idea de no salirse del presupuesto estirando cada comida para que le sirviera al menos para dos veces.

Hambriento, el pobre animal se zampó su cena y la miró con una gratitud tan patética que a Eco se le saltaron las lágrimas.

—No te preocupes —dijo para sí misma tanto como para el perro—, que todo se va a arreglar.

Cerró la puerta del coche, dejó que la lluvia le limpiara las manos extendiéndolas con las palmas hacia arriba como si pidiera merced y se las secó como pudo en la vieja gabardina Burberry de color marrón antes de acomodarse de nuevo tras el volante.

El perro la miraba con adoración y cansancio mientras goteaba en el asiento de cuero, antes limpio, de su coche.

Eco encendió el motor y enseguida la humedad del perro y la de su propia gabardina empapada llenó de vaho las ventanas.

—Esto es Arizona —le dijo Eco en tono quejoso a su compañero de viaje—. Se supone que hay sequía.

El perro suspiró, como si estuviera de acuerdo en que nada era como debía ser.

—Sí que estás mojado —comentó Eco con naturalidad. Encendió el desempañador, tiró de la palanca que abría el maletero y volvió a desafiar a los elementos para sacar la colcha que llevaba consigo desde que era una niña. Después de envolver al perro, se quitó la gabardina y la arrojó al asiento de atrás antes de volver a meterse en el coche y ponerse el cinturón.

Arrebujado en la colcha descolorida, el perro suspiró otra vez, se echó lo mejor que pudo, dada la disparidad entre su tamaño y el del asiento, y estaba roncando cuando Eco salió a la autopista número diez.

Dos horas y media después, a las afueras de Phoenix, Eco entró en el aparcamiento de un hotel de precio medio. Había dejado de llover y el aire de la noche estaba impregnado de un calor bochornoso.

El perro se sentó, bostezando, y la colcha cayó en pliegues mojados.

Eco volvió a mirar al animal.

—Esperaba llegar a Indian Rock esta noche —le dijo a su desaliñado pasajero—, pero estoy cansada y, francamente, apestas. Así que voy a parar a dormir aquí y mañana seguiremos viaje. Espera aquí.

El perro pareció alarmado ante la perspectiva de que se fuera y dejó escapar un gemido bajo y gutural.

Eco le dio unas palmaditas en la cabeza mugrienta.

—No te preocupes, chuchito —dijo—. Vamos a quedarnos juntos hasta que encontremos a tu familia.

Recogió su bolso, salió del coche lentamente, dejando la ventanilla un poco abierta, y se dirigió a la entrada principal confiando en no oler mucho a perro.

—Buenas noticias —dijo cuando volvió un cuarto de hora después con una tarjeta llave en la mano—. Nos dejan entrar —el perro se alegró tanto de verla que se acercó y le lamió la cara con su lengua áspera, que olía aún a pastel de carne—. Claro que les he dicho que eres un caniche enano.

Llevó el coche a la parte de atrás y aparcó debajo de una farola. El perro se detuvo educadamente a hacer sus necesidades entre los arbustos mientras Eco luchaba por sacar sus maletas del Volkswagen. Dentro, recorrieron trabajosamente un pasillo enmoquetado hasta la habitación 117 y entraron.

—El primero en bañarse eres tú —le dijo Eco a su amigo canino, enseñándole el camino al cuarto de baño. En cuanto abrió el grifo, el perro se metió de un salto en la bañera y empezó a lamer el chorro, sediento.

La ducha era un largo tubo metálico de quita y pon, y Eco la desenganchó y se arrodilló junto a la bañera. Después de beber, el perro se sentó y se quedó mirándola con ojos llenos de confianza.

—A ver cómo eres —dijo Eco, tras empaparlo bien. Varios kilos de polvo cayeron al fondo de la bañera y se fueron por el desagüe—. Eres un labrador blanco. Y hembra, además.

El animal la miraba conmovedoramente, soportando la ducha. Un calvario más en una larga lista de ellos.

Eco abrió un paquetito de jabón y lo enjabonó. Lo

aclaró. Volvió a enjabonarlo. La pastilla de jabón quedó reducida al mínimo, así que Eco sacó el bote de champú que llevaba en su neceser.

Volvió a enjabonar a la perra. La aclaró otra vez.

—Necesitas un nombre —dijo mientras la secaba con la toalla—. Y como tienes cierto aire místico, como de dama del lago, por tus ojos, creo... —hizo una pausa, se quedó pensando un momento y tomó una decisión—. Yo te bautizo Avalon.

Comprendiendo por lo visto que el baño había acabado, Avalon salió de un salto de la bañera y se quedó un momento en la alfombrilla sin saber qué hacer, como si esperara alguna indicación. Al ver que Eco no mandaba nada, el animal se sacudió con entusiasmo, regando a su compañera humana, y entró en la habitación.

Eco se rió, buscó el secador y lo enchufó. El hermoso pelo blanco de Avalon se rizó bajo el chorro de calor. Cuando la perra estuvo completamente seca, Eco llenó de agua el cubo del hielo, lo puso en el suelo y entró en el baño para darse la ducha que tanta falta le hacía.

Cuando salió, envuelta en un albornoz, con el pelo rubio y rizado cayéndole sobre los hombros y envolviéndole la cabeza como una aureola, Avalon se había enroscado en el suelo, a los pies de la cama. Abrió un ojo castaño y levantó la cabeza ligeramente. Había en su actitud cierta docilidad cansina, como si esperara que la echaran de allí.

A Eco se le encogió la garganta. Sabía lo que era sentirse así, pulular en los márgenes de las cosas con la esperanza de que nadie se fijara en ti y desear al mismo tiempo, desesperadamente, encontrar un sitio propio.

Su antigua vida, en Chicago, era así: siempre en los márgenes.

—Eh —dijo, agachándose para acariciar el pelo suave y brillante de Avalon—, yo soy una mujer de palabra. Nos quedaremos juntas mientras sea necesario. Iremos a partes iguales —le tendió la mano y, para su sorpresa, Avalon le puso la pata en la mano. Se las estrecharon.

Después de secarse el pelo y recogérselo en una trenza francesa para que no se le alborotara, Eco se puso un camisón de algodón, se cepilló los dientes, se metió en la cama y se inclinó para apagar la lámpara de la mesilla de noche.

Avalon dejó escapar un suave y lastimoso gemido, como si estuviera llorando.

A Eco volvieron a escocerle los ojos.

—Ven, anda —dijo—. Aquí hay sitio de sobra para las dos.

Avalon saltó a la cama, se acurrucó a sus pies y se quedó dormida.

Agotada después de varios días en la carretera, Eco no tardó mucho en imitarla.

Cora Tellington saludó a sus nietas, Rianna y Maeve, con un abrazo exuberante, delante de la peluquería que llevaba su nombre. El día brillaba como un penique nuevecito, y la única nube que se divisaba en el horizonte era el ceño de su yerno cuando salió del gigantesco todoterreno que conducía siempre que estaba en Indian Rock.

Rance McKettrick miró el escaparate del local contiguo al salón de belleza y escuela de majorettes de Cora, reparando, al parecer, en que el cartel de *Se vende* había desaparecido de la luna polvorienta.

—¿Por fin te has quitado esto de encima? —preguntó—. ¿Quién es el incauto?

Cora se fijó en el hermoso rostro del marido de su difunta hija con un suspiro cargado de paciencia. Rance medía más de un metro ochenta de alto y, a pesar de llevar un traje caro, parecía un vaquero bien curtido que acabara de llegar del campo. Tenía el pelo moreno (Cora se moría de ganas por cortárselo) y sus ojos azules parecían empañados por una pena íntima. Desde la muerte de Julie, hacía casi cinco años (aunque apenas parecía posible que hubiera pasado tanto tiempo), Rance vivía sólo a medias, mecánicamente. En diferido.

Cora echaba tanto de menos a Julie como él, si no más, porque pocas pérdidas hay más dolorosas que enterrar a una hija, pero había conseguido asumir su dolor por el bien de sus nietas. Eran tan pequeñas... Tenían sólo seis y diez años, y la necesitaban. También necesitaban a Rance, naturalmente, y él las quería a su manera apresurada y distraída, pero parecía poder relegarlas al fuego de atrás de la cocina de sus emociones cada vez que se iba de viaje de negocios... o séase, demasiado a menudo.

—Va a ser una librería —dijo Cora, refiriéndose al local mientras las niñas entraban corriendo en la peluquería para saquear el frasco de caramelos del mostrador y saludar a las tres empleadas de Cora, que siempre las mimaban—. A este pueblo le hace falta una.

Rance observó el local con aire escéptico.

—Va a hacer falta mucho trabajo —dijo—. Y ahora no corren buenos tiempos para las librerías independientes. Todo el mundo compra por Internet, o en las grandes cadenas.

Cora no le hizo caso.

—Le he hecho un precio decente —dijo mientras observaba a su yerno con las manos apoyadas en las caderas todavía esbeltas. Gracias a sus muchos años haciendo girar el bastón de majorette, Cora seguía siendo delgada a pesar de tener más de sesenta años, y le gustaba vestir de manera llamativa; de ahí sus vaqueros a la última moda, su blusa de seda y su chaleco adornado con piedras preciosas falsas. Cambiaba a menudo de color de pelo; esa semana lo tenía caoba y recogido hacia arriba.

—¿Qué ocurre, Rance? Pareces un nubarrón a punto de descargar un diluvio.

Rance suspiró sin moverse de la acera y por un momento Cora sintió lástima por él, a pesar de que casi siempre le daban ganas de tirarle de los pelos de pura exasperación.

—Me preguntaba si podías quedarte con Rianna y Maeve unos días —dijo, sin atreverse a mirarla a los ojos—. Hay una reunión importante en San Antonio, en la sede central. Hasta Jesse va a ir, figúrate si será importante.

McKettrickCo, el conglomerado empresarial que había hecho rica a la familia de Rance, junto con el Triple M, su legendario rancho, estaba a punto de salir a bolsa. Aquel asunto había creado numerosas disensiones entre los McKettrick, y Cora comprendió que, si iban a reunirse todos en San Antonio, la reunión tenía que ser, en efecto, importante. Jesse, el primo de Rance, mostraba una notoria indiferencia por el funcionamiento de la empresa, pero quizás ahora que pensaba casarse con Cheyenne Bridges hubiera decidido sentar la cabeza.

En opinión de Cora, Rance y su otro primo, Keegan, habrían hecho mejor adoptando la actitud de Jesse: embolsarse los cheques de los dividendos y festejar cada amanecer.

—Rance —dijo Cora con cautela—, el sábado es el cumpleaños de Rianna. Cuenta con que le hagamos una fiesta. Y a Maeve le ponen el aparato el lunes a primera hora de la mañana, por si lo has olvidado.

—Cora —contestó Rance con expresión muy seria y algo compungida—, esto es importante.

—Rianna y Maeve —dijo ella— lo son más.

—Estamos hablando de su futuro —arguyó Rance sin levantar la voz. Pasaba gente por la calle y esbozó un par de rígidas sonrisas, pero su semblante pasó de serio a agrio y severo.

—Vamos, Rance —dijo Cora—, con los fondos fiduciarios que tienen tus hijas podría atragantarse una mula —se inclinó un poco para recalcar sus palabras—. Lo que necesitan es un padre.

Rance dio un respingo, como esperaba Cora.

—Ya tienen uno —gruñó.

—¿Sí? —preguntó Cora—. Jesse les hace más caso que tú. Fue él quien vino a la exhibición de bastón la semana pasada, cuando tú estabas en Hong Kong, o en París, o donde fuese.

—¿Tenemos que tener esta conversación en la maldita acera? —preguntó Rance en voz baja, enfadado.

—No vamos a tenerla dentro, donde puedan oírla tus hijas.

Rance extendió las manos.

—A Rianna y Maeve les parece bien —insistió—. Lo del dentista podemos posponerlo, y Sierra puede organizar una fiesta para Rianna en el rancho.

Cora cruzó los brazos. No le gustaba sacarse un triunfo de la manga, pero tenía que hacerlo porque Rance McKettrick tenía que espabilar y darse cuenta de que sus hijas estaban creciendo. No podía seguir tratándolas como citas que podían cambiarse para encajar en su apretada agenda.

—¿Qué crees que diría Julie si pudiera ver qué ha sido de sus hijas, Rance? ¿Y de ti?

Por un momento, pareció como si le hubiera dado una bofetada. Luego se pasó una de sus grandes manos de ranchero por el pelo y soltó un suspiro exasperado.

—Maldita sea, Cora, eso ha sido un golpe bajo.

—Llámalo como quieras —contestó ella. Sufría por él y estaba decidida a demostrárselo—. Esas niñas y tú significabais más para Julie que nada en el mundo. Dejó su carrera para daros un hogar a los tres, allí, en el Triple M, y ahora tú lo tratas como si fuera un hotel exprés.

Rance se quedó callado un momento.

Cora esperó conteniendo en aliento.

—¿Vas a cuidar de Rianna y Maeve o no? —preguntó él por fin.

Una oleada de amargura atravesó a Cora como una ráfaga de viento que cruzara un cañón solitario, a pesar de que esperaba que la conversación acabara exactamente así. A fin de cuentas, era lo que pasaba siempre.

—Ya sabes que sí —dijo.

Rance dio un paso hacia ella con ánimo de aplacarla, levantó las manos como si fuera a ponérselas en los hombros y luego cambió de idea y se quedó parado.

—No he traído sus cosas —dijo—. Me he imaginado que querrías quedarte en la casa del rancho y no aquí, en el pueblo.

—Tú ni siquiera sabes dónde están sus cosas —le dijo Cora, derrotada. «Julie, Julie», pensó. «Lo intento, pero este marido tuyo es un McKettrick y tiene la cabeza muy dura. Sería más fácil mover una de estas montañas que hacerle cambiar de idea»—. Haz lo que tengas que hacer. Yo me ocuparé de Rianna y Maeve.

—Te lo agradezco —dijo él, y Cora comprendió que era sincero. El problema era que hacía tiempo que la sinceridad se quedaba muy corta.

Rance vio entrar a su suegra en el salón de belleza y cerrar la puerta a su espalda. Se sentía como si acabaran de arrastrarlo diez kilómetros por un camino lleno de baches, con el culo al aire. Se apretó el puente de la nariz entre el índice y el pulgar con la esperanza de evitar otra jaqueca, dio media vuelta y se bajó de la acera en el preciso instante en que un Volkswagen rosa chicle se metió en el aparcamiento de al lado y estuvo a punto de segarle los dedos de los pies.

Fue un alivio dar con un sitio en el que concentrar su enfado.

—¿Qué demonios...? —dijo con voz áspera, y rodeó el escarabajo con intención de poner verde a quien estuviera al volante.

La ventanilla bajó y una rubia con una trenza y ojos castaños muy separados lo miró parpadeando. Se había puesto colorada.

—Lo siento —dijo.

Rance se inclinó para mirarla con enfado. Un perro blanco, atado al asiento del copiloto con el cinturón de seguridad, gruñó con elocuencia.

—No sé de dónde es usted, señora —dijo Rance—, pero por aquí la gente no teme que la asesinen cuando va a montarse en el coche.

Ella batió las pestañas y su boca pequeña y bien definida se tensó un poco. Su nariz era delicada y estaba salpicada de pecas muy tenues.

—¿Ese todoterreno es suyo? —preguntó tras mirar por el retrovisor.

—Sí —respondió Rance, preguntándose qué demonios tenía que ver su coche con el precio del arroz en China.

—Bueno —contestó ella puntillosamente—, si llevara usted un vehículo razonable y no ese monstruo, me habría visto llegar y podríamos habernos ahorrado este pequeño incidente.

Rance se quedó tan pasmado por su audacia que se echó a reír, pero su risa sonó como un bufido sordo y hosco que hizo gruñir al perro otra vez.

Ella volvió a pestañear, pero acto seguido sacó su delicada mano por la ventanilla, sorprendiéndolo tanto como cuando había estado a punto de atropellarlo.

—Eco Wells —dijo.

—¿Qué?

—Es mi nombre —contestó ella.

Rance le estrechó la mano. Era fresca y suave. El perro gruñó y tensó el cinturón de seguridad.

—Calla, Avalon —dijo Eco Wells—. No corremos peligro. ¿Verdad, señor...?

—McKettrick —contestó él, un poco tardo, y retuvo su mano un momento más de lo absolutamente necesario—. Rance McKettrick.

Ella sonrió de repente, y Rance se sintió como si acabaran de tenderle una emboscada: como si el reflejo del sol en un espejo lo hubiera deslumbrado súbitamente.

—No ha pasado nada —dijo ella.

Rance no estaba del todo seguro. Se sentía extrañamente trémulo. Tal vez ella lo había atropellado de verdad, con las cuatro ruedas, y él había sobrevivido y se había levantado trastornado.

—¿Qué clase de nombre es Eco Wells? —se oyó preguntar.

La sonrisa se borró, y Rance sintió cierto alivio. Aquel fogonazo seguía palpitando en los bordes de su visión, pero notaba las rodillas más firmes.

—¿Qué clase de nombre es Rance McKettrick? —replicó ella.

Avalon enseñó los dientes y volvió a gruñir.

—¿Qué le pasa al perro? —preguntó Rance, un poco ofendido—. Yo siempre me he llevado bien con los animales.

—Ha entrado usted un poco fuerte —contestó la temible señorita Wells—. Los perros son muy sensibles a los campos de energía, ¿sabe? Y el suyo, si no le importa que se lo diga, es un desastre.

—Supongo que es lo que pasa cuando a uno están a punto de matarlo —dijo Rance con perplejidad un segundo o dos después, cuando logró recuperarse—. Que se le altera el... campo de energía, quiero decir.

Las mejillas de Eco se pusieron aún más coloradas. El efecto fue similar al de la sonrisa, y Rance se resistió tenazmente al impulso de dar un paso o dos atrás.

—¿Se está usted burlando de mí, señor McKettrick?

—No —dijo él, y miró la bola de cristal que colgaba del espejo retrovisor—. Pero si le interesan los campos de energía, seguramente estará buscando Sedona, no Indian Rock.

Ella alargó el brazo sin dejar de mirar con aire desafiante a Rance por la ventanilla abierta y acarició un par de veces al animal para calmarlo. Rance deseó por un momento que le saliera pelo, para que a él también lo tocara así. Pero, como era un hombre pragmático, enseguida desechó aquella idea estrafalaria.

—¿Le importa apartarse? —preguntó Eco con ácida dulzura—. Ha sido un viaje muy largo y me gustaría salir del coche.

Rance se retiró, preguntándose por qué demonios estaba manteniendo aquella conversación.

Eco Wells abrió la puerta, se desabrochó el cinturón de seguridad y sacó sus esbeltas piernas para levantarse. La coronilla de su cabeza casi le llegaba a Rance a la barbilla, y el vestidito rosa y blanco que llevaba era diminuto. En vez de los zapatos de tacón alto que Rance habría esperado con un vestido así, llevaba unas zapatillas deportivas altas de color rosa, con cintas doradas a modo de cordones.

Sonriendo soñadora, como si Rance se hubiera vuelto transparente y viera a través de él, miró la tienda de piensos y grano que había al otro lado de la calle, respiró hondo y exhaló desde el diafragma.

Rance frunció el ceño. Ocupaba bastante espacio y no estaba acostumbrado a ser invisible... sobre todo a ojos de las mujeres.

—Bienvenida a Indian Rock —dijo, más que nada para llamar su atención. Su tono sonó un poco gruñón.

Ella se acercó a la acera, abrió la puerta del otro lado del coche y dejó salir al perro. Avalon (un nombre absurdo para un perro, pero Rance no esperaba otra cosa de alguien que llevaba una bola de cristal colgada del retrovisor, calzaba zapatillas rosas y conducía un coche a juego) dio un brinco y se agachó junto a la rueda de su todoterreno.

Rance miró a la perra con mala cara.

Al animal, obviamente, le importaba un bledo lo que él pensara. Si hubiera tenido pene, parecía decir, habría levantado la pata para orinar en la reluciente carrocería negra, o habría bautizado, quizá, el estribo del todoterreno.

Eco Wells se acercó a su coche, sacó su bolso, que era más o menos del tamaño de un baúl, y buscó dentro una llave. Luego dio un saltito y metió la llave en la cerradura de la puerta del local vacío que había junto a la tienda de Cora.

Rance se quedó atónito. ¿Aquélla era la nueva dueña?

Comprendió entonces que esperaba algo distinto. Alguien como Cora, quizá. Pero no aquella mujer, desde luego.

—La mayoría de la gente va a comprar a las grandes librerías de Flagstaff —dijo alzando la voz, y enseguida pensó que debería haberse arrancado la lengua. Pero como todavía le era útil de vez en cuando, prefirió pegarla al paladar.

—¿Ah, sí? —dijo Eco con alegre despreocupación. Luego entró con el perro y cerró la puerta con fuerza.

Rance pensó en entrar hecho una furia y decirle un par de cosas, pero como ignoraba qué cosas podían ser, se quedó parado en la acera.

Antes de que pudiera darse la vuelta, la puerta de la tienda de Cora se abrió y sus hijas salieron corriendo. Eran las dos morenas, como él, pero tenían los ojos verdes de Julie.

Después del accidente de Julie, había tardado un año

entero en poder mirar aquellos ojos sin encogerse por dentro. Todavía le pasaba a veces.

—¡Casi se nos olvida decirte adiós! —dijo Rianna, la pequeña, colgándose de su pierna izquierda con los dos brazos. Cumplía siete años ese sábado.

Maeve, alta para sus diez años, lo abrazó por la cintura.

A Rance se le ablandó el corazón y le escocieron un poco los ojos. Abrazó a las niñas y se inclinó para besarlas en la coronilla.

—Volveré dentro de un par de días —dijo.

Lo soltaron, retrocedieron y estiraron el cuello para mirarlo a la cara. Tenían una expresión escéptica.

—A no ser que decidas irte a otro sitio cuando acabes en San Antonio —dijo Maeve sagazmente, cruzando los brazos.

Rianna ya estaba mirando el Volkswagen rosa. Se acercó y tocó el guardabarros con reverencia, como si fuera una carroza encantada tirada por seis corceles blancos, en vez de un coche.

—Es como el coche de la Barbie —dijo, maravillada—. Sólo que más grande.

Maeve levantó los ojos al cielo. La pequeña sofisticada.

—Sí —dijo Rance, aunque no tenía ni la más leve idea de cómo era el coche de la Barbie.

La puerta de la futura librería se abrió de nuevo y Rance oyó un tintineo. Se quedó confuso, hasta que se acordó del pequeño sonajero metálico que Cora había colgado encima de la puerta de la peluquería para saber cuándo entraba un cliente. La tienda de Eco también debía de tener uno.

Eco estaba en la puerta, con el delicioso hombro desnudo apoyado contra el marco descascarillado, sonriendo a las niñas.

—Hola —dijo, abarcando a Rianna y a Maeve con una

mirada amable y chispeante, y dejando a Rance fuera del círculo–. Me llamo Eco. ¿Y vosotras?

–Eco –suspiró Rianna, extasiada.

–Te lo has inventado –la acusó Maeve con su escepticismo de siempre, aunque parecía tan intrigada como su hermana.

–Tienes razón, me lo inventé... más o menos –dijo Eco–. Pero me va bien, ¿no crees?

–¿Cómo te llamas de verdad? –preguntó Maeve.

Rance debería estar camino del aeródromo que había a las afueras del pueblo, donde el avión de McKettrickCo lo estaría esperando con Keegan y Jesse mirando el reloj cada pocos segundos, pero tenía tanta curiosidad por conocer el nombre de aquella mujer como su hija.

–Es un secreto –dijo ella misteriosamente, y se llevó un dedo a los labios como si dijera «chist»–. Puede que te lo cuente cuando nos conozcamos un poco mejor.

–Yo me llamo Maeve –dijo la hija mayor de Rance, estoicamente encantada.

–Y yo Rianna –dijo la pequeña.

–Bueno, si mi verdadero nombre fuera tan bonito como los vuestros, me habría quedado con él –confesó Eco.

Rance casi podía oír el rugido de los motores del avión revolucionándose.

–Será mejor que me vaya –les dijo a sus hijas, que parecían haberse olvidado de su existencia.

La perra blanca pasó junto a Eco, se acercó a Rianna y le lamió la cara.

Rance, que se había preparado para saltar en defensa de su hija, se quedó perplejo ante aquel despliegue de afecto canino.

Rianna se rió, acarició al perro y miró a su padre por encima del hombro.

–¿Podemos tener un perrito, papá?

—No —contestó él—. Viajo demasiado.
—Ni que lo digas —gorjeó Maeve. A veces era más como una mujer muy bajita que como una niña.
Eco levantó una de sus cejas perfectas.
—Adiós —les dijo Rance a sus hijas.
Rianna estaba ocupada haciéndole carantoñas a la perra. Maeve le lanzó una mirada.
Rance montó en su monstruoso todoterreno y se alejó.

—Me gusta tu coche —dijo Maeve, pero sólo cuando el todoterreno de su padre se perdió de vista. A Eco, su mirada le recordó a la de Avalon sentada junto al Volkswagen la noche anterior, con la esperanza de que alguien la llevara.
—Y a mí tu perro —dijo Rianna.
—Papá no nos deja tener uno —dijo Maeve.
—Eso me ha parecido —contestó Eco cautelosamente. Eran niñas bien cuidadas. Llevaban el pelo largo y moreno bien cepillado y recogido con horquillas pequeñas y bonitas, y sus pantalones vaqueros cortos y sus camisetas de colores parecían salidas de una tienda para niños ricos.
Así que ¿por qué le daban ganas de arrodillarse en la acera y abrazarlas? Seguramente tenían madre.
—Viaja mucho —dijo Rianna.
—Nosotras nos quedamos siempre con nuestra abuela —añadió Maeve.
—¿Vuestra madre también viaja? —preguntó Eco.
—Murió —dijo Maeve.
Eco se sintió perdida.
—Ah —contestó, a falta de una respuesta mejor.
La puerta del salón de belleza se abrió y una mujer con un complicado moño asomó la cabeza.
—Maeve, Rianna... —se detuvo, fijándose en el coche,

luego en el perro y por último en Eco, y de pronto sonrió–. Usted debe de ser la señorita Wells –dijo.

–Eco.

–Eco, entonces –dijo la mujer amablemente–. Soy Cora Tellington, y supongo que ya conoces a mis nietas.

–Sí –dijo Eco con suavidad.

–Caray –dijo Cora, acercándose para estrecharle la mano–, te esperaba dentro de un par de días. Habría limpiado un poco el polvo a la tienda y ventilado el apartamento de arriba si hubiera sabido que llegarías tan pronto.

–Eres muy amable –contestó Eco, a la que ya le caía bien aquella mujer. Había comprado la tienda sin verla, y la transacción se había efectuado a través de fax y mensajería. Se preguntaba qué clase de persona era aquella Cora Tellington que vendía un local por Internet por casi nada. Seguramente Cora también se preguntaba cómo era ella.

–La verdad es que estoy deseando acondicionarla.

–¿No tienes muebles? –preguntó Maeve, mirando por el escaparate, que necesitaba una limpieza.

Rianna y Avalon se acercaron a Maeve y también echaron un vistazo.

–¿Cómo vas a abrir una librería si no tienes libros? –preguntó Rianna.

–Mis cosas vienen en un camión –explicó Eco–. Y tengo muchas cosas que hacer antes de poder llenar las estanterías.

Maeve silbó entre dientes de una forma que a Eco no debería haberle recordado a Rance McKettrick, pero que se lo recordó.

–Ya lo creo –dijo la niña.

Rianna se volvió y la miró con preocupación.

–¿Dónde vas a dormir?

–Aquí –contestó Eco–. Avalon y yo paramos en unos grandes almacenes y compramos una colchoneta inflable y unas sábanas.

—Será como estar de acampada —dijo Rianna, más tranquila.

—No, boba —dijo Maeve con todo el desdén de una hermana mayor—. Se acampa al aire libre.

—Ya basta —las interrumpió Cora suavemente, pero parecía tan preocupada como Rianna mientras estudiaba la cara de Eco—. En mi casa hay sitio de sobra —dijo—. El perro también puede quedarse, claro.

Eco se enterneció.

—Estaremos bien aquí, ¿verdad, Avalon? —pero mientras respondía pensó en Rance McKettrick y se preguntó si no debería haber aceptado su sugerencia y haberse ido a Sedona, a empezar su nueva vida allí.

No, decidió con la misma rapidez.

Para empezar de cero, Indian Rock, Arizona, era tan buen lugar como otro cualquiera.

CAPÍTULO 2

Mientras exploraba el interior de la tienda con Avalon a su lado, Eco tuvo las dudas inevitables. Acondicionar el local, aunque fuera modestamente, supondría gastar un buen pellizco de sus ahorros, que no habían dejado de menguar desde que había tomado la decisión de mudarse.

Tenía un buen trabajo en la Ciudad del Viento, planificando y escenificando eventos de recaudación de fondos para una galería de arte, un apartamento diminuto con vistas al lago y un negocio *online* que iba creciendo y que ocupaba sus noches solitarias, a pesar de que aún no había empezado a obtener beneficios.

Pasó las yemas de los dedos por un estante polvoriento, al fondo de la pequeña tienda. Sus razones para dejar Chicago (una ruptura desagradable que no parecía capaz de superar, y el hecho de que su vida pareciera haberse vuelto estéril, sin dimensiones discernibles) le parecían muy osadas, vistas en retrospectiva.

¿Había cometido un error?

Avalon la miraba con esa devoción incuestionable y peculiar sólo propia de los perros.

En su edificio no estaba permitido tener mascotas. El

gerente no quería manchas en las moquetas, ni arañazos en las puertas. Por no hablar de los ladridos, a pesar de que las azafatas del 4ºB hacían tanto ruido que podían competir con un refugio de animales en plena hora de la comida.

—Aséptico —dijo Eco en voz alta, sintiéndose un poco mejor—. Se supone que la vida real tiene que manchar.

Avalon profirió un sonido que Eco se tomó como un sí.

Subieron las escaleras para echar un vistazo a su nueva casa. El apartamento estaba compuesto por dos habitaciones, contando el baño minúsculo, pero tenía cierto encanto decadente, con sus suelos desiguales de tarima y sus grandes ventanas que daban a la calle por un lado y al callejón de atrás por el otro.

Las uñas de Avalon sonaban en el suelo mientras Eco seguía explorando. La perra olisqueó el fogón, inspeccionó la bañera de patas en forma de garra y se puso de pie, apoyando las patas delanteras en el alféizar, para echar una ojeada por las ventanas de delante.

—Un poco de agua y jabón —dijo Eco mientras abría una de las ventanas traseras para que entrara un poco de aire fresco—, y listo.

Avalon pareció estar de acuerdo.

Pasaron los diez minutos siguientes sacando cosas del coche: las maletas, la colchoneta inflable y las sábanas, el ordenador portátil de Eco, y diversos utensilios para perros que había comprado esa mañana en los grandes almacenes.

—Necesitamos cosas de limpieza —le dijo a Avalon. Le preocupaba un poco aquella costumbre nueva de conversar con un perro, pero lo cierto era que llevaba sola tanto tiempo que tenía un montón de palabras acumuladas—. Y comida.

Llenó el nuevo bebedero de Avalon en la pila (por suerte, Cora no había cortado el suministro) y lo dejó en el suelo. Mientras la perra bebía, puso pienso en otro cuenco y también lo colocó en el suelo.

Avalon se puso a mascar laboriosamente junto a su cuenco y Eco sacó la cama inflable de la caja, enchufó la bomba que venía dentro y vio cómo se inflaba la colchoneta.

—Sí, es como estar de acampada —dijo, acordándose con una sonrisa de lo que había dicho Rianna.

Pero pensar en Rianna la llevó directamente a recordar a su padre, y su sonrisa se disolvió. Rance McKettrick tenía algo claramente inquietante, aparte de su mal genio. Era tan guapo que su belleza casi abrumaba, y todo en él, incluido su coche, hablaba de dinero.

Eco no tenía nada contra el dinero, pero sabía por experiencia que la gente que lo tenía estaba acostumbrada a conseguir lo que quería, y si alguien se interponía en su camino, peor para él.

Exhaló un suspiro. Estaba siendo injusta.

No sabía nada de Rance McKettrick, excepto que era viudo y que tenía dos hijas preciosas a las que no prestaba suficiente atención. Era rico, y demasiado guapo, y rebosaba esa virilidad en absoluto ambigua que la atraía y al mismo tiempo le daba ganas de salir huyendo.

Rance McKettrick no era Justin Saint John.

No era el hombre que la había traicionado y le había roto el corazón.

Convenía que lo recordara, y que al mismo tiempo mantuviera las distancias.

Ahora tenía su tienda. Tenía un plan para el futuro, y su página web recibía más visitas cada día que pasaba. Tenía a Avalon, aunque posiblemente sólo fuera por un tiempo.

De momento, ese día, las cosas iban bien.

—¿Sabes cuánto cuesta mantener un avión Lear con los motores en marcha en una pista de despegue? —le espetó Keegan a Rance en cuanto éste subió al elegante avión de la compañía.

Jesse, que llevaba, como de costumbre, unos vaqueros, una camisa vaquera y botas camperas, se limitó a sonreír y a tomar un sorbo de su bebida. Siempre había sido muy tranquilo, pero desde que salía con la encantadora Cheyenne Bridges y le había puesto un enorme diamante en el dedo, daba un nuevo significado a esa palabra.

Estaba practicando el sexo con regularidad, y se le notaba en los ojos y en la relajación con la que se movía.

Rance sintió una punzada de envidia. Había estado con muchas mujeres desde que superó la peor fase de su duelo por Julie, pero en ese momento no recordaba ni una sola de sus caras, y mucho menos sus nombres.

Eco Wells flotaba en su cabeza, tersa y vaporosa. Rance recordaba los mechones de pelo rubio que escapaban de su trenza, sobre todo alrededor de las sienes, y su tenue perfume floral.

Se sacudió aquel recuerdo.

No tenía sentido seguir por ahí.

Si había una mujer que no le convenía era precisamente Eco Wells, con su obsesión por el rosa, su perro gruñón y aquella estúpida bola de cristal colgada del retrovisor.

Seguramente leía las cartas del tarot y bailaba desnuda bajo la luna.

Rance sonrió un poco. La idea no era del todo desagradable, quitando las cartas del tarot.

—Me importa un bledo lo que cueste mantener un avión en marcha en una pista de despegue —le dijo a Keegan mientras se acomodaba en uno de los mullidos asientos y se abrochaba el cinturón—. Soy rico, ¿recuerdas?

—¿Alguna otra novedad? —preguntó Jesse, y pareció un poco melancólico al volverse a mirar por la ventanilla del avión. Seguramente echaba de menos a su novia, se dijo Rance con una falta total de compasión.

—Bueno —dijo cuando el piloto apareció en la puerta de la

cabina y Keegan se apresuró a inclinar la cabeza para indicarle que podía despegar–, sí que hay una novedad, primo. Una hippie ha comprado la tienda contigua a la de Cora. Conduce un coche rosa neón y lleva zapatillas a juego.

Jesse y Keegan lo miraron con interés, Keegan con el ceño fruncido, Jesse sonriendo un poco.

–A mí me gustan las mujeres un poco culonas –dijo Jesse.

–Sí, ya –contestó Keegan, molesto. Estaba claro que esa mañana alguien le había tocado las narices. A Rance le gustaba pensar que había sido él–. Como Cheyenne. Esa mujer tiene un cuerpo de infarto.

Los motores se revolucionaron y el avión comenzó a avanzar por la pista, tomando velocidad.

Jesse sonrió.

–Te mueres de envidia –dijo.

–Necesitas una mujer –le dijo Rance a Keegan–. Estarías de mejor humor si echaras un polvo.

Keegan lo miró con enfado.

–¿Como los que echas tú? –replicó.

–Chicos, chicos –dijo Jesse con esa sonrisa que a Rance le daba ganas de meterle el puño hasta la garganta–, tenéis los dos una erección perpetua. Ése es vuestro problema.

Rance y Keegan lo miraron.

Él se echó a reír.

–Yo no tengo ninguna erección –dijo Keegan.

–Donde se ve, no –contestó Jesse.

Rance se acordó de Eco y empezó a imaginarse lo que podía haber bajo aquel vestido suave y casi transparente.

Se removió en el asiento y cruzó las piernas.

–Más vale que la reunión salga bien –dijo, ansioso por cambiar de tema–. Voy a perderme el cumpleaños de Rianna por su culpa.

–Dime que te has acordado de comprarle un regalo –dijo Jesse. Se había puesto serio, y Rance recordó lo que le había dicho Cora sobre que Jesse prestaba más atención a las niñas que él, y le escoció.

—Claro que sí —mintió. Llamaría a Myrna Terp, a la oficina de Indian Rock, en cuanto tuviera oportunidad y le pediría que encargara algo y que ordenara que llegara a tiempo a la fiesta en casa de Sierra y Travis, en el rancho. Un poni, quizá. O uno de esos coches para niños que iban con batería.

Preferiblemente rosa.

Se sintió mejor, y extrañamente turbado.

Nunca había comprado nada rosa.

—¿Cómo está Devon? —preguntó Jesse volviéndose hacia Keegan. Devon era la hija de diez años de Keegan, y desde su divorcio no la veía mucho. Vivía en Flagstaff, con su ex, que amenazaba con irse a vivir a Europa con su novio y llevarse a la niña con ella.

Rance se compadeció de él, pensando en cómo lo estaría pasando.

Keegan dejó escapar un largo suspiro y sus anchos hombros, un rasgo característico de la familia McKettrick, parecieron hundirse un poco. Se pasó la mano por el pelo castaño y se quedó mirando el suelo enmoquetado del avión.

—Travis irá a recogerla el sábado por la tarde para llevarla a la fiesta de Rianna —contestó Keegan y cuando levantó la mirada tenía una expresión melancólica. Travis, el marido de su prima Sierra, era uno de los abogados de McKettrickCo y amigo de la infancia de los tres, aunque era con Jesse con quien mejor se llevaba—. ¿Nunca os preguntáis si merece la pena perderse tantas cosas? —preguntó Keegan.

—Ya lo creo —dijo Jesse. Él nunca había tenido un empleo. Había sido un niño rico, como el resto de los McKettrick, y hasta que Cheyenne Bridges se cruzó en su camino se pasaba casi todo el tiempo jugando al póquer, persiguiendo a mujeres y montando a caballo. Keegan y Rance trabajaban desde que acabaron sus estudios en la universidad, porque les parecía lo correcto y lo más responsable. Pero Rance se preguntaba a veces si no era Jesse quien salía ganando, y sospechaba que, en sus largas noches solitarias, Keegan se hacía la misma pregunta que acababa de formular en voz alta.

—Cora me ha echado una buena bronca por marcharme —reconoció Rance—. Está el cumpleaños de Rianna, y se suponía que a Maeve le ponían el aparato dental el lunes por la mañana —hizo una pausa, sacudió la cabeza—. Sé que lo de la fiesta es un problema, pero que me ahorquen si entiendo por qué debería estar en la consulta del dentista y no en mi oficina.

Jesse sacudió la cabeza.

—Porque —dijo— a los niños les da miedo ir al dentista.

—A Maeve no le da miedo nada —contestó Rance con cierto orgullo.

—Eso es lo que tú crees —repuso Jesse.

Rance se quedó mirándolo, alarmado.

—¿Le pasa algo a mi hija que yo no sepa? —preguntó, poniendo un ligero énfasis al decir «mi hija».

—¿Por qué no se lo preguntas a ella? —contestó Jesse.

—Oye, si te ha dicho que le preocupa algo, quiero saberlo.

—¿Sí? —preguntó Jesse.

—¡Claro que sí, maldita sea!

Jesse transigió.

—Te perdiste su recital. Estaban todos los papás... menos tú.

—He visto a la niña manejar el bastón horas y horas —protestó Rance—. Es lo único que hace.

—No es lo mismo —dijo Jesse con calma—. Se puso un traje especial para la función y llevaba una cinta. Quería que estuvieras allí, Rance.

—Tú estuviste, eso está claro —gruñó Rance.

Jesse asintió con la cabeza, sin mostrar signos de dar su brazo a torcer.

—Fui con Cheyenne. Después llevamos a las niñas al Roadhouse a tomar un helado. ¿Sabes qué fue lo peor, Rance? Ver a la niña intentar fingir que no le importaba que no te hubieras molestado en aparecer.

El aire presurizado pareció resquebrajarse.

—Calmaos los dos —dijo Keegan.

—No necesito que un donjuán que se pasa la vida jugando al póquer y domando potros me diga cómo tengo que educar a mi hija —replicó Rance.

—Pues está claro que necesitas que alguien te lo diga —contestó Jesse—, porque tú solo no pareces entenderlo.

—Ya basta —insistió Keegan—. Estamos en un avión, no detrás de un establo.

Rance suspiró, enfadado, y se recostó en su asiento.

Jesse se volvió de nuevo para mirar por la ventana.

Estaban aterrizando a las afueras de San Antonio antes de que alguno de ellos volviera a hablar.

El sábado por la mañana, tres días después de que su padre se fuera de viaje con sus tíos Keegan y Jesse, Rianna McKettrick abrió los ojos y se quedó muy quieta en su cama con dosel, en la casa de la abuela en Zane Gray Road.

En la cama de al lado, Maeve respiraba suavemente, todavía dormida.

«Tengo siete años», le dieron ganas de decir a Rianna en voz alta. «Anoche, cuando me acosté, tenía sólo seis. Y esta mañana tengo siete».

Parecía algo maravilloso, algo que había que contarle a la gente.

Sabía que Maeve haría girar los ojos y la miraría como si fuera idiota. Aquello la entristeció. Cuanto más mayor era

Maeve, menos parecía gustarle su hermana pequeña, y por más que lo intentaba, Rianna no podía alcanzarla.

Tener siete años era menos divertido así.

Se sentó con un suspiro, apartó las mantas y salió de la cama. Entró en el cuarto de baño que compartía con Maeve cuando estaban en casa de la abuela, que era casi siempre. Había oído decir a su padre que deberían quedarse en la casa del rancho, pero a la abuela no le gustaba estar tan lejos de la peluquería.

La abuela era una mujer de negocios. Tenía cosas que hacer.

A Rianna le parecía que todos los mayores tenían cosas que hacer. Constantemente.

Se lavó las manos y se dirigió a la escalera.

La abuela estaría abajo, en la cocina, escuchando la radio y esperando a que estuviera listo el café. Rianna ya sentía aquel aroma que le resultaba tan familiar, y aquello también la puso triste. Le recordaba a su papá. Lo primero que hacía Rance por las mañanas cuando estaban en casa, en el rancho, era preparar café.

La noche anterior, cuando la abuela salió de la habitación después de arroparlas y escuchar sus oraciones, Rianna le había susurrado a su hermana que quizá papá fuera a la fiesta, después de todo. Tenía aquel avión para viajar, ¿no?

—Olvídalo —había dicho Maeve—. No irá. Está ocupado.

Al acordarse, Rianna se detuvo en la escalera e intentó no llorar. Ojalá tuviera mamá, como los demás niños del colegio.

Pensó en Eco (la señorita Wells, la llamaba la abuela), con su sonrisa chispeante y aquel pelo tan bonito. Sería estupendo tener una mamá como la señorita Wells, una mamá que condujera un coche rosa, como el de la Barbie, y que aparcara delante del colegio y esperara allí a verlas salir. Y que pegara sus dibujos y sus exámenes de matemáticas en la puerta de la nevera.

A Rianna le dolió la garganta y le escocieron tanto los ojos que por un momento no pudo ver.

—Rianna, cariño —era la abuela, que estaba al pie de la escalera, con el periódico en la mano, mirándola—. Feliz cumpleaños, tesoro.

Rianna tragó saliva con esfuerzo, compuso una sonrisa y bajó el resto de los escalones.

—Tengo siete años —anunció.

La abuela sonrió, se inclinó y la besó en la coronilla. Le dio unas palmaditas en el hombro.

—Claro que sí —dijo—. Te estás haciendo muy mayor.

—Maeve dice que soy boba —confesó Rianna, muy seria.

La abuela se inclinó un poco más y la abrazó con fuerza. Olía a lilas, como siempre.

—No hagas mucho caso de lo que dice Maeve —le dijo—. Está creciendo, igual que tú, y a veces es duro. Hace que uno se ponga de mal humor.

—¿Mi mamá se ponía de mal humor cuando estaba creciendo? —Rianna, a diferencia de Maeve, no se acordaba de su madre. Hubiera deseado tener recuerdos de ella, porque así quizá no sentiría que se le abría un gran agujero en medio del pecho cuando veía a alguna mamá abrazando a sus hijas, recogiéndolas bajo sus alas como si fueran pollitos y cargándolas en su coche.

La cara de la abuela se enterneció.

—Oh, sí —contestó, y su voz sonó rara, como si se hubiera metido algo en la boca y no pudiera tragárselo del todo—. A veces sí. Pero casi siempre estaba contenta. Además era muy guapa y muy lista, como Maeve y tú.

Rianna había oído aquello muchas veces, pero nunca se cansaba de escucharlo.

—¿Por qué no está contento mi papá? —preguntó.

La cara de la abuela volvió a cambiar, pero no como antes. Rianna deseó no haber preguntado. Tal vez Maeve tuviera razón. Quizás hacía demasiadas preguntas. Pero ¿cómo, si no, iba a averiguar las cosas? La gente no les decía casi nada a los niños (menos «lávate los dientes» o «haz los deberes»), si uno no insistía.

—Trabaja demasiado —respondió la abuela—. Y echa muchísimo de menos a vuestra mamá.

—Yo también la echo de menos —dijo Rianna. Maeve se habría burlado de ella, le habría dicho que no podía echar de menos a mamá porque era muy pequeña cuando murió, pero la abuela parecía comprenderlo.

—Ella habría querido que tuvieras un cumpleaños muy feliz —dijo la abuela.

Maeve apareció en lo alto de la escalera, todavía en pijama, frotándose los ojos con el dorso de la mano. Bostezó.

—¿Está listo el desayuno?

—¡Tengo siete años! —estalló Rianna, incapaz de contenerse.

—Vaya cosa —dijo Maeve.

—Maeve McKettrick —la regañó la abuela—, si vas a ponerte desagradable, vuelve a la cama —se volvió hacia Rianna y sonrió—. Entre tanto —continuó—, puede que haya un montón de regalos esperándote en la cocina.

Rianna se animó. Le gustaban los regalos.

Maeve bajó la escalera de mala gana.

—Te crees una adolescente —murmuró Rianna cuando su abuela entró en la cocina, para vengarse de Maeve por pensar que tener siete años era poca cosa. Para empezar, se dijo, era el único modo de pasar de seis a ocho—, sólo porque van a ponerte aparato en los dientes.

—Yo por lo menos no soy un bebé —resopló su hermana—. Como tú.

Rianna apretó los puños.

—¡Yo no soy un bebé!

La abuela dio marcha atrás. Decía que tenía ojos en la

nuca, y a veces Rianna lo creía. Se los imaginaba mirándolas por entre su pelo rociado de laca.

–Ya está bien –dijo la abuela–. Hoy es un día precioso y vamos a portarnos todos bien.

Había un montón de regalos junto al plato de Rianna, todos ellos atados con cintas, y aquello la hizo olvidarse de que Maeve la había llamado bebé. Se preguntó en voz alta si alguno de ellos era de su papá.

La boca de la abuela volvió a tensarse, pero sólo un segundo.

–Ha mandado algo al rancho –dijo–. Ha llamado Myrna Terp para decírmelo.

La señora Terp trabajaba en McKettrickCo, y cuando iban de visita por allí siempre les daba galletas y caramelos cuando su padre hacía como que no se enteraba.

–Espero que sea un perro –dijo Rianna.

–Ni hablar –dijo Maeve.

–Maeve... –dijo la abuela.

Maeve hizo girar los ojos. Hacía aquel gesto a menudo. Rianna tenía la impresión de que cualquier día iban a caérsele los ojos de la cabeza, como en los dibujos animados, y a rodar por el suelo.

–Puede que sea una mamá –dijo.

–Las madres no se compran, idiota –contestó Maeve, pero se mordió el labio cuando la abuela volvió a mirarla, apartó una silla de la mesa y se sentó.

–Santo cielo, Maeve –masculló la abuela–, estoy deseando que tengas dieciséis –pero no parecía hablar en serio. Eso era otra cosa muy rara de los mayores: siempre decían una cosa cuando en realidad pensaban otra completamente distinta.

Rianna inspeccionó el regalo que había en lo alto del montón.

–¿Puedo abrirlo?

—Cómete el desayuno primero —dijo la abuela. Había hecho su plato preferido, tostadas francesas con arándanos y nata por encima. Había leche, también, y zumo de naranja. Rianna temió cumplir ocho años antes de poder abrir los regalos.

Después de desayunar, rasgó el papel.

Un libro para colorear.

Un pequeño poni de plástico con cola y crin de color violeta.

—Ése es el mío —dijo Maeve.

Había también algunas cosas de la Barbie que le había regalado la abuela y, por último, un colgante de oro en forma de corazón en una cajita de terciopelo rojo.

Rianna contuvo el aliento. A Maeve le habían regalado una igual al cumplir diez años. Rianna creía que tendría que esperar tres años más para llevar otra cosa que no fueran collares de bolitas de plástico.

Le temblaban los dedos cuando abrió el corazoncito. Dentro había una foto de su mamá y otra de su papá. Los dos sonriendo.

Rianna arrugó la cara, intentando recordar a aquella mujer tan guapa de la fotografía, y deseó que cobrara vida, como hacían las fotografías en las películas de Harry Potter y que dijera «Feliz cumpleaños, Rianna».

O quizá «Te quiero».

—Más vale que no lo pierdas —dijo Maeve.

La abuela volvió a mirarla, y ayudó a Rianna a sacar el collar de la caja y a ponérselo alrededor del cuello, a pesar de que todavía estaba en pijama.

La fina cadena de oro brilló mágicamente cuando Rianna la miró.

La abuela sollozó, se dio la vuelta y se quedó un buen rato mirando hacia el fregadero.

—Echa de menos a mamá —susurró Maeve.

«Yo también», quiso decir Rianna, pero sabía que su hermana la fulminaría, así que no dijo nada.

Maeve le dio una palmadita en la mano. Sonrió como la Maeve de siempre, la Maeve que la quería y dijo:

—Feliz cumpleaños, pequeña.

La tienda estaba quedando muy bien.

Eco y Avalon estaban fuera, en la acera, admirando el letrero dorado del escaparate *(Libros y regalos Eco)* cuando llegó Cora con su vieja camioneta. Rianna y Maeve salieron a toda prisa por la puerta del copiloto casi antes de que a su abuela le diera tiempo a parar.

—¡Mira! —exclamó Rianna, prácticamente bailando de contento—. ¡Tengo un colgante con la foto de mi mamá dentro!

Eco sonrió, y atribuyó el ligero aguijonazo que sintió al fondo del corazón a que ella también echaba de menos a su madre, que había muerto, junto con su padre, cuando tenía cuatro años. La habían criado unos tíos que tenían tres hijos propios y que no necesitaban otro que fuera a molestarlos, cosa que le decían con frecuencia.

—A ver —dijo suavemente.

Rianna abrió el colgante, muy orgullosa.

Eco se inclinó para mirar.

Rance, unos años más joven, increíblemente guapo y visiblemente feliz. La mujer de la fotografía de al lado tenía el pelo castaño, con un toque de rojo y cortado a media melena, una sonrisa traviesa y unos ojos grandes y expresivos.

—Ésta es mi mamá —le explicó Rianna con reverencia.

Eco asintió con la cabeza.

—Es muy guapa. Y tú eres igual que ella —levantó los ojos, se fijó en Rianna y Maeve.

—Yo creo que nos parecemos más a papá —dijo Maeve.
—Bueno, también os parecéis a él —le dijo Eco, cambiando una mirada con Cora.
—¿Han llegado ya tus muebles? —preguntó Rianna.
Eco dijo que sí con la cabeza.
—Ayer —contestó—. Pero a Avalon le gusta la colchoneta hinchable así que ha dormido en ella.
—Todavía no tienes libros —comentó Maeve, acercándose al escaparate. Avalon la siguió y le lamió la mano, indecisa.
—Llegarán la semana que viene —le dijo Eco—. Mientras tanto, va a venir un operario a montar las estanterías.
—Entrad de una vez, chicas, y no molestéis más a la señorita Wells —dijo Cora, distraída. Eran sólo las ocho y media, pero el salón de belleza ya estaba lleno.
Rianna y Maeve entraron en la tienda de su abuela obedientemente.
Cora se quedó atrás, un poco azorada.
—No quería parecer brusca —dijo—. Es sólo que, en fin, en días como hoy echo de menos a Julie, a mi hija, más que de costumbre.
Eco asintió con la cabeza.
—Los cumpleaños y las fiestas son lo peor —dijo con calma.
Cora se animó haciendo un visible esfuerzo.
—Mantenerse ocupada ayuda —dijo. Soltó una risilla nerviosa—. Dime que me he acordado de invitarte a la fiesta de esta noche —le rogó—. Es en el rancho, en casa de Travis y Sierra —Cora ya le había explicado, durante otras conversaciones en la acera, que Sierra era prima de Rance y que Travis era su marido. Travis se había criado con Rance, Jesse y Keegan, pero Sierra era prácticamente una recién llegada.
—Sí —dijo Eco—. Y te dije que me parecía que iba a estorbar.

—Tonterías —dijo Cora—. ¿Cómo vas a conocer a gente si no vas a fiestas? Puedes llevar también a la perra, si no te importa que vaya en la trasera de mi camioneta. Tú podrías venir delante, con las niñas y conmigo.

—Supongo que podría seguiros en mi coche —dijo Eco. Cora tenía razón. Iba a abrir un negocio en Indian Rock, y tendría que superar su timidez e integrarse en el pueblo, si quería que aquel nuevo capítulo de su vida tuviera éxito.

Cora asintió con la cabeza.

—Nos iremos sobre las seis —dijo. Luego abrió la puerta de la peluquería y desapareció dentro.

Eco se pasó las palmas húmedas por las perneras del pantalón vaquero. Rance no estaría en la fiesta, se dijo, y no había motivos para creer que la tribu de los McKettrick no fuera amistosa. Rianna y Maeve eran encantadoras, y Cora estaba demostrando ser una buena amiga.

—Podemos hacerlo —dijo.

Avalon ladeó la cabeza, levantó las orejas y dejó caer la lengua exactamente igual que en la fotografía digital que Eco le había hecho el día anterior y que había colgado en todas las páginas de mascotas perdidas que pudo encontrar.

De repente sintió ganas de echarse a llorar allí mismo, en la acera. Porque hubiera niñas pequeñas que perdían a sus madres. Porque hubiera padres tan ocupados que no iban a las fiestas de cumpleaños de sus hijas. Porque tal vez nadie se preocupara por la perra lo suficiente como para ponerse a buscar en Internet e ir luego a buscarla para llevársela a casa, y porque quizás alguien sí lo hiciera.

CAPÍTULO 3

Esa tarde, a las seis en punto, cuando Avalon se negó tercamente a montar en el Volkswagen, Eco entró en la tienda y subió las escaleras hasta su apartamento en la primera planta. Cora y las niñas, que estaban a punto de irse en la camioneta, las siguieron.

Con un suspiro, Avalon se acomodó en la colchoneta inflable de la que se había apropiado tras la llegada de los muebles, despreciando la cama metálica que Eco había encontrado en una almoneda y de la que estaba muy orgullosa.

—¿Crees que está enferma? —preguntó Eco, preocupada, volviéndose hacia Cora.

Cora sonrió, se acercó a la perra y, poniéndose en cuclillas, le acarició el vientre.

—No —contestó—. Creo que está preñada.

—¿Quieres decir que va a tener cachorros? —exclamó Rianna, entusiasmada, antes de que Eco pudiera preguntarle lo mismo con menos entusiasmo.

—¿Y qué va a tener si no, tontaina? —le preguntó Maeve a su hermana.

—¿Cachorros? —repitió Eco.

Cora se incorporó, sonriendo. Tenía un aspecto muy alegre, con sus vaqueros rojos, sus botas a juego y su camisa de seda, y Eco se preguntó, incluso en medio de su pánico creciente, si su conjunto de falda y suéter azul claro y sus sandalias de puntera abierta serían el atuendo adecuado para una fiesta en un rancho.

—No soy veterinaria —contestó Cora—, pero de todos modos mantengo el diagnóstico.

—Vaya por Dios —dijo Eco.

Cora se inclinó para hacerle a Avalon una larga y tierna caricia con una mano.

—Tú descansa, pequeña —le dijo al animal—. Te prometo que no traeremos tarde a tu dueña.

—¿No debería llevarla a una clínica de urgencias o algo así? —preguntó Eco.

Cora se rió.

—No —dijo—. No parece que le duela nada. Sólo está cansada, supongo —sonrió a Avalon con afecto—. ¿Verdad, pequeña?

Avalon suspiró, apoyó el hocico en las patas delanteras y cerró los ojos.

Entre tanto, Cora agarró del brazo a Eco.

—Vamos —dijo—. Te has puesto de punta en blanco y tienes que ir a un sitio. A Avalon no va a pasarle nada.

—Cachorros —repitió Eco, pero dejó que la sacara del apartamento y le hiciera bajar las escaleras, mirando hacia atrás con aprensión cada pocos pasos.

—Así es la vida —dijo Cora cuando salieron a la acera y vio que Eco empezaba a echar el cierre de la tienda con cierta torpeza—. ¿Quieres venir en la camioneta con nosotras?

—No, llevo mi coche —decidió Eco. Si se metía en la camioneta de Cora, irían muy apretadas. Además, seguramente querría irse temprano—. Os sigo.

Cora asintió con la cabeza, metió a las niñas en la camioneta y subió a bordo.

Eco rezó por que a Avalon no le pasara nada en su ausencia, arrancó detrás de Cora y la siguió por la calle mayor y luego por una serie de carreteras secundarias. Transcurridos unos quince minutos de viaje, pasaron bajo una enorme y anticuada señal que marcaba la entrada al rancho Triple M.

Eco sabía muy poco de la finca, apenas los datos básicos que había conseguido encontrar en Internet, pero pasar bajo aquella señal de madera fue como deslizarse por una grieta del tiempo.

El Triple M era el cuarto rancho más grande de los Estados Unidos y había sido fundado en el siglo XIX por un tal Angus McKettrick. Fue en principio una explotación ganadera, pero ahora se dedicaba a la conservación de su patrimonio histórico. La fortuna de la familia, al parecer considerable, procedía de McKettrickCo, una corporación internacional. De los tiempos del Salvaje Oeste quedaban cuatro casas, incluida la principal del rancho, que Angus construyó con sus propias manos, junto con los establos y otras dependencias originales.

Mientras seguía a la camioneta de Cora envuelta en una nube de polvo, Eco se preocupaba por su perra y al mismo tiempo se preguntaba qué se sentía al formar parte de algo tan inmenso como el Triple M. Según sus breves pesquisas, los McKettrick llevaban un siglo largo viviendo en aquellas tierras. Eco, que nunca había vivido más que un par de años en un mismo sitio, apenas podía imaginar lo que suponía tener raíces en un trozo de tierra que había visto pasar a tantas generaciones.

Por fin, después de muchas vueltas y revueltas, una de las casas del rancho apareció ante su vista: una enorme y recia estructura de madera tan inserta en el paisaje como un roble venerable o un viejo pino ponderosa.

Niños y perros se perseguían bulliciosamente por el extenso patio delantero, y los farolillos de colores que colgaban prácticamente de las ramas de todos los árboles que había a la vista emitían un resplandor rojo, amarillo y azul, a pesar de que todavía era de día.

Había coches y camionetas aparcados en batería en todos los rincones.

Un poco azorada al verse entre tantos vehículos prácticos y muy usados, Eco encontró un sitio donde meter su escarabajo rosa, se armó de valor y salió. Recogió del asiento trasero el gran poni de peluche que había comprado en el supermercado del pueblo como regalo de cumpleaños para Rianna.

Mientras las niñas corrían a unirse a la fiesta, Cora se acercó desde el sitio donde había aparcado para acompañarla. Por su expresión, Eco comprendió que casi esperaba que regresara pitando al pueblo sin haber saludado a nadie. Y como eso era justamente lo que había sentido tentaciones de hacer, se sonrojó levemente y se mordió el labio.

—Son buena gente —le aseguró Cora. Evidentemente, leer el pensamiento estaba entre sus otras habilidades, lo mismo que arreglar el pelo o enseñar a las niñas a manejar el bastón de majorette—. Si ese peluche es para Rianna, has dado en el clavo. Le va a encantar.

Eco enderezó el gran lazo rojo que había atado alrededor del peluche. Lo había hecho ella misma, a modo de envoltorio.

—No voy a acordarme del nombre de nadie —dijo. A pesar de que en el museo de Chicago trabajaba de cara al público, y de que había tenido otros trabajos parecidos antes, era solitaria por naturaleza.

—No te preocupes —le dijo Cora—. Hace falta tiempo para conocer a la gente. Lo importante es presentarte.

—Aquí debe de estar la mitad del pueblo —comentó Eco mientras caminaban hacia la casa.

—Todo el mundo, menos Rance McKettrick —dijo Cora de mala gana.

La tristeza susurró al corazón de Eco, la hizo estremecerse levemente. No dijo nada, porque no tenía derecho a decirle lo que pensaba, aunque tenía una opinión al respecto, desde luego.

—Mi Julie le echaría una buena bronca si pudiera —añadió Cora antes de componer una sonrisa festiva y adentrarse en la alegre refriega.

Eco no tuvo más remedio que seguirla, puesto que Cora había vuelto a tomarla del brazo.

Una mujer alta, con el cabello corto y brillante y ojos azules y pensativos se acercó a ellas sonriendo. Cora se la presentó; era Sierra McKettrick, la prima de Rance.

—Desciende de Holt y Lorelei —informó Cora a Eco.

Viendo perdida a Eco, Sierra sonrió calurosamente.

—A los McKettrick nos chiflan los árboles genealógicos —explicó—. Holt era el primogénito de Angus, el patriarca. Y Lorelei, su mujer. La casa era suya.

Eco asintió con la cabeza, maravillada de nuevo por aquella sensación de estar viviendo la historia.

—Eco es la dueña de la librería nueva que hay al lado de la peluquería —le dijo Cora a Sierra.

—Todo el pueblo está esperando que abras la tienda —dijo Sierra con un brillo en los ojos—. Yo voy a ser una clienta habitual, desde luego.

Eco le dio las gracias y Sierra se alejó para saludar amablemente a otros invitados. Tras dejar el poni de peluche en una montaña de regalos envueltos, Eco hizo lo posible por mezclarse con los invitados. Cora iba y venía, le presentaba a alguien de vez en cuando, le llevaba un vaso de ponche y la animaba tácitamente a hablar con los demás.

Eco sonreía mucho e intentaba relacionar nombres y caras, pero pronto perdió el hilo. Mientras estaba sentada en los escalones del porche, tomándose un respiro, vio colgar a Travis Reid, el marido de Sierra, una enorme piñata de la rama de un árbol. Rianna, Maeve y sus muchos amigos y primos esperaban ansiosamente debajo mientras los mayores miraban, disfrutando de la escena.

Cora se sentó a su lado con un pequeño suspiro.

—Ay, Señor —dijo—, me estoy haciendo vieja.

—Eso nunca —contestó Eco.

Rianna, por ser quien cumplía años, iba a darle el primer golpe a la piñata, ahora suspendida de una cuerda. Travis le lanzó el otro cabo a un joven muy guapo sentado en una silla de ruedas, que lo recogió con destreza.

Se repartieron palos entre los niños, que esperaron, educados y ansiosos, mientras Rianna lanzaba golpes, riendo, a la piñata.

Se le unieron luego todos los demás, y el pájaro de escayola, cubierto con coloridas plumas de papel maché, se rompió por fin. Llovieron golosinas y pequeños juguetes, y los niños se lanzaron a por su parte del botín.

Un fulgor dorado parecía envolver aquel momento, y Eco lo guardó a buen recaudo en un rincón apacible de su corazón.

Pero un ruido de aspas la distrajo, a ella y a todos los demás invitados a la fiesta. Miraron todos hacia arriba, resguardándose los ojos de la última luz del día.

—Que me maten —murmuró Cora, y una sonrisa afloró a su cara cuando un helicóptero apareció sobre el campo de más allá del establo, rizando la hierba alta y verde.

—¿Han invitado al presidente? —preguntó Eco, sólo a medias en broma.

—Mejor aún —dijo Cora y, levantándose, se sacudió el polvo de los vaqueros—. Si no me equivoco es Rance, que viene a ver a su niña.

Eco contuvo el aliento.

Los adultos contuvieron a los niños que querían cruzar el campo corriendo para ver aterrizar el helicóptero.

Las aspas se emborronaron y luego se fueron deteniendo.

La portezuela del helicóptero de abrió y, efectivamente, Rance McKettrick apareció como un héroe conquistador. Se agachó hasta alejarse de la corriente de aire y sonrió cuando Rianna pasó entre dos travesaños de la cerca y corrió hacia él.

Llevaba pantalones vaqueros, una camisa blanca abierta por el cuello y una chaqueta de cuero marrón que había conocido mejores tiempos, y su imagen levantando a la niña en brazos y dando vueltas con ella se imprimió en la memoria de Eco como una fotografía viviente.

—Justo cuando me estaban dando ganas de retorcerle el pescuezo —dijo Cora, maravillada, con un asomo de llanto en la voz—, aparece.

Otros dos hombres salieron del helicóptero, sonriendo. Una niña se separó de la gente y corrió hacia ellos.

—El rubio es Jesse —explicó Cora—, y el otro es Keegan. Ésa, la que se le ha colgado del cuello, es Devon, la hija de Keegan —hizo una pausa, sonrió y sacudió la cabeza—. Estos McKettrick saben hacer acto de aparición, no hay duda.

Aunque se alegraba por Rianna de que Rance hubiera llegado a tiempo a la fiesta, Eco se sentía también extrañamente inquieta por su presencia.

No era sólo porque hubieran tenido unas palabras el día de su llegada; a fin de cuentas, había sido un malentendido absurdo, de ésos que los adultos razonables olvidan rápidamente. No, era por cómo la hacía sentirse, desorientada de pronto, como si traspasara alegremente sus límites más íntimos sin darse cuenta de que estaba entrando en terreno prohibido.

—Creo que voy a volver al pueblo a ver qué tal está Avalon —le dijo a Cora, pero ésta estaba mirando a Rance pasar a Rianna por encima de la valla y saltar luego ágilmente tras ella.

Cora la agarró de la mano.

—Tú no te mueves de aquí —dijo.

De todos modos, no podía moverse. Eco se quedó allí.

Rance cargó a Rianna sobre sus hombros mientras Maeve caminaba a su lado, sonriendo a su papá. Él alargó un brazo, le rodeó los hombros y la apretó contra sí.

Jesse y Keegan lo siguieron mientras Devon brincaba como un cervatillo a su lado.

Una mujer morena, muy guapa, echó los brazos al cuello de Jesse en cuanto éste saltó la valla.

—Ésa es Cheyenne Bridges —dijo Cora, siempre solícita—. Jesse y ella se casan el mes que viene, en el monte.

Eco vio que Jesse y Cheyenne se besaban y se sintió extrañamente sola, como el único superviviente de un naufragio montado en un bote que se hundía rápidamente.

Estaba tan absorta contemplando aquella escena romántica que no se dio cuenta de que Rance se acercaba hasta que lo tuvo delante. Él bajó a Rianna de sus hombros y sonrió.

Con toda la gente que había en la fiesta, ¿tenía que acercarse precisamente a ella?

—Hola, Eco Wells —dijo.

Ella tragó saliva.

—Menuda entrada —dijo, robándole a Cora su comentario porque no se le ocurrió nada más.

La sonrisa de Rance se hizo más amplia.

Eco se preguntó, indefensa, si aquella sonrisa estaría patentada en algún sitio como arma letal.

—El avión sólo podía traernos hasta Flagstaff —le dijo él—. Tomamos el helicóptero allí.

Eco, que todavía estaba recuperándose de la sonrisa, luchaba por mantenerse a flote en medio del mar picado de aquella conversación.

—Impresionante —dijo, porque era impresionante ver aterrizar un helicóptero durante la fiesta de cumpleaños de una niña pequeña.

La cara de Rance cambió casi imperceptiblemente.

Rianna le tiró de la mano.

—¡Es la hora de la tarta, papi! —exclamó—. ¡Tengo que soplar las velas y abrir los regalos!

Rance asintió con la cabeza, pero seguía teniendo una mirada seria y un poco perpleja.

—Adelántate tú —le dijo a la niña—. Yo voy enseguida.

Rianna se alejó corriendo hacia la tarta y los regalos, dando saltitos.

—Vivo para impresionarla, señorita Wells —dijo Rance gélidamente.

—No era mi intención...

Él se alejó.

—Cabeza de alcornoque —masculló Cora.

Eco, que se había olvidado de ella, se volvió para mirarla interrogativamente.

—Él, no tú —dijo Cora y, rodeándola los hombros con el brazo, la apretó un poco—. Ven, vamos a comer un poco de tarta.

Eco estaba deseando volver a casa, a su pequeño apartamento de encima de la tienda, con su perra. Allí podría prepararse una taza de té y olvidarse de Rance McKettrick.

Pero Cora no iba a dejar que se marchara y, además, ella no quería darle a Rance la satisfacción de verla huir con el rabo entre las piernas. Suponiendo que notara su ausencia, lo cual no parecía muy probable.

—¿Ésa es? —preguntó Keegan con un plato de tarta en una mano y un vaso de ponche en la otra—. ¿La que ha comprado la tienda que está al lado de la peluquería de Cora?

Rance siguió la mirada de su primo hasta el lugar donde Eco estaba hablando con Cheyenne. Su mandíbula se tensó y le dieron ganas de suspirar, pero no lo hizo porque Keegan podía sacar conclusiones equivocadas.

O no.

—Sí, ésa es.

Keegan sonrió.

—Da gusto verla —dijo.

—Olvídalo —contestó Rance demasiado deprisa—. Es del tipo *new age*. Tiene un coche rosa.

Keegan le clavó una mirada.

—¿Ah, sí? No me digas. ¿Un coche rosa? Eso lo cambia todo.

Rance se frotó la mandíbula. No se había parado a afeitarse antes de tomar el vuelo de regreso a Flagstaff y empezaba a crecerle la barba.

—No es tu tipo —dijo sin dejar de mirar a Eco. Parecía una princesa salida de un cuento de hadas, con el pelo recogido hacia arriba y algunos mechones sedosos alrededor del cuello, y a Rance no le habría sorprendido que agitara una varita con una estrella reluciente en un extremo—. Sólo me refería a eso.

—No es mi tipo. ¿Y el tuyo sí? —preguntó Keegan.

Rance se pasó una mano por el pelo.

—Mira, si quieres ligar con ella, adelante. Pero no digas que no te avisé.

—¿Por qué tengo la sensación de que intentas engañarte a ti mismo tanto como a mí?

—¿Qué demonios quieres decir con eso?

Keegan se echó a reír.

—Vaya, vaya —dijo—. Estás enamorado.

—¿Enamorado? —bufó Rance—. Keeg, amigo mío, si hablas así es que estás pasando demasiado tiempo con el club de los corazones solitarios.

—Creo que voy a invitarla a salir —dijo Keegan, pensativo.
Rance se puso rígido.
—Inténtalo —dijo, y fue a ver a Rianna abrir los regalos.
Vio que Myrna había acudido en su rescate cuando Rianna sacó el regalo más grande del montón, envuelto en papel brillante y atado con un gigantesco lazo plateado. La niña rasgó el paquete y luchó con la caja de cartón que había dentro.
Mientras ayudaba a su hija a abrir la caja, Rance sentía la presencia de Eco, que lo observaba todo discretamente desde cierta distancia. Se preguntaba si de verdad Keegan iba a invitarla a salir y qué diría ella.
Rianna soltó un grito de alegría cuando apareció el coche en miniatura. Era un Volkswagen rosa con motor, faros y claxon.
—¡Es igual que el de Eco! —gritó Rianna y, montando en el cochecito, empezó a tocar el pito—. ¡Igual que el de Eco!
—Yo creía que era como el de una tal Barbie —dijo Rance.
Rianna lo miró.
—Gracias, papá —susurró, y sus ojos brillaron en la penumbra del anochecer.
La voz de Rance sonó ronca cuando volvió a hablar.
—Creo que será mejor que des una vuelta con él —dijo.
Rianna encontró enseguida el botón de encendido, lo apretó y salió de la caja conduciendo. Hizo un par de ochos, como un pequeño payaso en el desfile de un circo, y encendió los faros.
La gente se apartaba de su camino riendo.
Rance se rió también cuando superó las ganas de llorar.
Y pensar que había estado a punto de perdérselo...

Avalon estaba más animada cuando Eco llegó a casa, a eso de las nueve de la noche. Eco le puso la correa y la sacó.

Como toda la gente del pueblo parecía estar todavía en la fiesta del Triple M, las calles estaban vacías. El cielo estaba despejado y salpicado de estrellas y soplaba una suave brisa, perfumada por la hierba recién cortada y las lilas y las rosas en flor. Por allí cerca sonaba el susurro de un aspersor.

—Por esto quería vivir en un pueblo pequeño —le dijo Eco a Avalon, que se agachó obedientemente. Usando una bolsa de plástico que llevaba para tal propósito, Eco hizo desaparecer las pruebas y tiró la bolsa a un cubo de basura que había junto a la entrada de una casa—. Es tan tranquilo...

Llegaron a un parque con un quiosco de música en el centro y un montón de columpios y árboles. Como no había nadie por allí, decidió soltar a Avalon para que corriera un rato, y se asustó cuando vio que la perra cruzaba de pronto el césped en dirección a una caravana aparcada al otro lado.

Estaba sin aliento cuando la alcanzó.

Avalon estaba de pie, gimiendo y arañando frenéticamente la puerta de la caravana.

Dentro se encendió una luz y una mujer asomó la cabeza.

—Pero ¿qué pasa? —preguntó.

—Lo siento —se apresuró a decir Eco—. Espero que no haya dejado marcas en la pintura.

Afligida de pronto, Avalon dio la vuelta y se sentó detrás de Eco, con la cabeza gacha.

—Seguro que no —dijo la mujer—. Qué perro tan bonito.

Eco volvió a poner la correa a Avalon y se agachó para acariciarle las orejas, intentando reconfortarla. La perra se arrimó a ella, apoyó la cabeza contra su hombro y soltó un suspiro profundo y trémulo.

—¿Tu familia tenía una caravana como ésta? —le susurró Eco tristemente, casi esperando que le contestara.

Avalon profirió un gemido suave y desanimado.

—Los encontraremos —le dijo Eco, a pesar de que se le saltaron las lágrimas al pensar en despedirse de su amiga extraviada—. Te prometo que los encontraremos.

Esa noche, Avalon dejó la colchoneta hinchable y durmió con ella, acurrucada contra su costado mientras perseguía a alguien en sueños. Eco, entre tanto, permaneció despierta, pensando en Rance McKettrick.

¿Qué movía a aquel hombre?

¿Y por qué le importaba a ella?

—Menuda ocurrencia, regalarle eso a una niña de siete años —se quejó Cora cariñosamente a la mañana siguiente mientras hacía el desayuno en la soleada cocina de la casa de Rance. Había pasado la noche en uno de los cuartos de invitados porque las niñas estaban demasiado agotadas por tantas emociones para volver al pueblo—. Me ha pillado los pies media docena de veces, por lo menos.

Apoyado en la encimera, Rance tomaba café recién hecho y miraba por la ventana el riachuelo, que brillaba al sol. La casa de Keegan, la primera que se construyó en la finca, se alzaba majestuosamente en la otra orilla.

—Le dije a Myrna que comprara un coche de Barbie —dijo a modo de explicación. En realidad no recordaba qué le había dicho a Myrna hasta que se lo preguntó en la fiesta, pero Cora no tenía por qué saberlo.

Se acercó a la ventana y achicó un poco los ojos, intentando ver si el Jaguar de Keegan estaba aparcado en su sitio de siempre. La casa, construida en madera, como la suya, era vieja y no tenía garaje.

—¿Has visto por casualidad salir a Keegan esta mañana? —preguntó, y enseguida le dieron ganas de darse una patada en el trasero. Cora tenía capacidades de percepción asombrosas (intuición femenina, las llamaba ella) y a Rance no le habría sorprendido ni pizca que adivinara qué era lo que le preocupaba.

—Hoy no me tocaba vigilar a Keegan McKettrick —contestó Cora—. Pero como Devon está aquí, supongo que estará en casa. Si tuviera un poco de sentido común se tomaría unos días libres, en lugar de pasarse doce horas en McKettrickCo, como suele hacer.

Rance no se atrevió a volverse para mirar a su suegra. Temía lo que Cora podía ver en su cara si lo hacía. Y no porque hubiera algo que ver. Sencillamente, no quería que malinterpretara su preocupación respecto a dónde había pasado la noche Keegan.

Se sobresaltó un poco cuando Cora apoyó la mano sobre su hombro; no la había oído acercarse.

—Hiciste muy bien —le dijo ella en voz baja—. Volviendo para la fiesta de Rianna, quiero decir.

Rance la miró. No estaba acostumbrado a que le hiciera cumplidos. En otro tiempo habían estado muy unidos, él y Cora, pero Julie era el vínculo que los unía, y las cosas habían cambiado desde su muerte. Las niñas podrían haber servido de puente para salvar aquella brecha, pero casi siempre eran motivo de discusión.

—No debería haberme ido —dijo más para sí mismo que para Cora—. No sé en qué demonios estaba pensando.

Cora no apartó la mano de su hombro.

—Maeve y Rianna te recuerdan a Julie —dijo con suavidad—. Hace cinco años, Rance. Tienes que olvidarla y concentrarte en educar a tus hijas. Empezar a verlas por sí mismas.

A Rance se le cerró la garganta. Dejó la taza de café en el alféizar de la ventana. Rafe McKettrick, su antepasado, el segundo hijo de Angus, había labrado y colocado con sus propias manos aquel alféizar. Rafe también había tenido dos hijas con su mujer, Emmeline. Rance se preguntaba si alguna vez se había sentido tan confuso criando a dos chicas como se sentía él.

Por suerte, antes de que dijera nada, Rianna y Maeve entraron en la cocina como un par de balas.

—¿Puedo ir en mi coche hasta el pueblo, papá? —preguntó Rianna.

Rance se volvió, sonrió a su hija y procuró ver a la niña por detrás de la imagen de Julie que siempre nublaba su visión cuando miraba a Maeve y Rianna.

—No —dijo.

—Hay cincuenta kilómetros hasta el pueblo, boba —dijo Maeve.

—Nada de insultos —le dijo Rance a su hija mayor. Lo cierto era que de repente veía a dos personitas delante de él, con sus pijamas con dibujos y sus pies descalzos, y sólo un rastro de Julie asomando en torno a los ojos.

—Tendré cuidado —dijo Rianna—. Y no correré. Palabra de honor.

Rance se echó a reír.

—Tu coche va como mucho a tres kilómetros por hora, nena —contestó él—. Tardarías un par de días en llegar a Indian Rock y se te acabaría la batería antes de salir a la carretera principal.

Rianna pareció decepcionada.

—¿Y de qué sirve un coche si no puedes sacarlo por ahí?

—Hasta el final del camino del patio y vuelta atrás —decretó Rance—. Más lejos, no.

—¿Puedo cruzar el puente hasta la casa del tío Keegan? —lo intentó Rianna. La pequeña tenía futuro en la empresa como negociadora de contratos, si McKettrickCo no salía a bolsa entre tanto. La decisión no estaba tomada aún, y la pugna continuaba. La reunión en San Antonio se habría prolongado durante casi tres días, sin llegar a nada.

—Ni pensarlo —dijo Rance.

Rianna se subió a uno de los bancos que había junto a la larga mesa. Era una reproducción de la que había en la casa del otro lado del riachuelo.

—Quería darle una vuelta a Devon —se lamentó.

—Devon no cabe —dijo Maeve—. Es un coche de bebés.

—Deja en paz a tu hermana, Maeve —le dijo Rance a su hija mayor.

Maeve se calló, pero el genio de los McKettrick se adivinaba en sus ojos.

—Los bebés no conducen —le dijo Rianna.

—Ya basta —intercedió Rance.

—¿Cómo voy a enseñarle a Eco que mi coche es igual que el suyo? —insistió la niña.

Rance cerró los ojos al recordar cómo se había crispado la noche anterior, cuando Eco dijo que su llegada en helicóptero había sido «impresionante». Estaba extremadamente suspicaz, lleno de tensión porque las reuniones en San Antonio no hubieran hecho otra cosa que crear más problemas entre las filas de los McKettrick. Había sentido el impulso de marcharse temprano para llegar a tiempo a la fiesta de Rianna, y cuando el avión de la compañía aterrizó en Flagstaff hubo un retraso al alquilar el helicóptero. Pero había sido un error desahogarse respondiendo a Eco como lo había hecho.

—Eco ya vio ese estúpido coche ayer —dijo Maeve.

—A lo mejor Avalon sí que cabe —comentó Rianna.

Rance suspiró.

—Tomaos el desayuno las dos —terció Cora.

Rance la miró con gratitud.

—Y tú también —dijo ella.

Él se sentó a la cabecera de la mesa (un sitio que ocupaba con muy poca frecuencia) y dejó que Cora le sirviera un plato repleto de patatas fritas, huevos y salchichas. Había contratado a unas cuantas asistentas y niñeras desde la muerte de Julie, pero ninguna había durado. Y Cora había tenido que cargar con demasiadas responsabilidades.

—Con esto me da un infarto seguro —dijo agradecido, y se puso a comer.

Cora se rió.

—Vaya, ésa sí que es buena —contestó—. Yo te hago la comida y tú me acusas de intentar matarte.

Los ojos de Maeve se agrandaron. Le tembló el labio de abajo y de pronto pareció mucho más pequeña.

—No va a darte un infarto, ¿verdad, papá? —preguntó.

Rance alargó el brazo y le revolvió el pelo.

—No —contestó suavemente—. Pienso vivir hasta los cien años y daros mucho la lata cuando sea viejo.

Maeve se relajó visiblemente, y sus ojos brillaron. Por un momento, Rance volvió a ver a Julie.

—Recuerda —dijo ella— que mi opinión también contará cuando haya que elegir una residencia para ti.

Rance echó la cabeza hacia atrás y soltó una carcajada.

—Yo también quiero ayudar —dijo Rianna—. ¿Qué es una residencia?

—Da igual —le dijo Cora, y se inclinó para besar a sus nietas en la coronilla—. Nadie va a ir a una residencia. Por lo menos, en un futuro inmediato.

Se hizo el silencio y Rance miró a su suegra. De pronto se había dado cuenta de que Cora estaba haciéndose mayor. Había perdido peso desde la muerte de Julie, y tenía arrugas alrededor de los ojos y la boca. Su marido había muerto hacía años, y no tenía más familia que Maeve y Rianna... y él.

—¿Qué es una residencia? —repitió Rianna.

—Es como un hospital —explicó Maeve—. Para viejos.

Cora, que tenía la mirada fija en Rance, la apartó de pronto.

Él echó la silla hacia atrás, se levantó y siguió a su suegra hasta el fregadero, donde ella se había quedado de espaldas a la habitación. Le puso una mano en el hombro, como ella había hecho un rato antes, cuando él estaba junto a la ventana.

—¿Estás bien, Cora? —preguntó en voz baja—. No te encuentras mal, ¿verdad?

Ella sacudió la cabeza, intentó sonreír.

—No, Rance. Estoy bien.

Pero al apartarse para recoger los platos del desayuno, se hizo evidente que había algo que la preocupaba.

Tal vez Rance debía decirle que creía saber lo que era.

CAPÍTULO 4

Eco se había sentado con las piernas cruzadas en medio de la cama, bañada por el sol que entraba por las grandes ventanas que daban al callejón de detrás de la tienda, con el ordenador abierto y Avalon dormida apaciblemente a su lado.

Cuatro personas diferentes, en cuatro partes distintas del país, todas ellas muy lejanas, le habían escrito ofreciéndose a adoptar a Avalon, pero ninguna decía ser su dueña. Desanimada y al mismo tiempo aliviada, Eco mandó las notas de agradecimiento y abrió su página web.

Verla siempre le hacía sonreír.

Era su secreto, pequeño y delicioso.

Y los pedidos se acumulaban: habían entrado más de cien desde la última vez que se conectó, antes de dejar Chicago.

—Más vale que me dé prisa —le dijo a Avalon, que abrió los ojos, bostezó y volvió a dormirse.

Tomó el bolígrafo y el cuaderno que había sobre la mesilla de noche y anotó las cosas que tenía que comprar. Bolsas de terciopelo. Cordel. Ciertas piedras y hierbas aromáticas. Algunas de las cosas que necesitaba habían llegado junto con sus muebles y sus otras pertenencias, pero de todos modos tendría que ponerse en contacto con sus proveedores.

Mordiéndose el labio inferior, volvió a echar una ojeada a la lista de pedidos. Había algo en ella que le inquietaba sin saber por qué.

Y entonces se fijó en un nombre.

Cora Tellington.

—¿Cora? —dijo en voz alta. Una sonrisa afloró a su cara al comprobar la dirección. Efectivamente, era la Cora Tellington de Indian Rock, Arizona.

«Vaya, vaya», pensó, contenta.

Naturalmente, podía hacer el pedido con las cosas que tenía a mano y entregarlo en persona, pero quizá Cora se sintiera violenta y, además, Eco no estaba segura de que quisiera revelar aún su secreto. Su nombre no aparecía en la página web, ni había un apartado de correos o un número de teléfono de atención gratuita. Todas las facturas se pasaban directamente por una cuenta de pago *online* y ella siempre enviaba el género desde alguna empresa de mensajería cercana.

Hubo otra cosa que le llamó la atención mientras leía el pedido de Cora en la pantalla del ordenador.

—Hmm —murmuró, confusa.

Luego, sintiendo una extraña urgencia, dejó a un lado el ordenador, se levantó y empezó a revolver entre sus cajas, recogiendo el material necesario.

Una pluma.

Un ágata rosa.

Una oración impresa en una pequeña tira de papel.

Metió todas aquellas cosas en una bolsita de terciopelo azul, ató el cordón dorado y lo puso todo dentro de un sobrecito acolchado para enviarlo el lunes por la mañana.

¿Qué demonios había impulsado a Cora Tellington a

encargar un hechizo amoroso, no para ella, sino para un hombre?

El paquete llegó con el correo del lunes por la tarde. Cora sonrió al verlo, sintió un estremecimiento de emoción y lo guardó en su bolso antes de que la viera Maggie o alguna otra de sus empleadas.

Sabía que era una bobada poner sus esperanzas en esa clase de magia, pero a grandes males, grandes remedios. Había intentado todo lo demás, y se le habían agotado las ideas.

Naturalmente, podría haber ido a Sedona y haber hablado con una vidente, pero allí la conocía todo el mundo. Y no quería que nadie se fuera de la lengua. Si Rance se enteraba de algo, le daría un ataque.

«Lo he hecho por ti, Julie», dijo para sus adentros. «Y por tus niñas».

Julie se habría reído, Cora lo sabía. Su hija siempre había sido muy práctica, igual que Rance. De hecho, se parecían los dos mucho: sólo creían en lo que podían ver, oír y tocar.

Era una pena.

Cora regresó de su travesía mental. Se oían golpes al lado, en la tienda de Eco, y la vieja camioneta de Eddie Walters seguía aparcada delante.

Como necesitaba un descanso después de hacer tres permanentes y un moldeador, Cora decidió ir a ver cómo estaban quedando las estanterías.

Eco estaba subida a una escalera, pintando el techo. Descalza, con una camiseta ceñida y unos vaqueros cortos que dejaban ver sus piernas largas y firmes, parecía una ninfa de los bosques. De Avalon no había ni rastro.

—Guau —dijo Cora, admirando el trabajo de Eddie y de Eco—. Esto está quedando genial.

Eco sonrió, bajó de la escalera, dejó el rodillo en la bandeja y puso los brazos en jarras.

—El primer cargamento de libros llegará el jueves —dijo—. Puede que el sábado por la mañana pueda abrir al público.

A Cora le hacía ilusión ver abierta de nuevo la vieja tienda. La había comprado hacía años, junto con el local de al lado, pensando en ampliar su negocio algún día. Pero estaba ya muy ocupada con la peluquería, y cada vez pensaba con más frecuencia en jubilarse y quizás en viajar un poco.

No podía hacerlo, claro, mientras Rance siguiera yendo de acá para allá como un loco, intentando morirse joven o huir de los recuerdos de un pasado que tendía a idealizar.

Cora quería mucho a su hija, pero Julie había sido una mujer de carne y hueso, con todos los defectos y las flaquezas que eso conllevaba, no un dechado de virtudes. En cierto sentido era injusto que Rance la recordara así. Había olvidado que a veces se daban de topetazos porque eran los dos muy parecidos. Tercos, ambos. Y acostumbrados a salirse con la suya.

El semblante de Eco adoptó una expresión curiosa. Parecía observar a Cora como si fuera un espacio en blanco en un crucigrama.

—Hace un par de días que no veo a las niñas —dijo, animándose.

—Rance se las llevó de acampada al monte, a la finca de Jesse —explicó Cora, aliviada—. ¿Dónde está Avalon?

—Escondida debajo de mi cama, creo —contestó Eco—. Con tanto dar martillazos y tanto serrar, seguramente le estará doliendo la cabeza.

Eddie sonrió, azorado, y terció en la conversación.

—Ya casi he terminado —dijo.

Cora lo conocía de toda la vida. Y también había conocido a su madre y a su abuela, a las que Dios tuviera en gloria.

No era muy listo, pero sí hábil con las manos. Cuando en Indian Rock alguien necesitaba montar unas estanterías, o pintar las paredes, o arreglar las cañerías o la instalación eléctrica, siempre llamaba a Eddie. Por eso Cora se lo había recomendado a Eco.

–Parece que has hecho un buen trabajo –le dijo Cora–. Como siempre.

Eddie sonrió mientras empezaba a recoger sus herramientas. El suelo estaba cubierto de serrín y Cora, como no podía ser menos, tomó un cepillo que había en un rincón y se puso a barrer.

–No hace falta que barras –protestó Eco con el ceño un poco fruncido.

Cora recordó que Eco era de Chicago. En la gran ciudad, la gente no le barría el suelo a sus vecinos, pero aquello era Indian Rock, no Chicago. Y Cora siguió barriendo.

Eco estaba muy seria, como si tuviera algo que decir. Cuando Eddie acabó, le extendió un cheque y él se marchó con su caja de herramientas.

Avalon bajó en cuanto se cerró la puerta.

–¿Qué tal estás hoy, mamaíta? –le preguntó Cora a la perra. Siempre le habían gustado los animales, pero Avalon ocupaba un lugar especial en su corazón. Eco le había contado cómo la había encontrado frente a una parada de camiones, en Tucson, perdida y empapada hasta los huesos.

–El sábado por la noche, cuando volví de la fiesta, la saqué a dar un paseo –dijo Eco de pronto, acariciando la cabeza de la perra–. Fuimos al parque y la solté para que corriera un poco. Se fue derecha a una caravana que había aparcada al otro lado del parque y se puso a arañar la puerta intentando entrar.

Cora se quedó pensando. Las implicaciones de aquel incidente eran obvias.

—Quiero encontrar a su familia —dijo Eco muy suavemente y con mucha tristeza—. De verdad. Pero te juro que me va a hacer polvo devolverla.

Si alguien alguna vez tenía aspecto de necesitar un abrazo, era Eco Wells en ese instante.

—Harás lo correcto —dijo Cora mientras vaciaba el recogedor lleno de serrín y virutas en la papelera—. Eres de ese tipo de personas.

Los ojos de Eco se empañaron. Parpadeó y apartó la mirada.

—Quizá me esté metiendo donde no me llaman —se aventuró Cora con cautela—, pero ¿tienes familia?

Eco la miró a los ojos, aunque Cora notó que le costaba hacerlo.

—Un tío y una tía y unos cuantos primos —dijo—. Pero no estamos muy unidos.

—Entiendo —Cora se dijo que era una vieja entrometida y que debía mantener la boca cerrada. Pero no lo hizo—. ¿No tienes marido, ni novio?

Eco sacudió la cabeza. Miró para otro lado. Volvió a mirarla.

—Una vez estuve a punto de casarme —dijo—. Justin y yo alquilamos una de esas capillitas tan horteras de Las Vegas. Yo llegué a tiempo, me puse mi vestido y tomé un taxi para ir a McWeddings. Pero Justin... se retrasó.

Cora dejó a un lado el cepillo.

—¿Quieres decir que te dejó plantada?

—Dijo que había tenido una reunión en el último momento —contestó Eco, y al intentar sonreír fracasó estrepitosamente.

«Oh, oh», pensó Cora al reparar en la palabra «reunión». Desde la fiesta, y a pesar de que habían empezado con mal pie, había estado jugando con la idea de que Rance y Eco fueran pareja (a las niñas les gustaba Eco, y Rance y ella parecían hacer buena pareja). Pero Rance era un adicto al trabajo, y evidentemente aquel tal Justin también.

—Entonces ¿te quedaste sola en Las Vegas? ¿No apareció?

—Le dije que no se molestara —respondió Eco. Su voz sonaba frágil y lejana.

—Pero ¿cuando volviste a casa...?

—Justin vive en Nueva York —contestó Eco cuando la frase de Cora se partió por la mitad, como un puente colgante cargado con demasiado peso—. Yo vivía en Chicago. En aquel momento ninguno de los dos quería mudarse, así que de todos modos tampoco habría funcionado.

—Aun así —dijo Cora, sintiendo ganas de llorar.

—A Justin sólo le interesaba su trabajo —siguió Eco. Era evidente que intentaba que Cora se sintiera mejor. Pero su esfuerzo, igual que su sonrisa, fracasó—. Su empresa le importaba más que nada en el mundo. Yo quería...

—¿Qué querías, Eco? —preguntó Cora después de unos segundos de suave silencio.

—Un perro —dijo Eco—. Un marido y niños.

Las esperanzas de Cora volvieron a avivarse.

—Eres joven. ¿Cuántos años tienes? ¿Veintinueve? ¿Treinta? No deberías darte por vencida.

Eco se inclinó, acarició a Avalon pensativamente.

—Veintinueve —dijo. Luego lanzó a Cora otra de aquellas miradas pensativas—. ¿Y tú, Cora? No me has dicho que estés casada. ¿Piensas enamorarte en un futuro cercano?

Era una pregunta extraña. Hizo pensar a Cora en el paquetito guardado en su bolso.

—El padre de Julie murió hace diez años. El mejor marido que pueda pedir una mujer, era mi Mike. No, no ando buscando un hombre. A fin de cuentas, tengo sesenta y tres años. Tengo algunos ahorros y me gustaría hacer algún crucero.

—¿Y qué te lo impide? —preguntó Eco. Hizo la pregunta cautelosamente, como si esperara que le estallara en la cara.

—Rance —reconoció Cora tras sopesarlo primero—. Temo que contrate a otra niñera con la cabeza hueca y se vaya por ahí. Que deje a Rianna y a Maeve a su merced.

Eco miró el escaparate y de pronto pareció azorarse y ponerse colorada.

—Hablando del rey de Roma —dijo.

Cora se volvió y vio a Rance salir de su todoterreno, recién llegado de la acampada. Tenía el pelo revuelto y necesitaba afeitarse. Parecía haber dormido con los vaqueros y la camiseta blanca puestos. Echó a andar hacia la peluquería, vio que Cora y Eco lo miraban a través de la luna y cambió de dirección.

—¿Dónde están las niñas? —preguntó Cora en cuanto cruzó el umbral.

Él suspiró y un músculo se tensó en su mandíbula. Luego sonrió: esbozó aquella sonrisa ladeada de los McKettrick.

—Ya sabía yo que se me olvidaba algo cuando desmonté la tienda esta tarde —bromeó.

—Muy gracioso —dijo Cora, pero se rió un poco.

—Están en casa de Keegan, con Devon —explicó él, y aunque estaba hablando con Cora miraba a Eco. Se fijó en las manchas de pintura, en sus largas piernas desnudas, en su camiseta ajustada.

—Acabo de acodarme de que tengo que hacer una cosa antes de cerrar la peluquería —anunció Cora, y se fue derecha a la puerta.

Fuera, en la acera, se detuvo y se permitió una levísima sonrisa. Si Rance seguía de espaldas un rato, quizá pudiera deslizar el contenido de aquel paquetito bajo el asiento de su coche.

Pensó en la página web y en todos aquellos testimonios,

y en la garantía de devolución del dinero en un plazo de treinta días.

Era hora de probar suerte con la magia.

—Respecto a la otra noche... —empezó a decir Rance torpemente, mientras miraba a la perra de reojo. Al menos no se le había tirado al cuello, así que tal vez todavía pudiera ganarse su favor, a fin de cuentas.

Eco, que parecía un helado de fresa con su camiseta rosa y sus pantaloncitos cortos, estaba al otro lado de la tienda. No decía nada, sólo esperaba. Quizá quería verlo sufrir un rato.

Rance se pasó una mano por el pelo y deseó haberse parado a ducharse y a cambiarse de ropa antes de ir al pueblo. Había ido a decirle a Cora que habían vuelto de la acampada, o al menos eso se había dicho al dejar a las niñas en casa de Keegan. Ahora, al ver cara a cara a Eco Wells, comprendió que era falso.

—Estaba un poco tenso en la fiesta —dijo, azorado—. Me gustaría disculparme.

Los ojos de Eco se agrandaron. No esperaba que dijera aquello.

—No hace falta —dijo, todavía cautelosa, justo cuando Rance empezaba a pensar que no iba a abrir la boca.

—He pescado un montón de peces mientras estábamos de acampada —se oyó decir—. Pensaba freírlos para cenar esta noche —hizo una pausa, se aclaró la garganta e intentó recordar la última vez que se había sentido como un chico de dieciséis años pidiendo salir a la chica más solicitada de la escuela—. Quizá te apetezca acompañarnos.

Ella se sonrojó. Se removió un poco.

—No estoy segura de que sea buena idea...

—Las niñas también estarán —se apresuró a decir él al ver

que titubeaba. Sonrió, más por nerviosismo que porque estuviera de buen humor–. Puedes traer al perro.

Eco se humedeció los labios.

–Mira, no tienes por qué...

–¿Alguna vez hablas con frases completas? –preguntó Rance, y se sintió aliviado al ver que ella se relajaba y hasta se reía un poco.

Eco miró su propia ropa, y Rance deseó quitársela para saborear todo lo que había debajo con lentos y húmedos lametazos.

–Estoy hecha un desastre –dijo.

«Y menudo desastre», pensó él, removiéndose, incómodo, cuando de pronto se imaginó sus piernas apoyadas en sus hombros y a sí mismo arrodillado entre ellas.

–A mí me parece que estás bien –contestó, y para sus adentros se concedió el premio a la mayor simpleza del siglo.

Vio que la decisión, tentativa y esperanzada, cobraba forma en su semblante.

–Está bien –dijo ella.

–Está bien –contestó él.

–Me doy una ducha y nos vemos luego en tu casa.

Otra visión estalló en la mente de Rance. Eco, desnuda y empapada, deshaciéndose en sus brazos mientras se hundía en ella con un solo golpe de cadera.

Tuvo que tragar saliva otra vez. Si no salía de allí pitando, tendría que meterse detrás del mostrador para ocultar su interés creciente.

–¿A las seis? –preguntó.

–A las seis –confirmó ella.

Rance dio media vuelta, se dirigió a la puerta y luego miró hacia atrás.

–¿Necesitas indicaciones?

La sonrisa de Eco derritió algo dentro de él.

—Sería de agradecer —dijo.
Le dijo cómo llegar a la casa y escapó de allí.
Ya fuera, sintiéndose distraído y malhumorado, notó que la puerta de su coche estaba entreabierta.
«Qué raro», pensó. La había cerrado de golpe al salir.
Encogiéndose de hombros, montó en el todoterreno y encendió el motor.
Durante el camino de vuelta al rancho no dejó de pensar en Eco.
Él no era vidente.
No llamaba a líneas calientes, ni colgaba bolas de cristal por ahí, ni consultaba las cartas del tarot.
Pero no necesitaba ninguna de esas cosas para saber lo que le deparaba el futuro.
Iba a hacerle al amor a Eco Wells... y muy pronto.

—No significa nada —le dijo Eco a Avalon mientras se ponía unos vaqueros, después de ducharse. Se puso también una camiseta blanca calada encima del sujetador de encaje, el que siempre se ponía cuando quería que se le viera el canalillo—. Sólo intenta compensarme porque en la fiesta se puso desagradable.
Avalon ladeó la cabeza y jadeó.
—No debemos sacar conclusiones —prosiguió Eco, atusándose el pelo. ¿Se hacía una trenza, se lo recogía hacia arriba o se lo dejaba suelto?
Optó por la trenza. Recogérselo hacia arriba daría a entender que se había esforzado por arreglarse, y llevarlo suelto era demasiado sexy. Por no hablar de que, como lo tenía todavía mojado por la ducha, se le rizaría y parecería que acababa de meter los dedos en un enchufe.
¿Maquillaje?
Eco suspiró. Demasiada preparación, otra vez.

Se decidió por ponerse brillo de labios y una pizca de rímel.

¿Perfume?

Ni hablar.

—Vamos —le dijo a Avalon, y enganchó la correa a su collar y recogió su bolso—. Iremos despacio, para que no parezca que estamos deseando llegar.

Avalon suspiró.

Bajaron las escaleras, entraron en la tienda y Eco se paró un momento a disfrutar de las estanterías nuevas y del olor a serrín.

Fuera, cerró la puerta de la tienda y se acercó al Volkswagen. Lo había comprado el año anterior, por capricho. Ahora, al mirarlo, se preguntaba si no debería haber elegido un color más circunspecto.

Abrió la puerta del copiloto y Avalon subió obedientemente al asiento y esperó mientras ella volvía a desenganchar la correa y le abrochaba el cinturón de seguridad.

—Toda precaución es poca —dijo—. Después de todo, seguramente estás embarazada.

Un minuto después salieron zumbando del pueblo.

Habían recorrido varios kilómetros cuando Eco recordó que no quería parecer ansiosa por llegar y frenó hasta ponerse aproximadamente a la velocidad de un cortacésped.

Avalon jadeaba mientras veía pasar el paisaje.

Eco puso la radio y volvió a apagarla.

Encendió el lector de CD.

Mozart. Eso era lo que necesitaba. Mozart, siempre amable y relajante.

Pero ¿por qué todo dentro de ella vibraba a ritmo de boogie?

La casa del rancho estaba hecha de madera y cemento y daba a un arroyo titilante que parecía bailar a la luz del sol de un atardecer de verano.

Eco detuvo el Volkswagen junto al todoterreno de Rance y sonrió cuando Rianna y Maeve salieron al patio lateral y corrieron hacia ella.

—¡Yo también tengo un coche rosa! —gritó Rianna cuando Eco bajó la ventanilla para saludarlas.

Avalon ladró alegremente y se estiró en su asiento, tirando del cinturón de seguridad.

Tras asegurarse de que podía dejar suelto al animal, Eco salió y rodeó el coche para abrirle la puerta.

Avalon se bajó de un salto, con un alegre resoplido, y empezó a correr alrededor de Rianna y Maeve, que parecían igual de entusiasmadas que ella.

Enseguida salieron corriendo las tres. Parecían tan contentas que no podían quedarse quietas ni un momento.

Eco se quedó allí, mirándolas, haciéndose sombra con la mano sobre los ojos mientras una leve sonrisa jugueteaba en sus labios.

Rance apareció a su lado antes de que le diera tiempo a prepararse.

—Bienvenida al Triple M —dijo suavemente.

El suave retumbar de su voz encontró una brecha en el interior de Eco e hizo que una placa tectónica se moviera. Aturdida, levantó la mirada hacia él y se preparó para resistir otro terremoto cuando la luz del sol se reflejó en su pelo negro. Llevaba unos vaqueros limpios y una camisa de sport azul que realzaba el fiero color de zafiro de sus ojos.

Su sonrisa característica volvió a brillar en agradable contraste con su piel tostada por el sol cuando alargó el brazo y cerró la puerta del Volkswagen.

Eco dio un paso atrás involuntariamente, y enseguida se sintió como una idiota.

—Debería haber traído algo —dijo—. Vino o... algo.

—Has venido tú —contestó él tranquilamente—. Con eso basta.

Hubo un breve y eléctrico encuentro de miradas, y ganó Rance.

Eco apartó los ojos primero y volvió a buscar a las niñas y a Avalon. Estaban en el riachuelo y, mientras las miraba, Maeve tiró un palo junto a la orilla y Avalon corrió a buscarlo.

Rance la tomó de la mano un instante, lo justo para tirar de ella hacia la casa. Lo justo para que una descarga recorriera por completo el cuerpo de Eco.

Caminó a su lado y se detuvo en el largo patio embaldosado, donde una botella de vino se enfriaba encima de una mesa de hierro fundido.

Rance apartó una de las sillas y le indicó que se sentara.

Ella se alegró de poder sentarse: no se fiaba de sus piernas.

Allá abajo, el riachuelo burbujeaba y lanzaba deslumbrantes destellos de sol mientras las niñas y el perro jugaban. Más allá había otra casa, mayor aún que la de Rance y Sierra. Un porche cubierto recorría todo el edificio, y en la primera planta había ventanas con gablete.

En el patio florecían rosas y lilas, junto con un venerable arbusto de peonías cargado de gruesos capullos blancos.

—Es la casa de Keegan —dijo Rance mientras abría el vino y le servía una copa—. Se han hecho ampliaciones con los años, claro, pero al principio era una cabaña fronteriza.

El vino era blanco, seco y vigoroso, y estaba tan frío que empañó la copa.

—La construyó Angus McKettrick —dijo Eco, y luego deseó no haber sido tan directa. Ahora Rance pensaría que había estado investigando la historia de su familia.

Él apartó una silla, se sentó y se sirvió un poco de vino.

—Sí —dijo con una ligerísima nota de regocijo en la voz—. Todos los McKettrick descendemos de aquel viejo y de una u otra de sus tres esposas.

—La casa de Sierra era de Holt y Lorelei —comentó Eco, y estuvo a punto de taparse la boca con la mano.
—Sí —contestó Rance.
Eco estaba interesada, a su pesar.
—¿Y de qué hijo de Angus desciendes tú?
—De Rafe y de su mujer, Emmeline —contestó él mientras, con una ligera sonrisa, miraba a sus hijas retozar con el perro—. Tuvieron dos hijas, igual que yo.
Eco se quedó pensando.
—¿No tuvieron hijos?
—No —constató él.
—Entonces ¿cómo es que conservas el apellido de la familia?
Rance sonrió y volvió a mirarla.
—Las mujeres de la familia McKettrick siguen llamándose McKettrick aunque se casen. La costumbre empezó con Katie, la única hija del viejo Angus, y no se ha roto nunca, que yo sepa.
Eco suspiró.
—Te envidio —dijo—. Mi familia se ha movido mucho, y a nadie parecía interesarle la genealogía.
Rance bebió otro sorbo de vino. Suspiró.
—Ha habido veces —confesó, bromeando visiblemente— en que he deseado ser huérfano. Jesse, Keegan, Meg y yo crecimos juntos, junto con un montón de primos que pasaban los veranos aquí.
—Tienes suerte —le dijo Eco.
—Lo sé —contestó él.
—Me parece que no conocí a Meg en la fiesta de Rianna —comentó Eco, barajando nombres y caras.
—Es la hermana de Sierra —dijo Rance tras negar con la cabeza para confirmar lo que ella había dicho—. Se deja caer por aquí de vez en cuando. Seguramente vendrá cuando Sierra y Travis acaben de construir la casa que se

están haciendo en el pueblo. Hace tiempo que habla de ello, pero tiene muchas cosas que la atan en San Antonio.

–Es difícil seguiros la pista –dijo Eco–. A tu familia, quiero decir.

–Dímelo a mí –contestó Rance, riendo–. ¿Estás lista para cenar?

De la parrilla del patio llegaba un aroma delicioso a pescado frito. A Eco le sonaron las tripas y ambos se echaron a reír.

–Creo que sí –contestó ella.

Rance llamó a las niñas, las mandó a la casa a lavarse las manos y puso la mesa con platos de distintos colores y cubiertos descabalados.

–Son las cosas de comer fuera –le dijo a Eco.

Ella sonrió.

–Me gustan. Son... alegres.

Avalon se acercó y se sentó a cierta distancia de la mesa, a la sombra. A Eco se le encogió la garganta cuando Rianna y Maeve salieron de la casa llevando sendos cuencos. El de Maeve contenía agua y el de Rianna una especie de carne troceada.

Por lo visto, Avalon también iba a darse un festín.

Las chicas se sentaron a la mesa y Rance les sirvió zumo en las copas de vino. Sirvió el pescado en una enorme fuente desportillada, junto con ensalada de lechuga y un cestillo de bollitos de pan.

–Estos peces los hemos pescado nosotros –dijo Maeve, muy orgullosa. Ceceaba un poco al hablar, y Eco se dio cuenta de que llevaba un aparato dental transparente–. Papá nos llevó de acampada a la finca de Jesse.

–También es la finca de Cheyenne –dijo Rianna–. Va a casarse con Jesse. Están todo el rato besándose.

Rance se rió.

Avalon, que se había bebido la mitad del agua y había

saboreado la carne troceada, se echó a dormir, satisfecha, sobre las cálidas baldosas del patio.

Eco se descubrió deseando que las cosas siguieran así: los cuatro cenando allí fuera, como una verdadera familia, junto con su perro. Los momentos como aquél eran raros en su vida, y demasiado fugaces. Las niñas, las casas y los perros siempre eran de otros, pero esa noche casi podía fingir que encajaba perfectamente en aquel cuadro.

—¿Crees que a Avalon le gustaría montar en mi coche? —preguntó Rianna, muy seria, sacándola de sus cavilaciones.

—Ya te he dicho que no cabe —dijo Maeve.

Rance y Eco cambiaron una mirada, y había algo tan íntimo en ella que Eco se quedó sin aliento.

Se imaginó quedándose allí: recogiendo la mesa con Rance después de la cena, charlando mientras fregaban los platos, acostando a las niñas después del baño...

«Para», se dijo, pero no sirvió de nada.

Rance y ella volverían al patio cuando Rianna y Maeve se hubieran acostado, verían salir las estrellas y brillar como gemas en el cielo despejado del campo. Tal vez bailarían con música suave, allí mismo, al aire libre, y luego subirían juntos y harían el amor lenta y dulcemente con las ventanas abiertas para que entrara la brisa...

Se sonrojó.

Rance la estaba mirando como si pudiera ver lo que estaba pensando.

—El vino siempre me acalora —explicó apresuradamente, abanicándose la cara con una mano.

Una lenta sonrisa se extendió por la cara de Rance.

—Si tú lo dices —contestó.

CAPÍTULO 5

Después de la cena, Rianna se disculpó, salió del patio y poco después dobló la esquina de la casa montada en su Volkswagen rosa en miniatura. Con una sonrisa entusiasmada, tocó la bocina.

Eco se sintió extrañamente conmovida por aquella imagen, además de divertida. Se rió y notó vagamente que la mirada de Rance se posaba un momento en ella y volvía luego a fijarse en la niña.

—¡Es igual que tu coche! —exclamó Rianna.

—Sí —dijo Eco suavemente.

—Sólo que Eco sabe conducir el suyo —dijo Maeve con aire de pragmatismo implacable.

—Yo sé conducir —respondió Rianna—. Seguro que podría ir hasta Indian Rock, si papá me dejara.

—Ya hemos hablado de eso —dijo Rance.

—Ni siquiera puedo cruzar el puente para ir a casa del tío Keegan —dijo Rianna haciendo un mohín.

—Id a jugar —les dijo Rance a sus hijas—. Las dos.

Rianna se fue a toda velocidad por el camino de entrada, tocando la bocina, con Maeve corriendo a su lado. Avalon se levantó, bostezó y se alejó tras ellas sin muchas ganas.

—No sé cómo se me ha ocurrido comprarle eso —reconoció Rance—. Dentro de poco tendrá dieciséis años y podrá conducir un coche de verdad.

Eco alargó el brazo impulsivamente y le dio unas palmaditas en la mano. Sintió que la piel le ardía allí donde lo había tocado, y él dio un respingo como si también lo notara. A los dos se les oyó tomar aire bruscamente.

El rubor inundó las mejillas de Eco.

—Le encanta —dijo débilmente—. Y te quiere mucho, obviamente.

—No estoy seguro de merecerlo —contestó Rance. Luego tomó la mano de Eco y apretó ligeramente sus nudillos con la yema del pulgar—. ¿Y a ti, Eco Wells? ¿Quién te quiere?

Ella se tensó, se recuperó y procuró sonreír. La respuesta evidente era nadie, pero no se atrevió a decirlo en voz alta. Para empezar, sonaría patético, y además sería demasiado doloroso.

—Yo soy una solitaria —dijo.

Rance no le soltó la mano, aunque no la apretaba con fuerza. A Eco le pareció agradable, cuando las descargas que sentía en las entrañas remitieron.

—A mí no me lo pareces —contestó él—. Has dicho que tu familia se movía mucho. ¿Significa eso que no tienes mucha relación con ellos?

—Sí —respondió Eco, y apartó la mirada, porque de pronto tenía lágrimas en los ojos, y se moriría si él las veía—. Eso es lo que significa.

Rance no dijo nada. Ni soltó su mano.

Estaba oscureciendo y una luna fina como papel se veía justo encima de la chimenea principal de la casa de Keegan McKettrick.

—Esto es precioso —dijo Eco en voz baja. Quería apartar la mano, sabía que debía hacerlo, pero el mensaje se interrumpía en alguna parte entre su cerebro y los músculos de su mano.

—Esta noche lo es más que de costumbre —dijo él.

Eco lo miró, sus miradas chocaron y ella apartó los ojos. Aunque no era más que una frase hecha, desde luego, la mirada de Rance parecía decir «¿No nos hemos visto antes?».

Ella apartó la mano suavemente. Sería muy fácil acostarse con él, esa noche o cualquier otra. Demasiado fácil. Quizá seguirían otros encuentros, pero luego Rance seguiría con su vida, y el paisaje del alma de Eco quedaría desnudo y abrasado.

Ya le había ocurrido antes, con Justin, y sabía que no podía permitirse un bis.

Se levantó y empezó a recoger la mesa.

—Eco —dijo Rance sin levantarse de la silla—, para.

Ella se detuvo, miró a Maeve, Rianna y Avalon, que subían por el camino, seguidas por la nubecilla de polvo que levantaba el cochecito rosa.

—Debería volver al pueblo —dijo.

Rance se puso en pie.

—Está bien —contestó, pero parecía reacio, como si quisiera proponer otra cosa.

Eco se obligó a mirarlo a los ojos.

—Yo... Ha sido una noche encantadora...

Él sonrió, pero sus ojos conservaron cierta tristeza.

—Algo te ha asustado, Eco —dijo con suavidad—. ¿Qué ha sido?

Ella se mordió el labio. ¿Cómo podía explicarle que era él quien la asustaba? Él y todo lo que la hacía sentir. En una sola noche había conseguido reavivar sueños que ella había sepultado hacía tiempo, sueños que nunca podrían cumplirse porque eran ambos muy distintos.

Él era rico, ella sólo iba tirando.

Él tenía una gran familia, ella estaba sola en el mundo.

Él era pragmático, y ella tenía tendencia al pensamiento mágico.

No funcionaría.
—No lo sé —mintió.
Rance tocó su barbilla con una mano y pasó el pulgar por su boca en una caricia tan tierna que Eco se estremeció.
—Yo creo que sí lo sabes —contestó él—. Pero no importa, si no estás preparada para decírmelo.
Rianna pasó a toda prisa en su miniescarabajo, volcando una de las sillas.
—Apárcalo —ordenó Rance—. Es hora de pasar por el taller.
Rianna suspiró, resignada a las incomprensibles exigencias de los adultos, y se bajó del cochecito.
Eco recogió su bolso.
—¿Te vas? —preguntó la niña.
—Mañana tengo muchas cosas que hacer —dijo Eco. Pensaba ir a Flagstaff a comprar una caja registradora y un datáfono. Cuando empezaran a llegar los libros, quería tenerlo todo listo.
Rianna dejó caer sus pequeños hombros.
—Ah —murmuró.
—Dile buenas noches a la señorita Wells y prepárate para irte a la cama —le dijo Rance—. Maeve, tú también.
—¡Pero si todavía no es de noche! —protestó Maeve.
—Obedece —dijo Rance.
—Buenas noches, señorita Wells —dijeron a coro Rianna y Maeve, de mala gana. Tras hacerles unas caricias de despedida a Avalon, las niñas desaparecieron en la casa.
Rance acompañó a Eco a su coche, a cuyo lado iba Avalon.
Eco se atareó un momento, acomodando a la perra en el asiento del coche, y al darse la vuelta chocó con Rance. Le pareció un muro de piedra, y el impacto la aturdió un poco.

Él la enlazó flojamente por la cintura, inclinó la cabeza y sus labios se rozaron. Fue un beso breve, que acabó en un abrir y cerrar de ojos, pero dejó a Eco trémula y confusa... y absolutamente segura de que su presentimiento anterior era acertado.

Tarde o temprano, Rance McKettrick iba a seducirla y, a pesar de que iba contra la lógica y el sentido común, ella iba a permitírselo.

Rance apenas pegó ojo esa noche, y a la mañana siguiente llevó a las niñas al pueblo, a desayunar en el Roadhouse antes de dejarlas en la peluquería de Cora.

Se llevó una desilusión al ver que el ridículo coche rosa de Eco no estaba, aunque suponía que era preferible que no volvieran a encontrarse tan pronto. Había disfrutado tanto de la velada del día anterior que no podía pensar tranquilamente.

Su suegra, que estaba sola en el salón de belleza, salvo por una señora mayor envuelta en una capa de plástico y sentada bajo uno de los secadores, se fijó en sus pantalones de vestir, su camisa blanca y su corbata.

—¿Piensas volver a subirte a ese avión? —le preguntó cansinamente cuando Rianna y Maeve entraron en el estudio contiguo para practicar con el bastón. El valor que atribuían a aquella habilidad dejaba perplejo a Rance, que lo achacaba a una incomprensible peculiaridad de la mente femenina; a fin de cuentas, en el mundo real no había mercado para tal cosa.

Sacudió la cabeza, por la pregunta de Cora y por el género femenino en su conjunto.

—Voy a estar en mi despacho de McKettrickCo —dijo—. Tengo más reuniones. Si las niñas te dan mucha guerra, puedo venir a recogerlas y llevármelas al trabajo.

—A mí nunca me dan mucha guerra —dijo Cora. Luego su boca se suavizó un poco y sus ojos brillaron maliciosamente—. ¿Qué tal la cena de anoche? —preguntó.

—Deliciosa —dijo Rance, eludiendo la cuestión—. Cenamos trucha. Las freí yo mismo.

—Tú sabes que no me refería a eso —insistió Cora. Rance la había llamado al volver al rancho para invitarla a unirse a la fiesta, pero ella había rehusado en cuanto le dijo que Eco también iría.

Rance sonrió y se inclinó hacia ella, por si la señora los oía a pesar del rugido del secador, que le cubría la cabeza como un casco espacial.

—Bueno —dijo—, primero mandé a las niñas a la cama. Luego, cuando me aseguré de que estaban dormidas, desnudé a Eco, la tumbé en la hierba y la violé.

Cora agrandó los ojos. Después le dio un puñetazo.

—Serás golfo —dijo—. Por un momento casi me engañas.

Rance se echó a reír, y deseó haberle hecho el amor a Eco. Así quizás habría podido dormir decentemente, en lugar de pasarse la noche dando vueltas en la cama. Estaba a punto de irse al trabajo cuando Cora lo detuvo.

—¿Por qué no cenáis en mi casa esta noche? Las niñas y tú.

Él levantó una ceja.

—¿Eso que huelo es una trampa?

—Puede que invite a Eco, si te refieres a eso —dijo Cora—. Está sola, Rance, y creo que no come bien. Está demasiado delgada.

Personalmente, Rance pensaba que Eco tenía una figura perfecta, pero no iba a discutir aquel asunto con Cora. Frunció el ceño.

—Anoche parecía tener buen apetito —dijo. Y no sólo eso: lo había deseado tanto como él a ella. Otra reflexión que no estaba dispuesto a compartir con su suegra.

Eco tenía miedo, tal vez sólo de él, o quizá de todos los hombres.

—Está quemada —dijo, sin intención de expresar aquella idea en voz alta.

Cora asintió sagazmente, miró a la mujer del secador, que estaba enfrascada en una revista muy manoseada, y confesó:

—Se llamaba Justin. Eco voló hasta Las Vegas para casarse con él en una de esas ridículas capillitas, y él no apareció.

A Rance lo sorprendió el impacto que le causó la noticia; la sintió como un golpe. Se alegró de que Eco no se hubiera casado y, al mismo tiempo, tuvo ganas de buscar a aquel tal Justin y cambiarle la forma de la cara.

—¿Te lo ha contado ella?

—Las mujeres nos contamos cosas que no le diríamos a un hombre ni en un millón de años —dijo Cora con aplomo—. Por lo menos, no directamente.

Aquello molestó a Rance. Las mujeres tenían secretos, y hablaban un lenguaje propio. Así había sido con Julie; no le había dicho ni una palabra cuando era infeliz, al menos al principio, cuando podrían haber cambiado las cosas. En vez de hablar con él, acudía a Cora. Él se la había encontrado llorando varias veces, le había preguntado qué le ocurría y siempre obtenía la misma respuesta: «Nada». Y aquel «nada» había crecido hasta convertirse en un «algo» inmenso.

Rance se preguntaba si Julie se lo había contado todo a Cora, y aquella pregunta lo había mantenido en vela más de una noche, pero no se atrevía a hacérsela a su suegra. El orgullo de los McKettrick. Era una de sus mejores cualidades (le había permitido triunfar a una escala que superaba con mucho el alcance de McKettrickCo) y también una de las peores.

—Me pensaré lo de la cena —le prometió a Cora al marcharse, y lo haría. Pero después de sopesar muchas otras cosas antes.

Cuando Eco y Avalon volvieron a la tienda esa tarde con la caja registradora y el datáfono, Eco, que se sentía extrañamente inquieta, se acercó al ordenador, que estaba sobre el mostrador, y lo encendió. El mensaje estaba esperándola, junto con seis pedidos de hechizos amorosos más.

Esa perra se parece a la mía, había escrito aquel desconocido. *Se escapó de mi patio trasero en Dry Creek, Arizona, hace tres semanas. Va a tener cachorros y valen una pasta, así que quiero recuperarla. No pago recompensas.* El hombre había firmado con su nombre, Bud Willand, y le había dejado sus datos de contacto.

Eco miró a Avalon, que descansaba tranquilamente al sol que entraba por el escaparate. Había pasado por el desvío de Dry Creek en su viaje hacia el norte desde Tucson.

—¿Eras de un tal Bud Willand? —preguntó.

Avalon suspiró y se estiró.

Tras luchar un rato con su conciencia, Eco marcó el número de teléfono que figuraba en el e-mail. No podía dejar de llamar, pero de todos modos tenía un mal presentimiento.

—Diga —contestaron bruscamente.

—¿Es el señor Willand? —preguntó Eco.

—Bud —confirmó el señor Willand.

—Creo que me ha mandado un e-mail sobre una perra perdida. ¿Puede decirme cómo la llamaba? —era una prueba sencilla; su Avalon era la perra de Bud Willand, respondería a su nombre.

Willand soltó una risilla hosca y levemente desdeñosa.

—Los críos la llamaban Whitey, aunque para lo que servía. El maldito chucho nunca viene cuando lo llamas.

—Whitey —repitió Eco, observando la reacción de Avalon.

La perra no se movió.

—Creo que no es Whitey —dijo Eco.

—Me gustaría echarle un vistazo de todos modos —contestó Willand—. Los críos la echan de menos horrores. Y ya le he dicho que no responde a nada, como no sea a un cuenco lleno de sobras.

—No creo que...

—Pero es buena perra de caza. La saco todos los otoños en mi caravana.

Eco cerró los ojos, recordando con qué desesperación había arañado Avalon la puerta de aquella caravana la noche de la fiesta de cumpleaños de Rianna, y su desconsuelo al ver que la mujer de dentro no era su dueña.

Pero Eco no se la imaginaba cazando. No soportaba imaginársela atada en el patio trasero de una casa, subsistiendo a base de sobras.

Aun así, estaba el asunto de la caravana (no había hablado de ello en las páginas web de mascotas perdidas, aunque había puesto al día la información una vez desde esa noche) y no estaría bien, ni sería justo ignorarlo.

Eco dio indicaciones a Bud Willand para llegar a Indian Rock y a su tienda, confiando en que no apareciera.

Media hora después se había olvidado por completo del señor Willand y de sus posibles derechos sobre Avalon. Llegó el primer cargamento de libros y se puso a ordenarlos y a meterlos en el programa de inventario de su ordenador.

Eran poco más de las cinco cuando apareció Cora.

—Esto empieza a parecer una librería —comentó alegremente.

Eco sonrió, contenta y exhausta.

—Va tomando forma —dijo. Tendría que trabajar mucho

para abrir la tienda el sábado por la mañana, pero estaba decidida a hacerlo.

—Me encantaría ayudarte —dijo Cora—. Pero primero creo que deberías pasarte por mi casa para tomar una buena cena —miró con cariño a Avalon, que seguía tomando el sol—. Puedes traer a la perrita, claro.

—Eres muy amable —contestó Eco, apartándose el flequillo sudoroso y exhalando un suspiro de cansancio—. Pero pensaba tomarme un yogur y seguir trabajando.

—Un yogur no puede competir con mi estofado de alubias con beicon —la reprendió Cora cariñosamente.

A Eco le sonaron las tripas.

—Seguramente no.

—Ven a casa conmigo —insistió Cora—. Después de la cena, volveremos aquí y acabaremos esto entre las dos.

Avalon se levantó y se desperezó, se acercó a Cora y le lamió la mano.

Eco se rió.

—Creo que está decidido —dijo—. Deja que me arregle un poco.

—Estás muy bien así —dijo Cora—. Tengo que pasarme por McKettrickCo a recoger a las niñas. Rance vino a recogerlas. Se las llevó a comer y luego a la oficina. Empiezo a pensar que tal vez todavía haya esperanzas para ese hombre.

Eco sonrió, aunque cualquier mención a Rance la ponía nerviosa.

—¿Va a cenar con nosotras? —preguntó cautelosamente.

—Depende —contestó Cora—. Están pasando cosas importantes en la empresa. Cabe la posibilidad de que salga a bolsa, y como el clan McKettrick está dividido al respecto, puede que a estas horas Rance esté metido hasta el cuello entre cocodrilos.

—Ah —dijo Eco, perdida. No sabía nada sobre McKettrickCo, excepto que era una corporación internacional y que, como tal, seguramente talaba selvas tropicales y explotaba a trabajadores no cualificados.

—Vamos —insistió Cora—. Lo pasaremos bien, con Rance o sin él.

Cinco minutos después, Eco estaba en el Volkswagen, con Avalon en el asiento del pasajero, siguiendo a Cora hacia las oficinas que la empresa tenía en el pueblo. El edificio, perfectamente integrado en el paisaje, era impresionante, y había unos cuantos coches en el aparcamiento, a pesar de que la hora de cierre había pasado hacía rato.

Eco se quedó en el coche, esperando que Rance cenara con ellas y, al mismo tiempo y con idéntica intensidad, esperando que no lo hiciera. Se sentía como una gigantesca goma elástica, estirada al máximo.

Cuando Cora salió, Rianna y Maeve iban con ella, pero no había rastro de Rance.

Las niñas saludaron a Eco con la mano, sonriendo, y Cora las metió en su camioneta. Cuando encendió el motor y salió marcha atrás de su aparcamiento, Eco la siguió.

La casa de Cora era un edificio victoriano de dos plantas, pintado de blanco y adornado con cenefas de color verde bosque, con cerca de madera y matorrales de lilas en flor en el patio delantero. El porche, parcialmente cerrado, daba la vuelta a la casa. Sujeta a uno de sus pilares por un soporte metálico, ondulaba una bandera. Un enorme arce daba sombra, y un columpio de madera colgaba de una de sus gruesas ramas. El camino de entrada era de grava y llevaba a un garaje anticuado y pegado a la casa.

Cora aparcó la camioneta dentro mientras Maeve y Rianna salían dando brincos por la puerta abierta para encontrarse con Eco y Avalon en la acera.

Las niñas saludaron a Avalon acariciándole las orejas y el

lomo con entusiasmo, y Eco habría jurado que la perra sonreía, regodeándose en sus carantoñas.

Pensó fugazmente en Bud Willand y en sus hijos. ¿Era Avalon aquella Whitey perdida? ¿La recibirían los hijos de Willand como Rianna y Maeve, con aquel cariño lleno de alegría?

Sintió un leve temblor en el estómago. Si Avalon era Whitey, tendría que devolverla, y la idea la llenaba de angustia.

—¿Por qué estás tan triste? —preguntó Rianna muy seria, observando su cara con interés.

—Sólo estoy un poco cansada —se apresuró a explicar ella.

Cora, que había entrado en la casa por una puerta trasera o lateral, apareció en el porche y las llamó.

—Hay limonada en la nevera —dijo.

Maeve abrió la valla, que chirrió, y entraron todas en tropel. Al ver aquella casa maravillosamente sencilla, con sus ventanas relucientes y su césped pulcramente segado, sus macizos de flores y sus arbustos, Eco sintió otra punzada.

¿Cómo habría sido crecer en un lugar así?

Se imaginó la nieve en Navidad, una corona festiva en la puerta y las luces de colores del árbol brillando en la ventana del cuarto de estar. En otoño, habría farolillos hechos con calabazas en los peldaños, y las hojas doradas y carmesíes se amontonarían alrededor del tronco del arce. En primavera, los pensamientos, los narcisos y los geranios se mecerían alegremente sobre los bordes de los tiestos de barro.

Llena de un anhelo imposible, Eco sintió que se le encogía la garganta.

Rianna, pese a sus pocos años, pareció entenderla. Tomó su mano y se la apretó ligeramente.

—Echo de menos a mi mamá —susurró.
Eco sintió el ardor de las lágrimas en los ojos.
Maeve estiró la espalda y se volvió para mirar a su hermana.
—Tú no te acuerdas de mamá —le reprochó.
—Pero la echo de menos —insistió Rianna.
—Vamos a tomar un poco de limonada —dijo Eco.
—Todas necesitamos mojarnos el gaznate —añadió Cora. Estaba sonriendo, pero sus ojos tenían una expresión triste y seria cuando apretó a sus nietas contra su costado. Por encima de sus cabezas, su mirada se encontró con la de Eco.

Tomaron limonada fría en el patio de atrás, en una mesa de mimbre, y luego las niñas jugaron con Avalon mientras Cora y ella descansaban tranquilamente al sol matizado por las hojas de los árboles.

—Su madre creció aquí, bajo este mismo techo —dijo Cora suavemente—. Jugaba en la hierba, con su perro, Farky, igual que Rianna y Maeve ahora. Jamás pensé que mi Julie se iría y que yo seguiría aquí.

Eco no supo qué responder.

Cora logró esbozar una sonrisa decidida.

—Soy una vieja boba, parloteando sobre alguien a quien ni siquiera conociste —dijo—. Perdóname.

—No me importa escuchar, Cora —contestó Eco—. Y no eres ninguna vieja boba.

—¿Te gustaría ver unas fotos? —preguntó Cora con un toque de timidez—. De Julie, quiero decir.

—Me gustaría mucho —dijo Eco.

Cora entró apresuradamente en la casa y volvió enseguida con un álbum muy gastado. Acercó una silla a la de Eco y colocó el voluminoso libro sobre la mesa con mucho cuidado, abriéndolo por la primera página.

Allí estaba ella misma, mucho más joven, sonriendo delante de un árbol de Navidad, con un hermoso bebé vestido de rosa en los brazos.

—Esta foto la hizo Mike, mi marido —dijo.

Maeve y Rianna se acercaron como atraídas por un imán y se quedaron a uno y otro lado de su abuela, mirando extasiadas por encima de sus hombros. Sin duda habían visto tantas veces las fotografías del álbum que conocían de memoria cada uno de sus detalles, pero por su expresión se habría dicho que las veían por primera vez.

—Enséñale a Eco la de mamá vestida de vaquera —susurró Rianna. Miró a Eco y añadió con orgullo—: Mamá fue Miss Rodeo Infantil cuando tenía cinco años.

—Guau —dijo Eco, sinceramente impresionada. Julie Tellington estaba tan guapa como Shirley Temple, con su falda de flecos, su chaleco y sus botas, sonriendo a la cámara con el aplomo de una niña muy querida.

—No estaba nada consentida —dijo Cora cariñosamente, devorando la foto con los ojos—. Intentamos tener más hijos, Mike y yo, pero nos sentíamos muy afortunados por poder criar a nuestra Julie.

Eco no podía hablar. Deseaba tener un hijo propio, un hijo al que amar tanto como Cora había querido a la suya.

—Era preciosa.

Cora asintió con la cabeza. Sollozó suavemente. Su mano se curvó alrededor del borde de la vieja fotografía con una ternura que a Eco le llegó al alma. Amar como había amado Cora, desnudar así el corazón, dejando expuestas sus fibras más delicadas, era un riesgo terrible.

¿Cómo había soportado Cora aquella pérdida?

Rianna tocó un momento la fotografía con sus dedos manchados de hierba. Eco se alegró de que Cora no la regañara, sino que esperara a que Rianna apartara lentamente la mano.

Seguía una serie de fotografías ordenadas cronológicamente: Julie en su primer día de colegio, compitiendo en diversos concursos de manejo de bastón (siempre con un traje tan elaborado como el de vaquera, seguramente hecho a mano), abriendo regalos en sus cumpleaños y en Navidad. Vestida para pedir golosinas el día de Halloween con una serie de imaginativos disfraces: de abejorro un año, de perrito caliente gigante al siguiente, y luego de girasol con pétalos amarillos y hojas de fieltro verdes.

Cora reconoció modestamente que cuando Julie era pequeña se pasaba la vida cosiendo, y que aún hacía disfraces para Rianna y Maeve cuando era necesario.

A mitad del álbum empezó a aparecer Rance: de adolescente, lavando un viejo coche con Julie (el chorro de la manguera congelado para siempre en un géiser brillante), de jovencito, muy guapo, posando orgulloso junto a Julie la noche del baile de promoción, y en su boda. Después posaba con Julie y las niñas, y sus sonrisas parecían iluminar cada fotografía.

Había más fotos, tomadas en comidas campestres y en vacaciones. Eco se preguntó con tristeza si alguien más notaba que la sonrisa de Julie se iba apagando casi imperceptiblemente entre una foto y la siguiente.

Por fin llegaron al final del álbum.

Avalon soltó un leve e indeciso ladrido y al levantar la vista vieron a Rance en el patio, mirándolas. Su cara estaba en sombras, pero salió de la oscuridad sonriendo.

A Eco se le encogió dolorosamente el corazón.

—Espero no haberme perdido la cena —dijo él.

Avalon se acercó y Eco vio, extrañamente conmovida, que él se inclinaba para acariciarla.

—Aún no hemos comido —informó Rianna a su padre.

—Bien —dijo él, mirando a Eco mientras se acercaba. Bajó la mirada un momento hacia el álbum.

—Voy a traerte una limonada —dijo Cora y, levantándose, se apretó el álbum contra el pecho casi como si temiera que él se lo arrancara.

—Gracias —dijo Rance tibiamente, sin dejar de mirar a Eco.

Cora entró en la casa, llevándose el álbum.

Rianna y Maeve la siguieron y Rance y Eco se quedaron a solas en el patio, de no ser por Avalon, que esperó a que él se sentara a la mesa y se acomodó luego a sus pies.

—¿Un día muy largo? —preguntó Eco, viendo signos de fatiga en sus ojos, y a duras penas sofocó el impulso de alisarle el pelo revuelto.

—Como siempre —dijo él—. Supongo que Cora te ha enseñado uno de sus álbumes de fotos.

Ella asintió con la cabeza.

—Julie era encantadora —dijo.

Rance asintió con un breve movimiento de cabeza. Se relajó un poco.

Rianna volvió con un vaso de limonada.

—¿Vamos a salir a bolsa? —preguntó, dándole el refresco.

Se hizo un silencio.

Luego Rance se rió, por las palabras de su hija y por la evidente confusión de Eco.

—Aún no se ha decidido —le dijo a Rianna—. De momento, McKettrickCo sigue siendo un negocio familiar.

Eco, que por fin había entendido de qué se trataba, quiso preguntar de qué lado estaba Rance, y enseguida decidió que no era asunto suyo.

—¿Nosotros estamos a favor o en contra? —inquirió Rianna.

—Estamos indecisos —contestó Rance.

—¿Y el tío Jesse?

—Indeciso —dijo Rance.

—Pero el tío Keegan está en contra —declaró Rianna.

—En efecto —dijo Rance—. Que Dios lo libre de pasar el resto de sus días viviendo de las rentas.

—¿Qué harías tú, papá? Si no tuvieras que trabajar en la empresa, quiero decir —Rianna parecía tan ilusionada que Eco tuvo que apartar la mirada.

—Pasaría más tiempo contigo y con tu hermana —dijo Rance con calma.

La mirada de Eco voló hacia su cara.

—Eso estaría bien —dijo Rianna, sonriendo. En ese momento, pese a su cabello oscuro, que era de Rance, se parecía tanto a Julie que fue como si su madre hubiera vuelto a vivir.

Rance bebió un sorbo de limonada.

—Sí, estaría bien —dijo.

Maeve salió por la puerta trasera llevando un montón de platos y cubiertos. Cora apareció tras ella con una fuente azul y blanca en las manos.

Avalon se sentó y olfateó el aire admirativamente.

Cora tomó un plato después de que Maeve los pusiera sobre la mesa, sirvió una ración del sabroso guiso y lo puso en el suelo para Avalon.

—Espero que no te importe —dijo Cora, mirando a Eco.

—No, no me importa —susurró ella, y deseó, igual que la noche anterior, en el patio de Rance, que el tiempo se detuviera en vez de seguir fluyendo como el arroyo de delante de la casa del rancho. Pero, consciente de que no se detendría, dobló cuidadosamente aquella escena doméstica y la guardó en el libro de recortes mental en el que conservaba sólo las cosas más bellas.

CAPÍTULO 6

El atardecer se adensó hasta convertirse en penumbra, allí, en el patio de Cora, mientras las niñas jugaban con Avalon, Cora regaba sus macizos de flores con la manguera y Eco y Rance permanecían tranquilamente sentados a la mesa, ya despejada de platos.

Los sentimientos de Eco (una sensación de serena renovación que contrastaba con la inquietante certeza de que se hallaba en terreno peligroso) se reflejaban claramente en su rostro.

Rance la observaba con una mezcla de recelo y fascinación mientras el semblante de ella cambiaba: una sonrisa suave y meditativa mientras miraba retozar a las niñas y a la perra en la hierba recién cortada, luego un leve ceño de preocupación que arrugaba su frente tersa, entre las cejas. De cuando en cuando se recostaba en la silla y se relajaba. Pero un instante después volvía a sentarse al borde y miraba a hurtadillas su reloj.

Por fin, con un suspiro de determinación, se puso en pie.

La mirada de Rance se concentró primero en sus piernas desnudas, bajo el borde deshilachado de sus vaqueros cortos, y se levantó luego con premeditación hasta chocar con sus ojos.

Ella se sonrojó, seguramente dividida entre el azoramiento y la exasperación por su audacia, y el reconocimiento tácito de su atracción mutua. Lo que ocurría entre ellos era algo elemental, tan primigenio como una erupción volcánica, e igual de imparable.

Iban a colisionar como dos borrascas opuestas, allá en lo alto, en un cielo tormentoso. Era irracional, sólo podía ser un cataclismo, y era inevitable.

«Fuerza cinco», pensó él.

Se levantó porque ella se había levantado. Un gesto anticuado, sí. Y grabado en el ADN de todos los McKettrick. Por muy sinvergüenza que fuera uno, en los negocios o en la vida privada, se levantaba cuando se levantaba una dama. Le abría las puertas y le llevaba las cosas pesadas.

—No te irás ya, ¿verdad? —preguntó Cora, apartándose de los lechos de flores para mirar a Eco.

Eco apartó con dificultad la mirada de Rance (él sintió literalmente un desgarro, como si alguien arrancara pintura vieja de una pared) y sonrió a Cora.

—Son casi las ocho —dijo razonablemente.

Era una princesa con alas invisibles. Tal vez, a una hora desconocida, se convertía en una rana.

Rance frunció el ceño para sus adentros. ¿O era sólo los príncipes los que se convertían en ranas? En cuanto a cuentos de hadas, tenía las nociones básicas.

Cora hizo una mueca, cerró la manguera y la enroscó formando una espiral verde y reluciente.

—Prometí ayudarte a desempaquetar los libros esta noche, y yo siempre cumplo mi palabra.

—Estás cansada —protestó Eco. Parecía haberse olvidado de la existencia de Rance, pero él no se dejaba engañar. Eco sentía su cercanía con cada célula de su cuerpo, igual que él la suya. Estaba ignorándolo deliberadamente. Fingiendo que no estaba allí.

«Buena suerte», pensó él. A veces, las mujeres sentían antipatía por él, o incluso lo odiaban. Le tiraban cosas, gritaban y lloraban. Pero con más frecuencia coqueteaban, ronroneaban y se ponían zalameras, y le arañaban la espalda cuando les hacía el amor.

Pero nunca lo ignoraban.

—Bobadas —dijo Cora—. Estoy llena de energía.

—Nosotras podemos ayudar —dijo Rianna, ilusionada—. ¿Verdad? —pero bostezó mientras hablaba.

—¿Sabéis qué os digo? —dijo Rance, consciente de que lo que iba a decir pillaría a Eco a contrapié, y encantado ante la idea, porque cargaría la atmósfera de electricidad—. Me imagino que habrá que levantar bastante peso. Chicas, vosotras quedaos aquí con la abuela, y yo ayudaré a Eco con los libros.

—No es necesario, de verdad —dijo Eco con deliciosa indecisión—. Puede esperar hasta mañana.

—No, si quieres abrir el sábado por la mañana —terció Cora. A pesar de la penumbra, Rance vio brillar una chispa en los ojos de su suegra. Cora no pasaba nada por alto. Bostezó ampliamente, como había hecho Rianna, y Maeve hizo lo mismo—. Ahora que lo dices —añadió—, me vendría bien poner los pies en alto un rato. Y quizá ver un poco la tele.

Eco se mordió el labio, miró incómoda a Rance. Él notó que dudaba y, como adivinaba lo que ocurría, disfrutó del chisporroteo y el brillo de las ideas que iluminaban fugazmente sus ojos maravillosos como una serie de diapositivas aceleradas.

«Piérdete», decía una parte de ella.

«Hazme el amor hasta que ninguno de los dos tenga nada más que dar», decía otra.

Decisiones, decisiones.

Rance se sonrió. «Siempre estoy dispuesto a complacer a una dama», pensó.

—Parece que siempre acabamos juntos —dijo ella con crispación.

—Imagínate —contestó él.

—Marchaos ya —añadió Cora, echándolos con un ademán—. Las niñas y yo vamos a comernos un helado y a ver qué hay en la tele.

Eco volvió a sonrojarse, y algo primitivo se agitó dentro de Rance: no era el deseo de conquistarla, como podía haber sospechado, sino el impulso de protegerla.

Resignada, Eco dio las gracias a Cora por la cena, se despidió de las niñas y llamó a Avalon.

Rance prometió recoger a las niñas una hora o dos después, y acompañó a Eco y al perro hasta el Volkswagen, que estaba aparcado delante de la casa, con las ruedas pegadas a la acera. El todoterreno se cernía sobre él, y Rance no pudo evitar establecer un paralelismo entre los vehículos y ellos dos.

Se apartó un poco de ella, física y mentalmente.

Esperó a que acabara de acomodar al perro y montara en el escarabajo rosa y luego subió al todoterreno, puso en marcha el motor y la siguió a través de las tranquilas calles residenciales flanqueadas de casas sencillas y bien cuidadas, hasta salir a la calle mayor, de regreso a la tienda.

Había una camioneta vieja aparcada delante, y un hombre salió de ella en cuanto Eco aparcó.

Rance sintió cierta inquietud, aunque sin ningún motivo concreto. Nunca había conocido a un hombre que le inspirara miedo físico, lo cual significaba, posiblemente, que estaba experimentando cierto instinto territorial. A menos que se equivocara, y se equivocaba pocas veces, aquel desconocido era demasiado zarrapastroso para ser el tipo de Eco. Necesitaba una ducha, un corte de pelo y un afeitado, para empezar. Y seguramente también un trabajo, por el aspecto de su ropa y su coche.

Eco vaciló al salir del escarabajo y luego se decidió visiblemente a rodear el coche y subir a la acera, donde la esperaba aquel hombre. Rance apagó el motor de su coche y estaba junto a ella antes de que a Eco le diera tiempo a pararse del todo.

—Soy Bud Willand —dijo el desconocido.

Rance notó que Eco había dejado a la perra en el coche.

—Eco Wells —contestó. Su voz sonaba débil y un poco trémula: no había querido darle su nombre. Seguramente, ni siquiera quería mantener aquella conversación.

Willand midió a Rance con la mirada, como hacen los hombres cuando se plantean cuestiones relacionadas con sus instintos primitivos, y mantuvo sabiamente las distancias. Fijando su atención en Avalon, que los miraba a través de la ventanilla del copiloto, con la lengua fuera, dijo:

—Sí, ésa parece Whitey.

Eco se puso tensa.

Rance quiso rodearle los hombros con el brazo, pero se refrenó.

Willand se volvió ligeramente hacia el coche de Eco.

—Hola, chica —le dijo a la perra—. Parece que has estado viviendo a lo grande desde que saltaste la valla de casa.

Avalon se encogió un poco en el asiento, intentando ver a Eco por detrás de la voluminosa figura de Willand.

Ella se acercó.

—No pasa nada, Avalon —dijo muy suavemente.

Willand avanzó hacia el coche.

—Espere —dijo Eco, pero era demasiado tarde.

Él abrió la puerta y Avalon gruñó y se lanzó hacia delante. Se convirtió en un blanco torbellino, luchando tan frenéticamente por librarse del cinturón de seguridad que se enredó con él. De no ser por eso, no cabía duda de que le habría dado un buen mordisco a Willand.

Willand lanzó una maldición y dio un salto hacia atrás, tropezó con el bordillo y estuvo a punto de caer de espaldas en la acera.

Eco se interpuso entre él y Colmillo Blanco. Le brillaban los ojos cuando miró a Willand, y sacó un poco la barbilla. Entretanto, Avalon se calmó.

—Ésta no es su perra —dijo Eco con claridad.

—¡Y un cuerno! —replicó Willand—. ¡Pero sigue siendo tan mala como siempre!

—Avalon no es mala —dijo Eco con firmeza, y miró a Rance un momento antes de volver a encararse con Willand. Dio un paso hacia la perra y la calmó con unas pocas caricias en la cabeza y unos susurros.

—¡Avalon! —espetó Willand—. ¡Qué nombre más ridículo para un perro! —miró al animal. Adiós a sus intentos de acercarse amistosamente.

Eco desabrochó despacio el cinturón de seguridad. La perra se quedó sentada, apoyada tranquilamente contra su ama, pero con la mirada clavada en Willand. En sus ojos había una extraña mezcla de presa y depredador.

—Llámela —dijo Eco—. Si es suya, se irá con usted.

Willand volvió a maldecir con más rabia que antes.

Rance esperó con todos los músculos en tensión.

Willand se acercó a la trasera de su camioneta y bajó de golpe el portón.

—Whitey —dijo—. ¡Sube a la camioneta!

Avalon profirió un gruñido bajo y miró luego a Eco con expresión suplicante.

—No va a llevarse usted a esta perra a ninguna parte —dijo ella.

—Ni hablar —respondió Willand, volviendo a la acera—. Es de pura raza y vale un montón de dinero.

Rance le cortó el paso cuando Willand intentaba acercarse a Eco. Tal vez pensaba golpear a la perra para que obedeciera, o tal vez era sencillamente un imbécil.

—Me parece que el asunto ya está decidido —dijo Rance—. La perra se queda.

Willand le lanzó una mirada de puro odio.

—Si sabe lo que le conviene, señor —dijo—, no se meterá en esto.

—La perra se queda —repitió Rance sin dar a su voz inflexión alguna—. Eco, llévate dentro a Avalon.

—No —dijo ella.

—Deje a esa perra ahí —ordenó Willand sin apartar la mirada de Rance—. Se viene conmigo.

Rance tampoco desvió la mirada. De hecho, estaba deseando liarse a puñetazos con él, y si Eco y la perra no hubieran estado allí, habría cedido a aquel impulso sin preocuparse por sus consecuencias.

—Eco —repitió una vez más—, vete dentro.

Ella exhaló un suspiro, tomó a la perra por el collar y la llevó hacia la puerta de la tienda. Un momento después, desaparecieron de la acera y dejaron, por tanto, de estar en peligro.

—Esa perra es mía —afirmó Willand, pasándose el envés de la mano por la boca. Rance olió a cerveza rancia, a sudor y a mala higiene dental—. Mi mujer está esperando en casa, vigilando la carretera para verme llegar con Whitey. No pienso volver sin ella.

Por el rabillo del ojo, Rance vio que Eco miraba por el cristal de la puerta de la tienda, con el teléfono móvil en la mano.

Bendita fuera, estaba lista para llamar a la policía.

Rance casi sonrió.

La disputa continuó.

Por fin, Willand cedió. Cerró el portón de la camioneta y se acercó a la parte delantera.

—Volveré a buscar a mi perra —advirtió.

Rance lo siguió. Ahora que la camioneta le tapaba la vista, seguramente Eco estaría de puntillas, intentando ver qué pasaba.

—¿Cuánto? —preguntó Rance. Con tipos como Bud Willand, todo se reducía siempre a dinero contante y sonante.

Willand, que había abierto de golpe la puerta del conductor, achicó los ojos.

—¿Qué ha dicho?

—¿Cuánto?

—¿Está reconociendo que ésa perra es mía?

—Yo no estoy reconociendo nada —contestó Rance—. Por última vez, ¿cuánto?

Willand se pasó una mano por el pelo grasiento. Miró el todoterreno de Rance y luego su ropa.

—Podría ganar quinientos pavos por un perro como ése fácilmente —dijo—. Más, si hay cachorros, y parece que los hay.

Rance se sacó la billetera del bolsillo de la camisa blanca. Sin quitarle ojo a Willand, contó el doble del precio que había mencionado el otro.

Willand intentó apoderarse de los billetes.

Rance apartó la mano, con los billetes doblados entre el índice y el pulgar.

—Se ha criado usted en el campo —dijo—, así que imagino que entenderá lo que voy a decirle. Si vuelve a poner un pie en este pueblo por la razón que sea, más vale que traiga un ejército, porque lo necesitará para impedirme que le dé una buena paliza. ¿Está claro?

Willand estaba concentrado en el dinero.
—Claro —masculló.
Rance casi se sintió decepcionado. Guardó los billetes detrás del paquete de cigarrillos que Willand llevaba metido en la manga enrollada de su camiseta sucia.
—Largo de aquí.
Willand asintió con la cabeza.
—De todos modos era una mierda de perro —dijo. Luego montó tras el volante de su camioneta, cerró la puerta y pisó el acelerador.
Rance se quedó mirando hasta que las luces traseras de aquella cafetera desaparecieron en la oscuridad. En la tienda se encendió la luz, y Eco asomó la cabeza.
—¿Se ha ido?
En cualquier otra circunstancia, Rance se habría reído de lo absurdo de aquella pregunta, pero sabía lo que Eco quería saber de verdad, más allá de cualquier pregunta retórica. Quería saber si Willand volvería.
—Se ha ido —afirmó Rance, acercándose a ella.
Eco retrocedió para dejarlo pasar.
—¿Para siempre?
—Seguramente —contestó él al entrar.
—No es su perra —dijo Eco, y cerró la puerta tras él—. O, si lo es, la maltrataba. Está claro que lo odia y...
Se calló y sus ojos se llenaron de lágrimas.
Rance le puso las manos sobre los hombros con suavidad.
—No pasa nada, Eco —dijo. Deseaba besarla otra vez, mucho más profundamente que la noche anterior, en su casa, pero el momento exigía otra cosa. La atrajo hacia sí y la abrazó.
—¿Cómo has conseguido que se vaya? —preguntó ella con la voz sofocada por la tela de su camisa.
Él le acarició la cabeza, cerró los dedos sobre su her-

mosa trenza, que le pareció gruesa como una soga para terneros, pero mucho más suave.

–Eso no importa –dijo–. Si vuelves a ver a Willand o a tener noticias suyas, avísame. Yo me ocuparé de él.

Eco echó la cabeza hacia atrás, lo miró y sollozó.

–Lo siento, Rance –dijo.

–¿Por qué? –preguntó él, sinceramente sorprendido.

–Por meterte en esto. Ese hombre podía haber tenido una pistola o una navaja...

–Yo sé cuidar de mí mismo –le aseguró Rance. Quiso añadir «Y también puedo cuidar de ti», pero no lo hizo porque era demasiado pronto. Porque tal vez nunca llegara el momento de decirlo.

Ella dejó escapar un suspiro tembloroso y se apartó de sus brazos. Volvió a sollozar.

–Gracias –dijo.

–No hay de qué –contestó él, sintiéndose extrañamente desvalido ahora que ya no la abrazaba. Ahora que ella se había retirado.

Se sacudió una sensación repentina de desánimo y miró las cajas que ocupaban casi todo el suelo de la tienda.

–Más vale que empecemos –dijo–, si quieres abrir el sábado por la mañana.

Eco le sonrió, pero su sonrisa era como un puente levadizo. «Mantén las distancias», parecía decir.

–Has pasado todo el día trabajando en la oficina –dijo–. Puedo ocuparme yo sola, Rance. De veras.

–Seguro que sí –dijo Rance–. ¿Dónde está la cafetera?

–¿La cafetera?

Él sonrió.

–Me vendría bien un poco de cafeína –le dijo. Tal vez se mezclara con la adrenalina que circulaba por sus venas como dos sustancias semejantes que se fusionaran en una extraña reacción química, anulándose la una a la otra–.

Como seguramente es políticamente incorrecto pedirte que me hagas café, lo haré yo mismo.

Ella parpadeó.

—¿No vas a irte?

—No, a no ser que llames a la policía para que me eche —dijo Rance.

Para su sorpresa, ella se rió.

—Eres muy terco. Y dudo seriamente que la corrección política ocupe un lugar destacado en tu lista de prioridades.

—Me declaro culpable de ambos cargos —contestó él—. No puedo remediarlo. Soy un McKettrick.

Eco se dirigió a la escalera del fondo de la tienda.

Él la siguió, a pesar de que no lo había invitado.

Cuando estaba casi arriba, Eco se volvió y lo miró con el corazón en sus grandes ojos.

—Es demasiado pronto —dijo muy suavemente.

—Lo sé —contestó él.

Ella pareció aliviada y desconcertada al mismo tiempo.

Al menos, se entendían.

A Eco le encantaba su apartamento, aunque fuera pequeño. Le encantaba la cama de plumas y las grandes ventanas y los estantes repletos de libros que leía con frecuencia y que atesoraba.

Ahora se preguntaba, sin embargo, qué le parecía a Rance. Aquel hombre viajaba en avión privado. Alquilaba helicópteros y vivía en una casa que seguramente valía más dinero del que ganaría ella aunque viviera tres veces.

Intentó no mirarlo mientras él observaba cuanto lo rodeaba, fijándose en todo.

Avalon, tendida cómodamente en su colchoneta, roncaba con fuerza.

Eco se atareó torpemente con la cafetera. Abrió el grifo tan fuerte que el agua salpicó y le empapó la camisa. Estaba golpeando el grifo viejo cuando la mano de Rance se cerró sobre la suya.

Ella cerró los ojos un momento. Retiró los dedos.

Él cerró el grifo.

—Eco —dijo.

Ella se obligó a mirarlo.

—Relájate —le dijo él—. No va a pasar nada hasta que estés preparada.

Eco se mordió el labio, intentando no responder. Pero de todos modos la respuesta escapó de su boca.

—Pero va a pasar.

Rance sonrió. Le quitó la cafetera de las manos, la llenó de agua.

—Creo que sí —dijo tranquilamente—. Háblame del hombre que te hizo tan asustadiza.

Ella se despegó de la piel la camiseta y sacudió un poco la tela, en un fútil intento de secarla. Era un gesto corriente, y confiaba en parecer calmada, a pesar de que el corazón le latía a mil por hora.

—¿Quién dice que soy asustadiza?

Rance puso el agua al fondo de la máquina y sacó filtros y el tarro del café de la estantería que había sobre la encimera.

—Yo —contestó—. Cada vez que me acerco a ti, te das un susto de muerte.

—No es cierto —protestó ella.

Él le lanzó una mirada.

—Está bien, me pones un poco nerviosa.

—Lo siento —dijo Rance, pero no parecía sentirlo en absoluto. Parecía complacido. Acabó de preparar el café, se volvió y se quedó apoyado en la encimera con los brazos cruzados, mirándola. Esperando.

—Se suponía que íbamos a casarnos —le dijo ella sin pretenderlo—. Justin y yo, quiero decir.

—Justin —repitió él como si paladeara aquel nombre—. ¿Qué ocurrió?

—Él cambió de idea en el último momento —apartó la mirada, se obligó a volver a mirarlo. Era una cuestión de orgullo, ser capaz de mantener el tipo ante Rance McKettrick, aunque sólo Dios sabía por qué se sentía así. A fin de cuentas, Rance era prácticamente un desconocido—. Seguramente fue lo mejor.

—Seguramente —dijo Rance.

Parecía llenar la habitación con sus anchos hombros y su enorme personalidad. Absorbía todo el aire, la hacía desear abrir todas las ventanas. Y otras cosas también. Cosas que la hacían sonrojarse cuando pensaba en ellas, porque en todas aparecían desnudos.

—Quizá deberíamos bajar —dijo.

Rance miró la cama y volvió a clavar los ojos en ella.

—Quizá sí —dijo, aunque de mala gana.

Durante la siguiente media hora, vaciaron cajas, tomaron café y hablaron de todo, excepto de cómo parecía ladearse la tierra sobre su eje cada vez que sus hombros se tocaban accidentalmente o sus ojos se encontraban.

Habían hecho progresos considerables cuando decidieron tácitamente dar por acabado el día.

Rance inspeccionó la cerradura al salir y frunció el ceño pensativamente.

Su preocupación hizo que a Eco se le encogiera la garganta. ¿Cuándo había sido la última vez que alguien se había preocupado por su bienestar?

—Tengo a Avalon para defenderme —le dijo, y luego se sintió avergonzada, porque tal vez él no estuviera pensando en eso.

Era un hombre. Los hombres pensaban en cosas relacionadas con la ferretería: en cerrojos y tuercas, en tornillos y cerraduras.

—Haz que las cambien —dijo—. Necesitas un buen cerrojo y una cadena.

Ella asintió, ridículamente conmovida.

Rance salió y esperó en la acera hasta que echó la llave. Le sonrió a través del cristal.

Eco tuvo que hacer un esfuerzo para no abrir la puerta y pedirle que se quedara. No porque tuviera miedo: ésa habría sido una razón mucho más aceptable, a su modo de ver, que la verdadera.

Deseaba a Rance McKettrick.

Era así de sencillo... y de complicado.

Él vaciló, luego dio media vuelta y se dirigió a su coche.

Un momento después, volvió y tocó ligeramente el cristal con los nudillos.

Apenas capaz de respirar, Eco luchó con la cerradura y abrió la puerta.

—Me estaba preguntando —dijo Rance— si alguna vez has montado a caballo.

Ella tragó saliva, desconcertada.

—¿A caballo?

Él sonrió.

—Sí, ya sabes. Esos animales grandes con cuatro patas, crin y cola.

Ella soltó una risilla, más por nerviosismo que porque le hiciera gracia.

—No —dijo—. Nunca he montado a caballo.

—¿El domingo?

—¿Cómo dices?

—¿Quieres ir a montar? ¿El domingo?

Indian Rock era una localidad pequeña con cinco iglesias distintas. Eco había notado ya que las demás tiendas, a excepción del supermercado, cerraban ese día, y ella pensaba hacer lo mismo.

—Iba a trabajar —dijo con poca convicción—. A intentar organizar el inventario. A meter los títulos en el ordenador.

—¿Te dan miedo los caballos?

Aquel desafío la hizo erguir la espalda, a pesar de que sabía que estaba siguiéndole la corriente.

—No.

—Entonces te recogeré sobre la una —se fijó en sus pantalones cortos y su camiseta—. Ponte vaqueros —añadió—. Vamos a ir por el monte.

Antes de que Eco pudiera protestar, Rance se había marchado.

Ella volvió a cerrar la puerta, apagó las luces y subió.

Estaba completamente despierta por culpa de tanto café. Al menos, eso se decía: que era por el café.

Cuando Rance llegó a casa de Cora, Rianna y Maeve estaba en pijama, profundamente dormidas a cada lado del sofá de su abuela, tapadas con una colcha descolorida que él sabía que había sido de Julie.

Cora se llevó un dedo a los labios y le hizo señas de que la siguiera a la cocina. El álbum que las niñas y ella habían estado mirando esa tarde, con Eco, descansaba sobre la mesa.

—Puedo hacer un descafeinado —dijo Cora.

Rance sacudió la cabeza.

Ella sonrió.

—Puedes dejar a las niñas aquí. Están bien donde están.

Rance asintió, apartó una silla de la mesa y se sentó. La casa del rancho era grande, y sin sus hijas le parecería vacía. No tenía prisa por llegar.

La sonrisa de Cora se apagó un poco.

—¿Estás bien, Rance?

Él suspiró y puso una mano sobre la tapa del álbum. Una pena antigua e insondable se apoderó de él.

—Estoy bien —dijo.

Cora miró su mano.

—Déjala marchar —dijo muy suavemente—. A Julie, quiero decir.

Tenían que hablar de muchas cosas. Pero cada vez que se acercaban demasiado al tema de su difunda esposa, Rance se sentía tan en carne viva que se quedaba sin aliento. Temía derrumbarse, y no podía hacerlo... no delante de Cora.

A pesar de los privilegios de los que había disfrutado desde niño, había sufrido muchas pérdidas a lo largo de su vida: sus padres se habían divorciado mientras él estaba en la universidad, después de que su única hermana, Cassidy, muriera de leucemia a las pocas semanas de serle diagnosticada la enfermedad. Tenía diecisiete años.

Diecisiete.

¿Qué justicia había en eso?

¿Y si volvía a ocurrir? ¿Y si les ocurría a Maeve y a Rianna? ¿Y si una de ellas había heredado aquel maldito gen que se había llevado a Cassidy?

—Ya lo he hecho —dijo a destiempo, dándose cuenta de que no había respondido a Cora—. Ya he dejado marchar a Julie.

—¿Sí? —preguntó Cora y, apartando una silla, se sentó junto a él.

Rance se frotó la barbilla. Le estaba creciendo la barba y estaba cansado hasta la médula de los huesos. Cansado de la empresa, cansado de la carrera de ratas en la que se había refugiado durante tanto tiempo.

De pronto deseó ser ranchero, como sus antepasados antes que él. Quiso pastorear las reses en el campo, montar a caballo, plantar campos de heno.

Tirar los trajes de tres piezas que llenaban su armario en casa y volver a vestir con pantalones y camisas vaqueras y llevar botas camperas otra vez, como hacía Jesse. Vender el todoterreno y comprarse una camioneta.

Se rió al pensar en ello. Intentó sin éxito sacudirse aquella idea.

—¿Qué ocurre? —preguntó Cora muy suavemente.

Él no pudo mirarla.

—¿Alguna vez desearías haber hecho otra cosa con tu vida?

—No, ni por un momento —contestó ella con convicción—. Volvería a casarme con Mike Tellington. Volvería a criar a mi hija como lo hice. Y a llevar la peluquería.

Rance se obligó a mirarla a los ojos.

—No lo has tenido fácil —dijo, y se sintió como un idiota por afirmar lo obvio.

—No ha sido para tanto, Rance. Fue duro perder a Mike, claro, y luego a Julie, pero tengo a Rianna y a Maeve. Intento pensar en lo que tengo, no en lo que me falta.

—Eres una mujer sabia, Cora.

Ella soltó un pequeño bufido.

—No sé si soy sabia, pero sé contar las cosas por las que puedo dar gracias.

Rance asumió aquello en silencio. Él tenía muchas cosas por las que dar gracias: Rianna y Maeve eran la principal, y luego estaba el legado de su familia. Pero a veces se sentía vacío, de todos modos. Como si un viento frío y áspero lo atravesara sin freno.

—¿Y tú, Rance? —preguntó Cora—. ¿Qué cambiarías, si pudieras volver atrás en el tiempo?

—Para empezar, habría estado allí cuando Julie se cayó en el concurso de monta —dijo. Su mujer se había roto el cuello al dar un salto. Rance estaba en Hong Kong en ese momento, haciendo negocios, ultimando uno de los complejos acuerdos por los que era famoso. En aquel momento todo aquello le parecía muy importante.

Cora le tocó la mano.

—No, Rance —dijo—. No vuelvas sobre eso. Julie murió en el acto. No podrías haber hecho nada.

A él le ardieron los ojos.

—Tuviste que ocuparte de todo tú sola. De los preparativos. De las niñas. Mientras soportabas tu pena.

—En una situación así —dijo Cora con voz ahogada—, una persona hace lo que tiene que hacer. Yo también hubiera querido que estuvieras aquí, Rance, pero no te guardo rencor por ello.

Se hizo un largo e incómodo silencio.

—No era perfecto —dijo. Era todo lo cerca que podía aproximarse a la verdad que ambos eludían, a lo que se escondía tras la respetable fachada de sus recuerdos—. Pero yo quería a Julie.

—Claro que sí —contestó Cora—. Y ella te quería a ti. Le diste una buena vida, Rance. Fuiste un marido fiel y un buen padre. Nadie podría haberte pedido más.

Julie le había pedido más. Mucho más. Y él le había dado largas, pensando que había tiempo.

Ella quizá seguiría viva si él se hubiera tragado su maldito orgullo. Si hubiera cedido un ápice de terreno.

—La vida sigue, Rance —dijo Cora, apretándole la mano—. Nos lleva consigo, a veces pataleando y chillando, pero no tenemos mucho que decir al respecto. Cuando bajaron el ataúd de mi Julie, yo también quise morirme. Allí mismo. Pero tenía que pensar en Maeve y Rianna. Tenía que seguir adelante.

Rance asintió con la cabeza. Miró para otro lado y parpadeó con fuerza.

—Llevas demasiado tiempo en el dique seco —dijo Cora—. Pero eres un hombre joven. Tienes dos hijas. Tienes que seguir adelante, Rance.

No tenía elección, como no la había tenido Cora. Era

hora de aceptarlo y dejar de huir de un pasado que no podía cambiar.

—¿Te importa que me quede en el cuarto de invitados esta noche? —preguntó.

Cora se levantó de la silla y le dio una palmada en el hombro al pasar.

—Ponte cómodo, estás en tu casa —le dijo.

CAPÍTULO 7

—¿Que quieres hacer qué? —preguntó Keegan a la mañana siguiente, apoyándose en su reluciente mesa de McKettrickCo con las dos manos y echándose hacia delante como si estuviera a punto de ponerse a hacer flexiones.

—Ya le has oído —dijo Jesse, junto a la ventana—. Nuestro primo Rance ha entrado en razón.

—¿Que ha entrado en razón? —repitió Keegan, furioso. Parecía que iba a estallarle una arteria en cualquier momento—. ¡Se ha vuelto loco, maldita sea!

Rance suspiró.

—Relájate, Keeg —dijo.

Keegan se echó hacia atrás y apartó las manos.

—¡Maldita sea, Rance! —gritó—. No puedes tirar por la borda todo aquello por lo que ha trabajado esta familia durante los últimos cincuenta años.

—Claro que puede —dijo Jesse.

—¡Tú no te metas en esto! —bramó Keegan.

Jesse no dio ni un respingo. Su sonrisa socarrona ni siquiera se difuminó.

La puerta del despacho se abrió de pronto y Myrna Terp asomó la cabeza.

—¿Va todo bien? —preguntó. Había criado a tres hijos (Morgan, Virgil y Wyatt) y trabajado en las oficinas de Flagstaff hasta que, unos meses atrás, se había abierto la nueva rama de McKettrickCo en el pueblo, así que los conflictos, verbales o de otro tipo, no le eran desconocidos.

—¡Sí! —gritó Keegan.

—Va todo bien —le dijo Jesse a Myrna en tono más calmado—. Rance va a dejar la empresa y concentrarse en la explotación del rancho, eso es todo.

Myrna abrió la boca, volvió a cerrarla y se retiró, cerrando suavemente la puerta a su espalda.

Keegan se dejó caer en su mullido sillón de cuero, apoyó los codos en el borde de la mesa y se tapó la cara con las manos.

—Te lo estás tomando demasiado a pecho —dijo Rance—. No es que vaya a vender mis acciones a un desconocido y a irme a vivir a China.

Keegan bajó las manos. Miró a Rance como si no lo hubiera visto nunca.

—Es por esa mujer, ¿verdad? —preguntó con voz peligrosamente tranquila—. La del coche rosa.

—Eco —dijo Rance, poniéndose de pronto a la defensiva— no tiene nada que ver con esto. Tengo dos hijas a las que criar, Keeg. Tengo más dinero del que podrán gastar nunca sus nietos. ¿Para qué quiero trabajar?

Jesse se puso a aplaudir lenta y suavemente.

Keegan le lanzó una mirada asesina.

Jesse sonrió, tan tranquilo como siempre.

—Puede que tú quieras matarte trabajando —le dijo Rance a Keegan—, pero yo no.

—Es por ella —insistió Keegan amargamente. Una vena vibraba en su sien derecha, y su mandíbula estaba tan tensa que parecía capaz de partir un ladrillo.

—No es por ella.

Jesse levantó los ojos al cielo.

—Claro que es por ella, Rance. Hasta que llegó al pueblo, querías abrir nuevas sucursales de la empresa en otros planetas.

—¿De qué parte estás tú? —preguntó Rance.

Jesse ignoró la pregunta.

—Te arrepentirás de esto —dijo Keegan, mirando de nuevo a Rance—. Comprar ganado. Plantar heno, por el amor de Dios. Eres un hombre de negocios, Rance, no un ranchero.

—Soy un McKettrick —dijo él—. Llevo el Triple M en la sangre.

—Oh, adelante, entonces —dijo Keegan—. Vete a cabalgar por el monte. Siéntate frente a una hoguera y canta con los coyotes, que a mí lo mismo me da. Dentro de seis meses estarás muerto de aburrimiento. Querrás volver. El problema es que McKettrickCo habrá desaparecido.

—Necesitas unas vacaciones —le dijo Jesse—. Vete a alguna parte a echar un polvo.

—Cállate —le espetó Keegan—. Yo, a diferencia de ti, no suscribo la teoría según la cual echar un polvo es el remedio para todo, hasta para el calentamiento global, ¿de acuerdo?

Jesse se rió.

—Ése es tu problema —dijo. Se apartó de la ventana, se acercó a Rance y le puso una mano en el hombro—. Si dices en serio lo de ir a Flagstaff a esa subasta de ganado —dijo—, iré contigo. Llámame al Lucky's.

El Lucky's era un bar parrilla que en la parte de atrás tenía un salón de juegos. Jesse pasaba mucho tiempo allí, jugando al póquer.

—Al menos Cheyenne trabaja —dijo Keegan cuando Jesse se marchó.

Cheyenne, que unas semanas después se convertiría en

la esposa de Jesse, era la nueva ejecutiva de McKettrickCo. En colaboración con el instituto del pueblo y la universidad de Flagstaff, había creado un programa de formación para jóvenes, amas de casa y personas mayores. De momento, aunque estaba aún en sus primeras fases de desarrollo, la idea era todo un éxito.

Rance no necesitaba los cuantiosos cheques que recibía de la empresa, pero odiaría ver que una nueva junta directiva dejaba sin ocupación a toda aquella gente.

—Te apoyaré en la votación, Keeg —dijo.

Keegan suspiró.

—No estoy seguro de que baste con eso —reconoció—. Ni siquiera aunque te quedes.

—Tú sabes que ayudaré en todo lo que pueda.

Keegan se quedó mirándolo largo rato y luego asintió con la cabeza.

—Sí —dijo—. Lo sé. Pero ¿quién va a hacer tu trabajo, Rance?

—Me ocupaba de la expansión —contestó Rance—. En lo que a mí respecta, esta empresa es ya bastante grande. Quizá demasiado grande.

—Puede que tengas razón —dijo Keegan—. Qué demonios, puede que hasta Jesse tenga razón. Puede que necesite echar un polvo.

Rance se rió.

—No puede hacerte daño.

Keegan sonrió. Por un momento pareció el Keegan de antaño, el que pescaba en el riachuelo del Triple M y cabalgaba por las colinas con Jesse y con él. El que consideraba la vida en el rancho una existencia libre y feliz.

Pero entonces volvió a ponerse solemne

—¿Va en serio, Rance? Lo de Eco, quiero decir.

Rance se pasó una mano por el pelo. Apartó los ojos y luego miró fijamente a su primo.

—Que me ahorquen si lo sé —dijo—. Está pasando algo. Todavía no nos hemos acostado, pero es inevitable que pase.

Keegan se recostó en su silla y se puso las manos detrás de la cabeza.

—Ten cuidado —le aconsejó—. Apenas conozco a la encantadora señorita Wells, pero parece algo frágil. Se puede romper, Rance.

Rance recordó cómo se había enfrentado Eco a Bud Willand la noche anterior, cuando aquel sinvergüenza quiso llevarse a su perro. Era delicada, tan menuda y esbelta que una racha de viento podía llevársela volando. Pero también era fuerte. Había llegado a una ciudad nueva, donde no conocía a nadie, y estaba a punto de abrir un negocio.

Para eso hacían falta agallas.

—No quiero romperla —dijo Rance.

—No —contestó Keegan, mirándolo pensativamente—. Lo sé. Pero es la primera mujer por la que te sientes realmente atraído desde que murió Julie. No la utilices, Rance. Es lo único que digo. Alguien le ha hecho mucho daño en algún momento de su vida. Quizá más de una vez.

Rance entornó los ojos.

—¿Todo eso lo has deducido después de verla una sola vez en la fiesta de cumpleaños de Rianna?

—Sí —contestó Keegan—. Esa mujer ha sufrido mucho, Rance.

«¿Y acaso no sufrimos todos?», se preguntó Rance. Keegan sí, desde luego: había perdido a sus padres en un accidente aéreo cuando estaba todavía en el instituto, y después su matrimonio había hecho aguas. Desde el divorcio, apenas veía a su hija.

Hasta Jesse, a pesar de su despreocupación, se había sentido muy solo hasta conocer a Cheyenne. Había sido el más salvaje de los tres, había bailado en un lecho de piedra afilado como una navaja al borde de un precipicio, tentando a la muerte. Desafiándola a ir a buscarlo.

Y luego estaba el propio Rance, que nunca había dejado de llorar la muerte de su hermana Cassidy y que, casi al final, había visto cómo Julie y él se infligían el uno al otro la peor de las heridas. Habían abandonado, habían tirado cada uno por su lado, a pesar de que seguían viviendo bajo el mismo techo.

—A fines de la semana que viene habré acabado de atar todos los cabos sueltos —le dijo a Keegan, apoyando la mano en el pomo de la puerta.

Keegan asintió con la cabeza y apartó la mirada.

El sábado por la mañana, Eco se levantó aún más temprano de lo habitual. Hizo café, se puso unos vaqueros viejos y una camiseta holgada y sacó a Avalon a dar un paseo antes de que amaneciera.

Cuando volvieron, se detuvo en la acera.

El escaparate relucía y los bestsellers más recientes se desplegaban tras el cristal, en lugar destacado. La noche anterior se había subido a una escalera para colgar una pancarta de papel sobre la puerta: *Gran inauguración el sábado a las 9*, decía. La caja registradora aguardaba sobre el mostrador recién barnizado, junto con el datáfono. Ahora lo único que necesitaba eran clientes.

¿Llegarían?

Eco se mordió el labio. Sí, pensó, y se animó, embargada por una oleada de optimismo. La gente iría, seguramente por curiosidad al principio. Pero si eran bien recibidos, y si los escuchaba, volverían una y otra vez.

Al recordar lo que le dijo Rance el primer día sobre la competición de las grandes cadenas de librerías, se desanimó un poco, pero aquella sensación duró sólo un momento.

Estaba demasiado emocionada para desalentarse.

Abrió la puerta, dejó pasar a Avalon y volvió a cerrar con llave. Seguía sin tener cerrojo ni cadena, pero había llamado a Eddie Walters, el obrero del pueblo, para que se los instalara.

Arriba, se dio una ducha rápida y, todavía en albornoz, engulló unos huevos revueltos y una tostada y reconsideró la ropa que había sacado para su primer día de trabajo. El traje pantalón azul marino, de raya diplomática, le había parecido una opción sensata al elegirlo la noche anterior, pero ahora le parecía un tanto rígido. Era más bien lo que se pondría una empleada de banca para denegar un préstamo o ejecutar una hipoteca.

No servía, se dijo. La mitad de su ropa seguía guardada aún en cajas; su pequeño ropero contenía sobre todo vestidos veraniegos, camisetas ligeras y pantalones vaqueros.

No podía ponerse vaqueros: quería dar una imagen amistosa, pero no demasiado informal.

Los vestidos eran bonitos, hechos de algodón fino o de tejidos vaporosos.

Los de tejidos vaporosos estaban descartados. Tenía unas cuantas barajas de tarot y un par de piedras de cristal entre sus mercancías, pero no quería parecer Glenda la Bruja Buena. Indian Rock, como le había dicho Rance, no era Sedona.

Finalmente se decidió por un vestido azul marino sin mangas con pequeños lunares blancos. En Chicago solía ponérselo cuando iba a algún almuerzo informal o a alguna fiesta para recaudar fondos de las que se celebraban en jardines, con el sencillo collar de perlas que le había regalado Justin por su compromiso.

Las perlas (junto con su ramo de flores de plástico) se las había dado a una empleada de un casino de Las Vegas, una mujer cansada y de aspecto resignado que limpiaba ceniceros a lo largo de una hilera de máquinas tragaperras.

Al recordar aquel día humillante en que se quedó compuesta y sin novio, sonrió. «Gracias, Justin», pensó por primera vez. «Gracias».

Una vez vestida, con el pelo recogido en una trenza y su maquillaje de costumbre (un poco de brillo de labios y un toque de rímel), dio una vuelta sobre sí misma.

No tenía más espectadores que Avalon, pero con ella bastaba.

—Que empiece el espectáculo —le dijo a la perra.

Avalon jadeó y esbozó su sonrisa perruna.

Bajaron juntas.

Cora, Rianna, Maeve y unas cuantas personas más estaban esperando en la acera, sonriendo a través del cristal. Cora llevaba un bolso grande y una enorme caja de la pastelería.

Eco sonrió al abrir la puerta para dejarlas entrar, y no se enfadó ni una pizca porque Rance no hubiera ido.

—¡Papá ha comprado un montón de vacas! —anunció Rianna en cuanto cruzó el umbral—. ¡Camiones y camiones llenos de ellas!

—Va a ser ranchero —añadió Maeve solemnemente—. Y va a ponerse pisamierdas, como el tío Jesse.

—Maeve McKettrick —la reprendió Cora en tono tan cariñoso mientras dejaba la caja sobre el mostrador—, vigila tu lenguaje.

—La abuela te ha comprado una tarta —le dijo Rianna a Eco—. Es lo que hay en la caja.

—También he comprado unos platos de papel, servilletas y tenedores de plástico —dijo Cora—. Voy a sacarlos de la camioneta.

Cheyenne Bridges, a la que Eco había visto un momento en la fiesta de Rianna, le presentó a su madre, Ayanna, y le dijo que su hermano Mitch se pasaría por allí más tarde, con Jesse.

Sierra también apareció entre la gente, acompañada por una mujer esbelta y rubia con enormes ojos azules y un corte de pelo espectacular. Llevaba vaqueros, botas y jersey de cuello alto negro, de cachemira.

—Eco Wells —dijo—, ésta es mi hermana, Meg. Eco, Meg McKettrick.

Meg sonrió y le tendió la mano.

—Hola —dijo—. Ya era hora de que este sitio tuviera una librería.

Sierra ya estaba inspeccionando la tienda.

—Amén —dijo.

Cora volvió con una abultada bolsa de plástico, llamó a Eco con un gesto y destapó orgullosamente la tarta, recubierta de crema de mantequilla y con la leyenda *Bienvenida a Indian Rock, Eco Wells* escrita en nata de color azul.

Era una dedicatoria muy sencilla y cotidiana, pero Eco nunca había visto su nombre escrito en una tarta. Le ardieron los ojos y por un momento no pudo hablar.

Siempre intuitiva, Cora le dio unas palmadas en el brazo.

—Ponte detrás del mostrador, que voy a hacerte una foto —dijo, y enseguida sacó una pequeña cámara digital de su bolso.

Eco tragó saliva y fue a ponerse junto a la tarta. Avalon la siguió y, cuando Cora disparó, se había puesto de pie, con las patas delanteras apoyadas en el borde del mostrador, como si posara.

Todos se rieron, y Eco sintió que la opresión que sentía en el pecho se aflojaba.

Cortó la tarta, puso un trocito en el suelo para Avalon y empezó a manejar la caja registradora. Cheyenne, que se había reservado un montón de libros de cocina, se acercó para ayudarla a embolsar las compras de los demás clientes.

La gente entraba y salía. Casi todos compraban, pero

ninguno se iba sin probar la tarta de bienvenida de Cora. Sólo quedaban unas migajas cuando Rance apareció en la puerta abierta de la tienda.

Llevaba vaqueros, un sombrero negro de cowboy, botas y una camisa de faena de algodón azul: ropa corriente, del mismo modo que lo era el mensaje escrito en la tarta. Y sin embargo cuando Eco lo vio el tiempo pareció detenerse. Todos los demás se desdibujaron, como si de pronto se hallaran tras una cascada silenciosa y turbia, visibles, pero borrosos.

Rance sonrió, se quitó el sombrero. Lo dejó en una mesa repleta de bestsellers que había quedado casi vacía y se acercó al mostrador.

—¿Qué tal, señorita? —dijo, muy serio.

Eco se quedó mirándolo un momento y luego se rió. La cascada desapareció, la gente volvió y todos los relojes del mundo comenzaron a hacer tictac otra vez.

—¿Qué tal tú? —contestó.

Él miró la caja de la tarta, ya casi vacía, y pareció cómicamente desilusionado.

—Eso te pasa por venir tan tarde —le dijo Cheyenne, apartando a Eco para manejar la caja registradora—. Tómate un descanso —añadió al ver que Eco vacilaba.

Eco se acercó a la escalera del fondo de la tienda, consciente de que Rance la seguiría, y se sentó en el tercer escalón. Él ocupó el segundo, sonriéndole.

—Parece que esto está siendo todo un éxito —dijo.

Eco se encogió de hombros, aunque se sentía ridículamente orgullosa.

—Deberías haber visto la tarta —le dijo—. Llevaba una leyenda: *Bienvenida a Indian Rock, Eco Wells*.

—Ojalá la hubiera visto —bromeó Rance—. Así habría podido probarla.

De pronto, Eco se sintió conmovida de nuevo. Se le

saltaron las lágrimas y volvió la cabeza para ocultarlas, pero Rance fue más rápido.

La tomó de la mano.

—¿Qué ocurre? —preguntó.

Ella parpadeó, confiando en que no se le corriera el rímel.

—Nada —contestó—. Todo es maravilloso. Es sólo que...

—¿Qué? —insistió Rance.

—Es una tontería.

Él le apretó la mano, pero no dijo nada.

—Nunca me habían regalado una tarta —le dijo ella.

—¿Ni siquiera en tu cumpleaños?

Eco tragó saliva, pensando en los cumpleaños de su niñez. No había pensado en ello durante la fiesta de Rianna. Y, de todas formas, todas esas celebraciones que nunca tuvieron lugar eran agua pasada, lo mismo que la desilusión que las acompañaba. ¿Por qué de pronto eran tan importantes?

—Ya te he dicho que era una tontería —sollozó.

Rance se llevó su mano a la boca, se la besó ligeramente.

—¿Lo de mañana por la tarde sigue en pie?

Por un momento, Eco no le entendió. Se acaloró, y sintió que algo dentro de ella se expandía cálidamente. Entonces recordó la invitación que le había hecho Rance después del incidente con Bud Willand y de vaciar todas aquellas cajas de libros.

Empezaba a confiar en que él no hubiera notado la reacción espontánea que había tenido al principio cuando una amplia sonrisa se extendió por su cara.

Rance sabía lo que había pensado.

Y lo que dijo a continuación lo confirmó.

—Tenía pensado ensillar un par de caballos —dijo—, pero estoy abierto a otras posibilidades que tengas en mente, Eco Wells.

Eco sintió otra oleada de calor, porque no pudo evitar imaginarse cómo sería sentarse a horcajadas sobre Rance McKettrick y dejar que la penetrara.

Él se rió con una risa baja y desnuda, como si estuvieran a solas en su cuarto, en su casa, en el universo. Se inclinó hacia ella y habló en un tono que sólo ella pudo oír.

—Cuando llegue el momento —le dijo—, te quitaré la ropa muy despacio. Y saborearé todo lo que desnude. Me tomaré mi tiempo. Ahora estás tensa, pero cuando te sueltes, pienso hacerte volar.

Eco se esponjó completamente.

Rance sonrió otra vez, consciente de que había conseguido el efecto que deseaba, y se puso en pie.

—Sólo he venido a decirte hola —le dijo como si no acabara prácticamente de seducirla en la escalera entre la tienda y el apartamento—. Estoy esperando otro camión de ganado en cualquier momento, así que será mejor que me vaya.

¿Estaba hablando de ganado?

¿Después de ponerla prácticamente al borde del clímax sólo con la promesa de sus caricias?

Eco se sintió avergonzada. Pero estaba también tan excitada que se preguntó cómo iba a soportar veinticuatro horas más sin la satisfacción que sólo aquel hombre podía darle.

Rance se inclinó, le dio un ligero beso en la boca y le mordisqueó levemente el labio inferior.

—A la una —le dijo—. Ponte vaqueros si quieres montar... a caballo.

Pasmada, Eco lo vio dar media vuelta y alejarse entre la gente, parándose a hablar con Cora y con sus hijas.

Por suerte, el resto del día pasó rápidamente porque la tienda estuvo llena. Eco no tuvo mucho tiempo para pensar en los misterios de Rance McKettrick, al menos consciente, aunque sus células parecían zumbar, llenas de atrevidas expectativas subliminales.

A las cinco cerró la tienda, subió a cambiarse de ropa y llevó a Avalon a dar otro paseo.

De vuelta en casa, compartieron un sándwich de queso fundido y Avalon se dejó caer en la colchoneta, agotada.

Eco también estaba cansada, pero sabía que, si intentaba dormir, empezaría a pensar en Rance, así que pasó las tres horas siguientes ultimando pedidos para sus clientes de Internet. El lunes a la hora de la comida, cuando llevara los sobres acolchados a la oficina de correos, debía tener cuidado para que Cora no la viera.

Una sola mirada a aquellos paquetes y Cora, tan perspicaz como Rance, reconocería su forma y su tamaño y ataría cabos.

Eco exhaló un suspiro.

—No seas boba —masculló—. Nadie es tan perspicaz.

Pero dudaba.

Acabó su trabajo, comprobó que había cerrado abajo, se dio una ducha fresca y se metió en la cama.

Sumó de cabeza las ganancias de ese día.

Hizo de memoria la lista de la compra.

Se volvió del lado izquierdo, luego del derecho.

Hacía demasiado calor en el apartamento.

Apartó las mantas.

Estaba sudando.

Se levantó y abrió una de las ventanas de atrás para que corriera el aire.

Pero no sirvió de nada porque Eco Wells llevaba consigo su propia ola de calor, una ola de calor que nada tenía que ver con el verano del norte de Arizona.

Seguramente Keegan tenía razón, se dijo Rance, apoyado en la cerca del prado de detrás de su casa. Había perdido la cabeza, comprando todas aquellas malditas vacas.

¿Quién se creía que era? ¿Angus McKettrick, el viejo legendario que fundó el Triple M en el siglo XIX?

Aun así, el aire de la noche era delicioso y había un millón de estrellas en el cielo, y daba gusto escuchar al ganado acomodándose sobre la hierba mullida.

Se volvió y miró hacia la casa. Estaba a oscuras, a excepción de un par de ventanas de abajo. Rianna y Maeve se habían dormido hacía rato, leyendo los libros que Cora las había ayudado a elegir en la gran inauguración de la librería de Eco.

Eco.

Era un buen nombre para ella, se dijo. Justo cuando creía haberse olvidado de ella, volvía a su lado, haciendo vibrar todos sus sentidos.

Según Maeve y Rianna, el nombre era inventado. Tenía otro que evidentemente era un secreto, y uno tenía que conocerla muy bien para que le dijera cuál era.

Rance pensaba llegar a conocerla muy bien.

Suspiró, se quitó el sombrero, se pasó una mano por el pelo. Ese día había hecho un gran esfuerzo físico por primera vez desde hacía más años de los que se atrevía a recordar, y necesitaba urgentemente una ducha. Por la mañana le dolerían todos los huesos y los músculos del cuerpo, no había duda.

Sería una lástima no poder montar a caballo al día siguiente, se dijo, por estar tan baldado como un jamelgo viejo con demasiados rodeos a la espalda.

Sonrió.

Tal vez no pudiera montar a caballo, pero no le costaría nada montar a Eco. Tumbarla en la hierba dulce y hacerla suya.

«Alguien le ha hecho mucho daño», oyó decir a Keegan. «Se puede romper».

Con un primo como Keeg, uno no necesitaba conciencia.

—Mierda —masculló, y se ajustó el sombrero.
—¿Te pasa algo?
Rance se sobresaltó un poco.
—Estaba pensando en el diablo, y mira por dónde aparece —dijo.

Keegan se rió y, saliendo de la oscuridad, se acercó a él y se apoyó en la cerca.

—Más vale que contrates a unos cuantos vaqueros —le dijo a Rance—, si lo de jugar a ser un McKettrick de la vieja escuela va en serio.

Rance suspiró.

—Esto va a sonarte raro —dijo con calma—, pero a veces tengo la sensación de que siguen aquí. Angus y los chicos. Una o dos veces, al atardecer, juraría haber visto a un hombre montado a caballo donde no podía estar —se preparó para que Keegan le dijera que era un bobo sentimental, o algo peor, pero no fue así.

—Sé lo que quieres decir —dijo su primo—. Yo también he tenido experiencias de ésas una o dos veces. Puede que Sierra tenga razón. Puede que el tiempo no sea como creemos. El pasado, el presente y el futuro... puede que todo sea ahora.

—¿Has vuelto a hablar con ella de eso? —preguntó Rance. Sierra estaba convencida de que Travis y ella compartían la vieja casa de Holt y Lorelei con algunos de sus ancestros. Decía que Doss y Hannah McKettrick estaban vivitos y coleando... y se habían casado en 1919.

Pero Sierra no era la primera persona de la familia que afirmaba algo parecido. Eve, la madre de Sierra y de Meg, siempre había jurado que en aquella casa ocurrían cosas extrañas, y Meg también lo creía.

Un verano, cuando eran niños, Meg le había dado a Rance un puñetazo en la nariz por decir que estaba loca por creer en fantasmas.

No le habían importado el dolor o la sangre, pensó Rance con una leve sonrisa, pero lo había sacado de quicio que le zurrara una chica, sobre todo porque no podía devolverle el golpe.

Keegan dejó pasar la pregunta y formuló otra.

—¿Crees que debería intentar conseguir la custodia de Devon?

Rance no lo miró. Su primo acababa de decir una cosa muy dura, y necesitaba un rato para asimilarla.

—¿Es eso lo que quieres, Keeg? —preguntó cuando le pareció que había llegado el momento.

Keegan suspiró.

—Sé que echo de menos horrores a mi hija —contestó—. Esa vieja casa del otro lado del riachuelo es muy grande, y está vacía. Supongo que por eso trabajo tanto. Porque así no tengo que pensar en lo solo que me siento cuando me paro un rato.

Rance titubeó, luego le dio una palmada en el hombro.

—De casas vacías sé un rato —dijo.

—Tú tienes a Rianna y a Maeve —repuso Keegan.

—Sí —dijo Rance—. Son mis hijas, pero no puedo decirte mucho más al respecto. Apenas las conozco, Keeg.

Se quedaron en silencio un rato, escuchando el ruido que hacía el ganado y el burbujeo del arroyo tras ellos.

—Son hembras —dijo Rance.

—La mayoría de las chicas lo son —contestó Keegan.

—Cora tiene que traducirme prácticamente todo lo que dicen. ¿Quién es esa tal Barbie, por cierto?

Keegan se echó a reír.

—Es una muñeca, Rance.

Rance frunció el ceño, confuso.

—¿Es que sales con Ilega o algo así?

Keegan soltó otra carcajada.

—Es un juguete —le explicó cuando recuperó el aliento—. Devon tiene unas catorce.

—Ah —dijo Rance, perplejo.
—Gracias —le dijo Keegan tras otro largo silencio.
—¿Por qué?
—Por hacerme sentir menos idiota. Comparado contigo, soy un experto en niños —su sonrisa brilló—. Así que gracias otra vez.

Rance se rió.

—Si esperas que te diga «de nada», más vale que esperes sentado.

CAPÍTULO 8

Cora fue a recoger a las niñas a la mañana siguiente a primera hora para llevarlas a la escuela dominical, como hacía siempre. Rance les había preparado el desayuno (tostadas quemadas y huevos medio crudos), así que estaban más que listas para irse. Él no estaba seguro del atuendo de Rianna (se había puesto unos pantalones de flores y una camisa a rayas), pero Maeve estaba presentable con un vestido amarillo, a pesar de que parecía indecisa.

—Que Dios se apiade de nosotros —dijo Cora al ver la vestimenta de Rianna.

Rance la miró de soslayo. Tenía que recoger la cocina y luego recorrer la cerca del prado para asegurarse de que seguía en buen estado. Hacía al menos dos décadas que no había ganado en el rancho.

Cora sonrió.

—Puedo quedarme y fregar los platos —dijo.

Rance sacudió la cabeza.

—Vete a la iglesia —dijo—. Y recuérdale al Señor esa piedad de la que hablabas antes. Me vendría bien un poco.

Ella se rió.

—No pienso aparecer en público contigo —le dijo Maeve a su hermana—. Pareces un payaso.

Rianna le sacó la lengua.

Maeve avanzó hacia ella.

—Chicas —dijo Cora con firmeza.

Ambas se calmaron.

—¿Cómo lo consigues? —le preguntó Rance a Cora, sinceramente sorprendido—. Llevan toda la mañana a punto de tirarse de los pelos. He tenido que amenazarlas con mandarlas a un internado para que se comportaran.

—Ya aprenderás —le dijo Cora. Parecía muy convencida, que era mucho más de lo que podía decir Rance de sí mismo.

Cora hizo salir a las niñas y se detuvo en el umbral para mirar a su yerno. La puerta de su camioneta se cerró a lo lejos, acallando a los pájaros. Tal vez estaban esperando, igual que Rance, que Rianna o Maeve pegaran un grito espeluznante después de pillarse un dedo con la puerta.

—Lo estás haciendo bien, Rance —dijo Cora suavemente. Una leve sonrisa levantó la comisura de su boca—. Pero yo no volvería a mencionar lo del internado.

Él suspiró.

—Me pareció mejor que hablarles de la cárcel, pongamos por caso.

Cora se rió.

—Hoy hay una comida campestre después de misa —dijo—. Seguramente se alargará hasta por la tarde, así que puede que las niñas se queden a dormir conmigo.

—Buena idea —contestó él, intentando parecer desinteresado.

—Tú pásatelo bien con Eco y no te preocupes por nada.

Rance estaba fregando los platos en la pila. Se detuvo y miró a Cora con una mezcla de asombro e irritación.

—¿Es que tienes micrófonos en todas las casas de Indian Rock o qué? —preguntó.

Ella se permitió una pequeña sonrisa de satisfacción.

—Yo lo sé todo y lo veo todo —dijo—. Además, Eco me dijo que ibais a ir a montar esta tarde.

Con ésas, cerró la puerta y Rance se quedó solo con sus pensamientos, sus deficiencias como padre y un montón de cacerolas que tendría que restregar con arena si quería dejarlas limpias.

«Ponte vaqueros, si quieres montar a caballo».

Eco se había pasado toda la noche dando vueltas a aquel provocativo comentario de Rance.

Se puso un vestido sin ropa interior debajo.

Y luego se puso unos vaqueros y una camiseta, con ropa interior.

Avalon la observaba desde la colchoneta con cara de aburrimiento. Habían dado un largo paseo esa mañana, y la perra había comido bien. Ahora parecía querer dormir la siesta más que cualquier otra cosa.

Eco estaba indecisa. No le gustaba dejar a Avalon sola en casa, pero la perra estaba preñada. Ya empezaba a hinchársele la tripa. No le parecía bien llevarla al Triple M, sobre todo porque Rianna y Maeve no estaban allí.

La solución obvia era llamar a Rance, inventar alguna excusa para cancelar la cita y pasar el día rellenando las estanterías de abajo y preparando los pedidos de la página web. Así podría, por otro lado, esquivar el riesgo de acabar en la cama con Rance McKettrick, lo cual era un aliciente.

O no.

—Hace dos años que no practico el sexo —le confesó Eco a Avalon.

Avalon bostezó con ganas.

—Claro, tú no me entiendes —dijo Eco—. Vas a tener cachorros.

Avalon apoyó el hocico en las patas y la miró soñolienta.

—Eso por no hablar de que me hace tanta falta tener compañía que ahora hablo con los perros.

Avalon bostezó de nuevo y cerró los ojos.

Eco suspiró y volvió junto al armario.

Rance había olvidado que había lanzado un desafío al decirle a Eco que se pusiera vaqueros si quería montar a caballo. Lo recordó de pronto cuando entró en la tienda, a la una menos diez, y vio lo que se había puesto.

Unos pantalones sedosos de pierna ancha (rosas, por supuesto) y una camisa de encaje que se ceñía a su cuerpo como una segunda piel y que sin embargo parecía recatada. Colgados del brazo llevaba unos vaqueros azules recién planchados.

¿Cómo demonios debía interpretar aquello?

—No me gusta dejar sola a Avalon —dijo ella en lugar de saludarle.

—Pues que venga con nosotros —contestó Rance, todavía estupefacto por la visión de tanto tejido femenino, y por la piel tersa que imaginaba debajo.

—No está en condiciones de correr por el campo detrás de un par de caballos.

—¿Vamos a necesitar caballos? —preguntó Rance. No era una pulla; era cierto que no lo sabía.

El rosa de la blusa de Eco saltó a su cara y se quedó allí, palpitando.

—No tengo ni idea —dijo—. ¿Tenemos que decidirlo ahora?

Rance sacudió la cabeza, logró sonreír. Quería decirle «Tenemos toda la noche», pero no iba a tentar su suerte.

Un paso en falso por su parte, y Eco decidiría quedarse en casa cuidando a su perra.

Avalon decidió la cuestión bajando las escaleras con un extremo de la correa entre los dientes.

—Creo que quiere venir —dijo Eco.

—Por mí, bien —dijo Rance.

Cinco minutos después iban los tres en el todoterreno, Avalon sentada atrás, con la correa enroscada a su lado.

Eco había bajado la ventanilla a medias y el viento jugaba con los mechones que escapaban de su trenza.

Pararon en un restaurante de comida rápida para comprar hamburguesas y patatas fritas, comieron en el aparcamiento y se dirigieron al rancho. Avalon, que se había comido una hamburguesa de cuarto de libra, eructó copiosamente y luego se echó a dormir.

Rance estaba extrañamente nervioso y decidió llevar a Eco a dar una vuelta por el Triple M antes de ir a casa. Ella había visto la casa de Sierra y Travis, claro, así que la llevó a ver la de Jesse, que estaba en lo alto de una colina, con la vieja escuela que Jeb McKettrick había construido para su esposa todavía en pie.

Si Jesse y Cheyenne estaban por allí, Rance no vio ni rastro de ellos, y tampoco le apetecía hacerles una visita. Le contó a Eco lo que sabía sobre Jeb y Chloe y ella escuchó con una sonrisa melancólica.

—Qué historia tan maravillosa —dijo cuando él acabó.

Rance le enseñó el estanque donde Jesse, Keegan y él habían pasado nadando tantos días ociosos, y todos los demás sitios que se le ocurrieron, además del cementerio.

Finalmente no quedó otra cosa que hacer que volver a su casa.

Rance detuvo el todoterreno en el camino de entrada y apagó el motor. Después se quedó allí sentado, preguntándose qué hacer a continuación.

Si Jesse y Keegan pudieran haberlo visto, se habrían burlado de él hasta el día en que pudiera descansar por fin en la parte del cementerio dedicada a los descendientes de Rafe y Emmeline.

Quizás Eco y él se habrían quedado allí indefinidamente si Avalon no se hubiera puesto a gemir para salir del coche.

Pero incluso entonces se quedaron los dos parados en el camino, mirando a todas partes, menos el uno al otro, mientras la perra orinaba.

Eco rompió aquel momento de indecisión al mirar hacia el prado de más allá de la casa, donde pastaban cuarenta cabezas de ganado. Rance pensaba comprar al menos cien más y contratar a un par de vaqueros para que lo ayudaran con las reses.

Eco caminó hacia la cerca y Rance y la perra la siguieron.

—Nada de correr detrás de ellas —le dijo Eco a Avalon.

La perra se sentó, jadeando.

Rance miró a Eco por el rabillo del ojo e intentó imaginársela viviendo allí, en el Triple M. Dando de comer a las vacas desde la trasera de una camioneta o sacando el estiércol de los establos. No se la imaginaba haciendo esas cosas: era una chica de ciudad, aunque se hubiera mudado a Indian Rock. Sería infeliz en el rancho, lo mismo que lo había sido Julie.

Ella lo sorprendió.

—Esto es precioso —dijo—. Me pregunto cómo soportas marcharte.

Rance se quedó observándola hasta que ella le pilló. Entonces apartó la mirada, fingió interesarse por el ganado.

—Ha habido veces —confesó— en que no he podido soportar quedarme.

—¿Por qué?

Le costó contestar, porque se había hecho muchas veces esa misma pregunta.

—Estas tierras forman parte de mí —dijo con cautela—. Como si fueran otro cuerpo, más allá de la carne, la sangre y los huesos. Así que supongo que quería escapar de mí mismo.

Eco contempló detenidamente las montañas, los árboles, las grandes extensiones de hierba, y volvió luego a fijar sus ojos místicos en Rance. Él se sintió expuesto, abierto, como si hubiera desnudado su alma ante ella. Nunca había sentido nada parecido, ni siquiera con Julie, y le asustaba. Pero al mismo tiempo, por debajo del miedo, se agitaba la euforia.

—¿Sabes lo afortunado que eres? —preguntó ella—. Vives en tierra sagrada, Rance. Perteneces a este lugar, a estas gentes. Formas parte de una historia que se remonta a varias generaciones.

Rance siempre había sabido que tenía suerte, pero oírselo decir así le produjo una especie de sobresalto afectivo.

—¿Por qué te llaman Eco? —dijo, porque imaginaba que era su turno de hacer una pregunta, y porque necesitaba recuperar el equilibrio.

Ella vaciló, pero no contestó con evasivas.

—Cuando fui a vivir con mis tíos, después de la muerte de mis padres, repetía todo lo que me decía la gente, o eso me han dicho. Mi tío me puso de mote Eco, y me quedé con el nombre.

Rance deseó tocarla, estrecharla en sus brazos, protegerla de todo lo que pudiera hacerle daño. Pero sabía que no podía protegerla: esa lección la había aprendido con Julie.

—¿Cuál es tu verdadero nombre?

Ella sonrió y volvió la cabeza, no parar mirar el paisaje, sino para respirarlo. Para almacenarlo, como si quisiera llevarse una parte consigo.

—Puede que te lo diga algún día —dijo—. Pero ahora no.

Rance tuvo que aceptarlo. La tomó de la mano.

—Vamos a ensillar un par de caballos —dijo—. Pero tendrás que quitarte esos pantalones, claro —no pretendía que sonara como una insinuación, y notó que se sonrojaba de vergüenza.

Eco se rió y le tocó el brazo.

—No pasa nada, Rance —dijo—. Sé lo que quieres decir.

Volvieron al todoterreno, donde ella había dejado los vaqueros. Avalon trotaba tras ellos, olisqueando alegremente la tierra. Dentro de la casa, Rance llenó de agua un cuenco y lo puso en el suelo mientras Eco se cambiaba en un cuarto de baño cercano.

Cuando se dirigieron hacia el establo, Avalon pareció alegrarse de quedarse allí, dormitando en una rectángulo de sol sobre el suelo de la cocina.

Rance ensilló a Snowball, la vieja yegua de Cassidy, para Eco, y a Comanche, su caballo pinto. Sabía que Eco nunca había montado y que sin embargo estaba dispuesta a intentarlo, y eso le impresionaba.

La ayudó a montar delante del establo y ella se sentó en la silla sonriendo, visiblemente nerviosa pero también ilusionada.

Eco.

Era un nombre bastante bonito, pero ahora que lo pensaba, en realidad no le convenía. Contradecía la esencia de su naturaleza, sonaba hueco. Y aquella mujer era cualquier cosa menos hueca.

Rance hizo que Comanche se acercara a Snowball y enseñó a Eco a sujetar las riendas, sosteniendo cada una en una palma sin tirar.

—Nunca te las enrolles alrededor de las manos —dijo—. Seguramente Snowball es la yegua más dócil de toda Arizona, pero cualquier caballo puede espantarse. Si te tirara y te enredaras con las riendas, podría arrastrarte.

Eco tragó saliva y asintió con la cabeza. A Rance le impresionó de nuevo su coraje. Era una cualidad que valoraba por encima de todo, menos de la integridad.

—¿Y si se pone a correr? —preguntó ella.

—No lo hará —prometió Rance—. Vamos a ir despacio.

Claramente aliviada, Eco dejó escapar un sonoro suspiro.

—Está bien —dijo.

Bajaron por el camino de entrada a la casa, llegaron hasta la orilla del riachuelo y siguieron su curso, corriente arriba, avanzando a paso tranquilo. Rance, que, como todos los McKettrick, se había criado prácticamente a lomos de un caballo, habría dejado correr a Comanche a su aire, si hubiera estado solo. Snowball, a pesar de ser dócil, lo habría seguido. Rance notaba su deseo de correr, veía cómo le temblaban los costados. Memoria muscular, pensó. Cassidy solía cabalgar a pelo, temeraria como un guerrero apache.

«Cass», pensó Rance con tristeza. «Te echo de menos, hermanita».

Snowball también la añoraba. Rance lo comprendió en ese momento, y sintió que algo se rompía en el fondo de su ser.

Pasaron un par de horas paseando, Eco y él, y fue más como hacer el amor que cualquier cosa que pudieran haber hecho en la cama.

—¿Susan? —preguntó Rance, sonriendo, cuando se detuvieron unos kilómetros río abajo, para dejar descansar a los caballos. Llevaban un rato jugando a las adivinanzas, entre largos intervalos de cómodo silencio.

—No —dijo Eco, y mientras esperaba a que se le desentumecieran las piernas, se alegró de pisar tierra firme.

—¿Allison?
—No.
—¿Laurie?
—Nada de eso.

Rance se echó a reír, se inclinó, recogió una piedra plana de la orilla. La lanzó al agua, haciéndola botar.

—¿Sandy?
—Déjalo, Rance. No adivinarías mi nombre ni en un millón de años.
—Entonces ¿por qué no me dices cuál es de una vez?
—Porque me gusta ser una mujer misteriosa —dijo.

Rance dio un paso hacia ella. Tomó su cara entre las manos.

—Lo eres, de eso no hay duda —dijo.

Entonces la besó.

Había besos, y había experiencias cercanas a la muerte. Para Eco, aquel contacto apasionado y feroz fue más bien esto último.

Aturdida y jadeante como una nadadora que, tras estar a punto de ahogarse, trepara por la orilla con uñas y dientes, Eco apoyó las manos contra el pecho de Rance y se apartó.

—¿Qué demonios...? —masculló él, y ella comprendió de algún modo que no se refería a su súbita retirada, sino al beso mismo.

Eco se volvió para estudiar su cara. ¿Él también lo había sentido?

Rance la miró fijamente y Eco supo que sí, que lo había sentido, aunque quizá no lo definiera del mismo modo que ella.

Para ella, se había abierto un desgarrón en el tejido del universo y algo completamente nuevo y aterradoramente bello esperaba del otro lado.

—¿Vamos a huir de esto? —preguntó Rance en voz baja—. ¿O vamos a descubrir adónde nos lleva?

Demasiado trémula para responder enseguida, Eco se llevó una mano a la garganta. Una vez cruzara aquella brecha en el tiempo y el espacio, nunca volvería a ser la misma. Y sabía intuitivamente que, aunque lo que había al otro lado era muy bello, también era peligroso. Habría allí nuevos riesgos, cosas a las que nunca antes se había enfrentado, cosas a las que no sabía cómo enfrentarse.

Felicidad, ciertamente, pero también dolor.

¿Se atrevía a correr ese riesgo?

Su vida era muy prosaica. Pero Eco la conocía bien. Conocía sus caminos porque los había recorrido muchas veces. Había sorpresas, claro, algunas buenas y otras malas, pero no muchas.

No muchas.

—¿Eco? —insistió Rance al ver que ella no decía nada.

Ella tenía la boca seca. Deseaba caer de rodillas entre los guijarros húmedos y brillantes que cubrían la orilla del riachuelo como confeti y beber con tanta ansia como los caballos.

—Yo... estoy... asustada —logró decir.

—Yo también —reconoció Rance. Su voz sonaba ronca—. Ahora mismo, me gustaría volver a montar en ese caballo y cabalgar a galope tendido, hasta que cayera reventado muy lejos de aquí —la crudeza de su afirmación conmovió a Eco casi tan profundamente como su beso—. Sospecho que a ti te ocurre lo mismo. Pero la verdad es que, si huimos en direcciones opuestas, nunca sabremos lo que podría haber ocurrido. Y no me importa decirte que eso me asusta aún más, porque adivino que el paisaje sería muy triste y sombrío.

Eco asintió con la cabeza. Todo había cambiado. Tal vez ni siquiera fuera posible volver a ser la que era unos minutos antes.

Entonces se dio cuenta de algo. Su mundo no se había

alterado por culpa de un solo beso, ni de su primer encuentro con Rance McKettrick unos días antes, en la acera de delante de la tienda. Su destino había cambiado para siempre desde el momento en que decidió abandonar Chicago. Había dejado atrás su falso yo (ese yo al que sólo le interesaba la seguridad), de una vez por todas. Y aunque Rance le parecía atractivo (en realidad, se sentía atraída por él como por un imán), el verdadero cambio no tenía nada que ver con él.

—¿Qué hacemos ahora? —preguntó.

Él sonrió, aunque sus ojos tenían una expresión seria y maravillada.

—Se me ocurren unas cuantas ideas —dijo—. Pero depende de ti, Eco. No voy a empujarte ni en una dirección ni en otra.

Ella compuso una sonrisa temblorosa.

—¿Podrías ayudarme a volver a subir al caballo, por favor? Creo que no me funcionan bien las piernas.

Rance sonrió, le puso el pie en el estribo y la aupó a la silla sujetándola firmemente con una mano por la espalda. Sus dedos parecían electrificados, y dentro del cuerpo de Eco se agitaba tal cantidad de deseos que, si la hubiera bajado de Snowball, quitado la ropa y tomado allí mismo, sobre el lecho pedregoso del riachuelo, se habría entregado a él sin dudarlo.

Volvieron lentamente hacia la casa, y en lugar de remitir, como ella esperaba, el deseo visceral que sentía por aquel hombre no hizo sino aumentar.

El sol se deslizaba hacia el oeste cuando llegaron al establo, a pesar de que todavía quedaban horas de luz por delante.

Rance atendió a los caballos en silencio: les quitó las sillas, les miró los cascos por si tenían piedrecillas, los metió en sus cuadras y llenó de heno sus comederos.

Eco lo observaba, consciente de que podía sacar a Avalon de la casa, meterse en el coche y marcharse y, de ese modo, salvarse a sí misma.

Pero se quedó sentada en un cubo dado la vuelta, en el amplio pasillo cubierto de serrín que separaba las filas de cuadras, y siguió observando a Rance trabajar como un ranchero. Sólo después de dar de comer a los caballos se volvió hacia ella.

Y la sorprendió de nuevo.

—Puede que un baño te relaje los músculos —dijo—. Ha sido un paseo muy largo, para ser tu primera vez, y mañana tendrás muchas agujetas.

Le había enseñado el estanque unas horas antes. Era una especie de jardín del Edén, rodeado de árboles. Lo cual era muy apropiado, se dijo Eco. Teniendo en cuenta cómo se sentía, podrían haber sido las dos únicas personas sobre la faz de una nueva tierra.

—No he traído bañador —dijo, pragmática.

Rance la ayudó a levantarse cuando ella intentó ponerse en pie y descubrió que las agujetas habían aparecido antes de tiempo.

—No lo necesitas —dijo.

Eco volvió a estremecerse.

Rance le apretó la mano con fuerza y la condujo no hacia su todoterreno, sino hacia la casa.

—Creía que íbamos a ir a nadar —dijo ella. Ni siquiera reconocía su propia voz. Parecía poseída por una desconocida. Por una mujer osada y temeraria, ansiosa por probar frutas prohibidas.

—Y vamos a ir —respondió él—. Hay una piscina al otro lado de la casa.

—Ah —dijo Eco, dejando que tirara de ella.

Cruzaron la enorme cocina, donde Avalon seguía dormida, soñando sueños de perros que le hacían mover las piernas. Eco sólo había visto aquella habitación de la casa, además del espacioso tocador en el que se había puesto los vaqueros.

Entraron a un comedor amueblado con rústica elegancia y luego a un cuarto de estar donde la chimenea de piedra más grande que Eco había visto nunca parecía empequeñecida por el espacio que la rodeaba. Había libros en las paredes y alfombras de colores extendidas sobre el suelo como manchas de pintura sobre un suelo de baldosas de pizarra.

Cruzaron un dormitorio, o más bien una suite con suelos de tarima taraceada y un fabuloso fresco de caballos salvajes que ocupaba toda una pared. La cama, enorme y de cuatro postes, estaba orientada hacia una hilera de ventanales: un tapiz viviente, repleto de árboles, montañas y cielo. Descansar en aquella cama, pensó Eco con nerviosismo, sería como dormir al aire libre, en plena naturaleza.

De pronto se le ocurrió que estaba entrando en una casa ajena y se cohibió un poco.

Rance se detuvo, la miró a los ojos y sacudió la cabeza. Estaba claro que había vuelto a leerle el pensamiento, una idea que por sí sola resultaba inquietante. Toda su vida, o al menos desde que era muy pequeña, Eco se había sentido semitransparente, como un fantasma que vagara sin ser visto entre los vivos, y aunque a veces le dolía, también se había acostumbrado a ello. Rance, sin embargo, la veía; no le dejaba sitio donde esconderse.

—Ésta era la habitación de mis padres —dijo Rance—. La mía está arriba.

¿Significaba eso que nunca había dormido allí, con Julie?

Él la hizo pasar por una puerta ancha, y ante ellos apareció una piscina semejante a una gruta secreta, rodeada por paredes semiopacas de ladrillos de cristal. Cuando Rance pulsó un interruptor, Eco vio que el tejado era retráctil y que la piscina podía quedar abierta al ancho cielo.

Estaba tan encantada que, por un momento, olvidó que tenía miedo.

—La ducha está allí —dijo Rance, señalando una puerta de madera flanqueada por plantas exuberantes que normalmente sólo crecían en climas tropicales.

Ella se mordió el labio.

Él sonrió, esperando su decisión. Podía ducharse sola o con él.

Era ella quien decidía.

Todavía se lo estaba pensando cuando él volvió a pillarla por sorpresa.

—Sírvete tú misma —dijo—. Dentro hay toallas y un albornoz y todo lo que necesites. Yo voy a preparar algo de comer.

Con ésas, se marchó.

Eco se quedó inmóvil un buen rato. Sabía lo que pasaría cuando volviera Rance, ambos lo sabían. Aunque no era virgen (se había entregado libremente a Justin, y no tan libremente a un par de hombres más), no le gustaba el sexo intrascendente.

Aunque, con Rance McKettrick, era imposible que el sexo fuera algo intrascendente.

Si aquel beso junto al riachuelo servía como ejemplo, la experiencia sería directamente apocalíptica.

¿Era eso lo que quería?

Otros hombres la habían complacido de un modo tranquilo y ordenado. Pero Rance no iba a complacerla. Su encuentro con él sería febril, sudoroso, desnudo, piel con piel.

Con Justin, había tenido pequeños y agradables orgasmos que la dejaban suspirando.

Con Rance sería distinto. Ya había sentido los primeros

temblores en los escalones de la librería, cuando él la había seducido con palabras. Y de nuevo cuando la había besado. Ahora el aire mismo parecía estremecerse ante la perspectiva de todo cuanto Rance podía hacerla sentir.

Con Justin, se acurrucaba y ronroneaba.

Con Rance, sería un intercambio elemental y frenético, un choque, una lucha desesperada por alcanzar la satisfacción.

Eco entró en el cuarto de baño, moviéndose como si estuviera en trance. Se quitó la ropa, abrió la mampara de cristal de la enorme ducha y ajustó los grifos. El chorro caliente la calmó de inmediato y se llevó los últimos jirones de su reticencia.

Cuando volvió a salir a la piscina, envuelta en una toalla, Rance ya estaba allí. Ella comprendió por su pelo húmedo y revuelto que se había duchado en otra parte. Y ahora estaba en el agua, observándola acercarse.

En una mesa baja, entre dos sillas de jardín, había un plato con un par de sándwiches. Eco sintió de pronto un hambre feroz. Pero, paradójicamente, tenía la garganta cerrada; no podría haber tragado ni un bocado.

Fingiendo un aplomo que no tenía, se acercó a un lado de la piscina, donde unos escalones embaldosados bajaban al agua.

—Menuda charca —dijo.

Rance se echó a reír, pero tenía una mirada intensa que no pasaba por alto ningún matiz. No llevaba nada puesto, naturalmente, y el agua era transparente.

Eco tuvo cuidado de no mirar por debajo de la superficie, pero la hermosa cara de Rance, sus anchos hombros, su pecho musculoso y sus brazos fuertes le ofrecían espectáculo suficiente.

En un arrebato de audacia, dejó caer la toalla y la expresión de sorpresa de Rance le resultó tan deliciosa que la vergüenza que esperaba sentir no se dio.

«Que mire», dijo su amazona interior, saliendo por primera vez de alguna selva de su subconsciente.

Se deleitó durante unos segundos en la belleza de su propio cuerpo y en el poder que le daba. Rance la miraba extasiado, como si fuera un ser dorado y brillante que hubiera surgido de la nada, y retrocedió ligeramente para dejarla entrar en la piscina.

El agua estaba deliciosa, a la temperatura justa, ni demasiado fría, ni demasiado caliente.

Eco cerró los ojos, contuvo el aliento y se balanceó, dejando que el agua se cerrara a su alrededor. Después rompió la superficie brusca y alegremente, como si recibiera el bautismo hacia una libertad que ningún ser humano corriente había soñado nunca.

Rance se rió y la salpicó, lanzando sobre ella una reluciente cortina de agua.

Ella respondió del mismo modo.

Pero cuando la batalla acabó, estaban casi pegados, y había gotas de agua en las pestañas oscuras de Rance. Él alargó los brazos, puso sus manos fuertes a ambos lados de la cintura de Eco y la atrajo hacia sí.

Ella le rodeó el cuello con los brazos y se puso de puntillas para besarlo antes de que él tomara la iniciativa.

Sus lenguas se tocaron, prendió una chispa y estalló una llama que ninguna cantidad de agua podría haber extinguido.

Eco rodeó instintivamente con las piernas las caderas de Rance mientras se besaban, pasando de la exploración a la pasión y luego más allá. Sintió su erección entre los muslos y se habría dejado penetrar en ese instante, si él hubiera cooperado.

Pero, siendo como era, Rance no cooperó.

La besó hasta hacerla enloquecer y le acarició los pechos hasta que ella logró zafarse de su boca y echarse hacia atrás para ofrecerse a él. Entonces él le lamió los pezones, chupándolos hasta que las piernas de Eco se aflojaron.

La levantó en brazos, la sacó del agua, subió los escalones y entró en el dormitorio por una de cuyas paredes corrían los caballos. La tumbó de lado sobre la colcha, mojada como estaba, con las piernas colgando. Y luego se arrodilló y le separó los muslos.

Ella se arqueó, jadeante, cuando sintió su aliento cálido y dejó escapar un grito estrangulado cuando, separando los rizos que lo cubrían, él acercó los labios a su sexo. Sujetándola por los tobillos, le puso los pies en el borde del colchón, y empezó a lamerla, a mordisquearla, a jugar con ella pasando la lengua con la delicadeza del aleteo de una mariposa.

La puso al borde del clímax y la dejó allí, temblando.

Ella gemía, desfallecida.

Rance se levantó, se tendió en la cama y la hizo cambiar de postura y arrodillarse sobre las almohadas, a horcajadas sobre su cabeza. Eco se agarró al cabecero de la cama y, asiendo sus caderas, él la hizo descender sobre su boca para una verdadera cabalgada.

La vulnerabilidad de Eco era total, y también lo fue su rendición. El primer orgasmo la hizo gemir en voz alta y derrumbarse, inerme, arrastrada por el ardor de una rápida descarga. Ahora, pensó, él la tomaría.

Pero no fue así.

Rance la hizo gozar otra vez, más intensamente, y la sujetó mientras ella se mecía y se tensaba y un grito de abandono, ronco y primitivo, emergía de su garganta. Le sudaban las manos allí donde sujetaba el cabecero de la cama. En realidad, todo su cuerpo estaba cubierto de sudor. Rance siguió lamiéndola hasta que su cuerpo se convulsionó desde su núcleo fundido, como un pequeño planeta que escupiera fuego.

—¡Hazme... hazme el amor ya! —era al mismo tiempo la exigencia de una amazona y una súplica. Quería sentir a Rance dentro de sí, formando parte de ella, duro y poderoso, conquistándola y al mismo tiempo prestando homenaje al poder sagrado que le daba vida.

Él respondió brindándole otro orgasmo, tan feroz que abrasó su carne y sus huesos y se grabó en su alma como un hierro de marcar.

Mientras la tumbaba en la cama, indefensa y exhausta, atrapada en el espacio sobrecargado de energía entre un orgasmo y el siguiente, Eco comprendió que, fuera lo que fuese lo que pasara entre ellos después, llevaría para siempre dentro de sí la marca de Rance McKettrick.

CAPÍTULO 9

Impulsado hacia arriba por la violenta oleada de una pesadilla ya olvidada, cuyos vestigios arrastraba tras de sí como jirones, Rance abrió los ojos a una habitación plateada por la luz de la luna llena.

Eco se había ido; lo supo antes incluso de buscarla.

Durante unos instantes, se imaginó alejándose, como un sonido, como su nombre, haciéndose cada vez más tenue con la distancia.

Supuso que era lo mejor. Habían copulado como un potro salvaje y una yegua. Verse cara a cara ahora, a la luz clara del día, podía ser complicado.

Sí, señor. Se sentía aliviado, eso era.

Aliviado.

Pero ¿por qué se sentía también como un cubo viejo con una gotera?

Miró el reloj que había junto a la cama: eran poco más de las dos de la madrugada. ¿Cuánto tiempo hacía que se había ido ella?

No tenía ni idea. Después de su último encuentro sexual, había dormido como un tronco. Un circo podría haber desfilado a los pies de la cama, con banda y todo, y él no se habría enterado. Y una mujer menuda que se pusiera la ropa y saliera a hurtadillas no habría levantado ni siquiera una brisa.

Rance se levantó porque sabía que no podría volver a dormirse. Entró desnudo en el cuarto de baño, donde se había desvestido y duchado hacía unas horas, después del paseo a caballo, antes de meterse en la piscina. Eco, que estaba bajo el chorro de la ducha justo al otro lado de la pared, se había sorprendido visiblemente al encontrarlo ya en el agua.

Sonrió al recordarla allí de pie, envuelta en una toalla, pero, por lo demás, como había venido al mundo. Parecía recelosa y, al mismo tiempo, tremendamente femenina.

Rance volvió a ducharse, se puso un albornoz y se dirigió a la cocina.

No se dio cuenta de que confiaba en encontrar a Eco allí hasta que llegó y vio que se había ido de verdad. Había dejado la luz encendida, recogido a su perro y tomado el camino al pueblo.

Rance suspiró y encendió la cafetera.

Mientras se preparaba el café, subió a su cuarto y se puso su último par de vaqueros limpios, una camisa que ya había usado dos veces, calcetines y botas. En el cuarto de baño se lavó los dientes y se peinó.

No era muy amo de casa, tenía que admitirlo. Por eso, en parte, no había subido a Eco allí: había ropa sucia dispersa por todas partes, y nadie limpiaba los sanitarios desde la última vez que Cora se puso un mono impermeable y, por caridad, entró armada con agua caliente jabonosa y un cepillo de cerdas.

Ésa era en parte la razón.

Recogió un montón de ropa sucia y de toallas húmedas y entró en el dormitorio.

Hacía una temporada que no cambiaba las sábanas.
Todo estaba cubierto de polvo.
Y aquella habitación la había compartido con su mujer.
Allí habían concebido a Rianna. A Maeve, sospechaba que, como Julie solía decir en broma, la habían concebido en la trasera de una camioneta, después de un rodeo en Flagstaff, un Cuatro de Julio.
Aquella habitación tenía mucha historia.
Julie y él no sólo hacían el amor en ella. También se peleaban allí.
Se habían dicho cosas que luego no podían retirar.
Y una mañana, Julie se levantó de aquella cama, en la que llevaba muchas noches durmiendo sola, se puso su elegante traje de montar inglés y se fue a un concurso hípico en Scottsdale. Dejó a Maeve y Rianna con Cora al pasar por el pueblo, sin saber que no volvería a verlas.
Rance cerró los ojos con fuerza un momento, recordando.
Estaba dormido en su habitación, en un hotel de Hong Kong, exhausto tras cuatro días de reuniones, cuando lo despertó el teléfono.
Keegan estaba al otro lado. Jesse, en una extensión.
—Tengo malas noticias —dijo Keegan. Luego se atragantó, y a Rance se le paró tan de repente el corazón que pensó que no volvería a latirle.
«Rianna y Maeve», pensó. Una de ellas (o las dos) estaba herida, o muerta.
Era su mayor temor.
Entonces habló Jesse.
—Julie ha muerto, Rance —dijo—. Esta tarde se cayó de un caballo en un concurso hípico y se rompió el cuello.
Rance se quedó completamente callado uno o dos segundos. Luego soltó tal alarido de dolor que los guardias de seguridad del hotel fueron a aporrear su puerta. Al recordar

aquella noche, sintió que aquel grito de angustia volvía a alzarse dentro de él, golpeando el fondo de su garganta.

Fueron a buscarlo al día siguiente, en un avión alquilado: Keegan, Jesse y su padre. Lo recogieron y lo llevaron a casa, como los fragmentos de una reliquia hecha añicos que, sin embargo, merecía la pena recomponer.

Una a una, volvió a juntar las piezas.

Pero hasta ese momento no se dio cuenta de que las grietas seguían siendo visibles.

Llevó la ropa sucia a la trampilla que había en un rincón del armario y que comunicaba directamente con el cuarto de la colada, abrió la portezuela y la metió dentro. Después recogió más ropa sucia que había por el suelo, quitó las sábanas y las mantas de la cama y lo metió todo por la trampilla.

La cara de Julie, rodeada por un marco de ébano adornado con oro, le sonreía desde la repisa de la chimenea. En los viejos tiempos, cuando la casa era nueva y mucho más pequeña, aquélla había sido la habitación de Rafe y Emmeline, y Julie y él siempre se habían sentido vinculados a ellos por dormir allí.

Rance se acercó a la chimenea, tomó la fotografía con las dos manos.

No recordaba la pesadilla que había tenido en la habitación de abajo, pero sabía que se trataba de Julie. Tal vez el paseo a caballo de esa tarde hubiera desencadenado el sueño. Aunque era más probable que su origen estuviera en su encuentro amoroso con Eco.

Había estado con algunas mujeres desde la muerte de Julie, todas ellas cuidadosamente elegidas por su incapacidad para tocarlo en lo más profundo. Eco era la primera con la que se acostaba en su casa y, le gustara o no, la primera que había traspasado todas sus barreras defensivas.

Mientras miraba los ojos de Julie, los suyos le ardieron.

La había querido desde los doce años.

Durante todo el instituto y en la universidad, la había querido con toda su alma. La había querido tan temeraria y absolutamente que no había sabido qué responder cuando ella le dijo que quería que se separaran, que pensaba volver al pueblo con las niñas y quedarse en casa de Cora una temporada hasta que viera las cosas con cierta perspectiva.

Él la había disuadido con zalamerías, le había prometido no viajar tanto, le había comprado joyas, le había dicho que, por supuesto, podía ponerse a trabajar como diseñadora gráfica en cuanto las niñas fueran más mayores. No necesitaban el dinero, le había dicho, convencido de que tenía razón.

Un mes después, ella murió.

Y ahora no había modo de decirle que había sido un necio y un orgulloso y que lo sentía.

Sacó brillo al cristal con la camisa y dejó la fotografía sobre la repisa de la chimenea, en su sitio de siempre.

Fuera lo que fuese lo que había entre Eco Wells y él, no era amor. Eso lo había tenido con Julie, y no se parecía a aquello.

La mala conciencia lo asaltó de pronto, se enroscó en sus tripas y le dejó un regusto amargo al fondo de la lengua. Sabía que era irracional, pero lo cierto era que nunca antes se había sentido así, como si hubiera traicionado a su mujer.

Se volvió, salió de la habitación y bajó.

El café estaba listo. Se sirvió una taza y entró en el cuarto de la colada. Unos minutos después, mientras la lavadora empezaba a funcionar, se detuvo frente a la ventana de la cocina y se quedó mirando hacia fuera. Deseaba con toda el alma que saliera el sol.

Cuando amaneciera, pondría una brida a Snowball y saldría a montar a pelo por las colinas. Se lo tomaría con calma, porque la yegua no estaba en forma: nadie, excepto Maeve, la había llevado mucho más allá del establo desde la muerte de Cassidy... hasta el día anterior.

Tal vez juntos, él y aquel viejo caballo, pudieran huir de todo cuanto habían perdido.

Cora entró en la tienda a primera hora de la mañana, con Maeve y Rianna detrás, y puso un periódico sobre el mostrador, delante de Eco.

—Sales en la primera página de la *Gazette* de Indian Rock —dijo con orgullo.

Eco, que no había dormido desde que dejó la cama de Rance un poco después de medianoche, tuvo que concentrarse para enfocar los ojos. Allí estaba ella el día de la inauguración, con la gran tarta delante y la cabezota de Avalon apareciendo a su lado.

Indian Rock da la bienvenida a Eco Wells, decía el titular.

Eco parpadeó.

¿Era posible que hubiera abierto la librería hacía apenas dos días?

—Llevé la cámara a la oficina del periódico y la descargaron en su ordenador —continuó Cora—. No hay edición de fin de semana. Los domingos, casi todo el mundo compra el *Republic*. Pero aquí estás, el lunes, a toda página.

Eco sonrió y leyó por encima el breve artículo, que incluía su nombre, el número de teléfono y la dirección de la tienda, sus horas de apertura y un comentario muy gracioso sobre perros aficionados a la lectura.

—Gracias, Cora —dijo.

—Un poco de publicidad nunca viene mal —contestó Cora.

—¿Qué es todo esto? —preguntó Rianna. Había dado la vuelta al mostrador y encontrado la caja llena de paquetitos que Eco pensaba llevar al correo a la hora de comer.

Eco miró a Cora, que miraba con curiosidad por encima del mostrador, y volvió a fijar su atención en Rianna.

—Sólo son unas cosas que tengo que mandar —dijo—. Muestras.

—¿Muestras? —preguntó la niña, desconcertada.

—Rianna McKettrick —dijo Cora—, deja de cotillear.

—A nosotras a veces nos dan muestras —continuó Rianna, mirando a Eco muy seria—. De detergente y cosas así. Pero no sabía que hubiera muestras de libros.

—Bueno —dijo Cora, quien al parecer no había relacionado los paquetitos de la caja con el que había recibido con el pedido de su hechizo amoroso—, más vale que nos vayamos al rancho, a ver qué tal le va a Rance la vida de vaquero.

Eco sintió que se acaloraba y apartó la mirada.

¿Cómo demonios iba a mirar a la cara a Rance después de las cosas que habían hecho juntos?

—¿Estás bien? —preguntó Cora, deteniéndose en los márgenes del campo de visión de Cora cuando ya se iba—. Estás un poco pálida. Espero que no estés incubando algo.

—Estoy bien —respondió Eco, obligándose a mirarla. Su sonrisa le pareció trémula y un poco tirante. A Cora le gustaba jugar a la casamentera, sí, pero seguramente que el marido de su difunta hija y ella se pasaran varias horas practicando sexo salvaje no era lo que tenía en mente.

Que se dieran un poco la mano, quizá. Un par de cenas en el patio, con las niñas presentes. Cosas inocentes como ésas.

Por suerte, Eco aceptó su respuesta sin rechistar. Pero antes de marcharse miró una vez más la caja de los paquetes y arrugó un poco la frente.

Aquella dedicación a tiempo parcial, aunque Eco no tenía costumbre de hablar de ella, no era ningún turbio secreto. Sin embargo, Cora no le pidió explicaciones y Eco no se las dio. De todos modos, no podría haberle dicho nada estando allí Rianna y Maeve.

La librería estuvo llena toda la mañana y, a mediodía,

Eco cerró, cargó a Avalon y los paquetes en el coche y se fue a la oficina de correos.

La empleada de correos, una señora muy amable que había ido a la gran inauguración y comprado un buen montón de novelas románticas, hizo un comentario sobre la cantidad de paquetes y le aconsejó que pagara una licencia para enviar correo en grandes cantidades.

Eco sonrió, le dio las gracias y se marchó.

Cuando Avalon y ella volvieron a la tienda, había cuatro personas esperando en la acera.

Las cosas se calmaron de nuevo a eso de la una; Eco aprovechó para subir corriendo al apartamento, hacerse un sándwich de atún y llenar el estómago. Cuando oyó la campanilla de la puerta de la tienda, se apresuró a bajar, masticando a toda prisa.

Rance estaba mirando el lomo de una novela de suspense militar.

Eco estuvo a punto de atragantarse con la comida.

Miró a su alrededor y se alegró (y, paradójicamente, también se alarmó) al ver que estaban solos.

No pudo deducir nada de la expresión de Rance, ni de su postura. Iba vestido para trabajar en el rancho, como el día anterior, y volver a verlo despertó recuerdos que aceleraron el latido de su corazón y entrecortaron su aliento.

Él dejó la novela sobre el mostrador y se sacó el billetero del bolsillo de la camisa.

¿Iba a comportarse como si nada hubiera pasado?

¿Eso era bueno... o malo?

Eco compuso una sonrisa y se deslizó detrás del mostrador para cobrarle.

—¿Lees mucho a este autor? —le preguntó. Rance podría haber sido un turista de paso por el pueblo, alguien a quien nunca había visto y a quien no volvería a ver, en lugar del hombre con el que había hecho el amor menos de veinticuatro horas antes.

—No —respondió él.

Adiós a su intento de conversar, pensó Eco con cierto desánimo.

Se sonrojó patéticamente mientras le daba el cambio y metía el libro en una bolsa.

—Eco —dijo Rance—, mírame.

Ella lo miró, pero no fue fácil. Supo, incluso antes de que él abriera la boca, lo que iba a decir a continuación, y se preparó.

—Las cosas van demasiado rápido entre nosotros —le dijo Rance.

Tenía razón, desde luego. Eco estaba completamente de acuerdo. Pero al mismo tiempo sintió como si el suelo se disolviera bajo sus pies, dejándola suspendida sobre la boca de un agujero negro, con nada a lo que agarrarse, excepto el borde del mostrador.

Se aferraba a él con tanta fuerza que le dolían los nudillos.

—Sí —dijo.

Rance parecía apenado, además de serio.

—Necesito que entiendas que no es por ti, Eco.

«No es por ti». Lo típico.

Justin había usado aquella misma frase después de dejarla plantada ante el altar. Ella estaba sola en una ciudad desconocida, vestida de novia y con un ramo de flores de seda barata en las manos. ¿Cómo no iba a ser por ella? No era una simple espectadora, a la que los acontecimientos no afectaban. Era una víctima de ellos.

—Ya —dijo con serena amargura—. Es por ti, ¿no, Rance?

Él palideció bajo el moreno de su piel.

—Eco... —comenzó a decir.

Ella le puso el libro en las manos, guardado en su bolsa de plástico anónima. No podía permitirse encargarlas con el nombre de la tienda y un logotipo... Qué demonios, ni siquiera tenía logotipo.

—Sal de aquí —dijo.

—Eco, por favor, escúchame...

—Vete. Por favor.

Avalon se sentó y comenzó a gruñir.

«Por lo menos tengo una amiga», pensó Eco. Pero entonces se acordó de Cora. «Bueno, dos», se dijo. «Ambas seguramente temporales».

Rance tomó el libro, dio media vuelta y salió de la librería.

Cora apareció menos de cinco minutos después. Aquella mujer parecía tener un radar.

—¿Qué ha pasado? —preguntó sin preámbulos, mirando hacia atrás mientras Rance se alejaba en su coche.

Eco quiso suspirar, pero se refrenó y se atareó detrás del mostrador, enderezando cosas que ya estaban derechas.

—Exactamente lo que debería haberme imaginado —dijo, porque evidentemente era imposible ocultarle un secreto a Cora, y de todos modos estaba cansada de intentarlo—. Las cosas van demasiado deprisa, según Rance. Y, naturalmente, no es por mí.

Cora frunció el ceño, pensativa.

—Debería pedir a esa gente de la poción amorosa que me devuelva el dinero —masculló.

Eco abrió la caja registradora, sacó un billete de veinte dólares y se lo dio.

En otras circunstancias, la cara que puso Cora la habría hecho reír a carcajadas. Pero, tal y como estaban las cosas, apenas era capaz de mantenerse entera.

Cora se quedó mirando el dinero.

—¿Qué...?

—Tómalo.

—Pero...

—Fui yo quien te lo vendí, Cora. La dueña de la página web soy yo.

Cora parpadeó.

—¿Tú...?

—Sí —confirmó Eco—. Todos esos paquetitos que viste antes, ésos por los que preguntó Rianna, todos y cada uno de ellos representan a un cliente ilusionado.

De pronto, una sonrisa se extendió por el semblante de Cora.

—Caramba —dijo—. Vaya coincidencia, ¿no?

—Sí —contestó Eco con amargura—. Soy un fraude. Debería devolverle el dinero a toda esa gente. Pero no puedo hacerlo porque he invertido casi todo lo que tenía en abrir la tienda. Pero puedo rechazar futuros encargos. Puedo cerrar la página web.

—Espera un segundo —dijo Cora—. En la página dice «pedidos bajo responsabilidad del cliente». ¿Eso es un fraude?

—Me he erigido en una especie de experta en amor —soltó una risilla lacrimosa—. Menuda broma.

—¿Te inventaste todos esos testimonios? ¿Los de la página web, quiero decir? Me conmovió especialmente el de E. Simmons, de Trenton, Nueva Jersey.

—Claro que no —contestó Eco, intentando recordar qué había dicho E. Simmons, sin conseguirlo—. Eso sería una indecencia.

Cora se echó a reír. Luego se volvió hacia el escaparate y se quedó mirando el sitio vacío que había dejado el enorme todoterreno de Rance. Unos momentos después, sonrió misteriosamente y devolvió a Eco el billete de veinte dólares.

—Pues aquí tienes uno de C. Tellington, de Indian Rock, Arizona: las cosas no se acaban hasta que se terminan.

—¿De qué estás hablando? —preguntó Eco, aunque temía saberlo ya. Debería haber sido evidente desde el principio, pero había estado tan preocupada con Avalon, con la apertura de la tienda y su aterrizaje en un sitio nuevo, que no había seguido aquel hilito de lógica hasta la madeja.

Cora se volvió de nuevo, pero parecía estar mirando a través de Eco a alguien o algo que estaba más allá.

–El corazón de la gente es como una taza –dijo en voz baja, como si intentara abrirse paso a tientas hacia una conclusión íntima–. Va de sitio en sitio y pasa de mano en mano, intentando que la llenen. Se agrietan, esas tazas, y hasta se rompen. Algunas personas las tiran, pensando que eso hará cesar el dolor. Pobres tontos. Nadie puede llenar una taza, excepto el Todopoderoso. Nadie.

Eco sabía que Cora era una mujer religiosa, pero ella sólo conocía a Dios de pasada. Él se ocupaba de Sus asuntos, y ella de los suyos.

–No irás a echarme un sermón, ¿verdad? –preguntó Eco débilmente.

Cora se rió otra vez. Sacudió la cabeza.

–No –dijo–. Pero acabo de tener una pequeña revelación, eso es todo. Tú tienes una taza, Eco, y Rance también. Como todo el mundo. No sé cómo está la tuya, pero la de Rance necesita algunos arreglos, eso te lo aseguro.

–No veo qué tiene eso que ver con...

–Lo sé –dijo Cora cariñosamente, y estiró el brazo sobre el mostrador para darle unas palmaditas en la mano–. Pero piénsalo.

Como si tuviera elección.

–Está bien –dijo Eco.

Cora se marchó.

Eco la vio alejarse, más confusa que antes.

Al final, volvió a guardar el billete de veinte dólares en la caja.

Diez minutos después entró Ayanna, la madre de Cheyenne Bridges.

–Tú necesitas ayuda –anunció.

—Cierto —dijo Eco, pero no se refería a la librería. Se quedó pensando un momento—. Me vendría bien alguien a tiempo parcial. Pero me temo que el sueldo sería mínimo, y en cuanto a seguros sociales... en fin, no puedo prometer nada.

Ayanna sonrió.

—Entonces soy la candidata perfecta. Gracias a mi hija y mi futuro yerno no tengo que preocuparme por el dinero. Antes trabajaba de reponedora y embolsando compra en el supermercado, pero había que levantar mucho peso, y cuando no me dolía la espalda, me dolían los pies. Pero la verdad es que echo de menos tener un sitio donde ir y algo que hacer. No estoy hecha para la vida ociosa.

Eco se rió a su pesar.

—Yo tampoco —confesó—. ¿Has trabajado alguna vez en una librería?

Ayanna negó con la cabeza, y sus largos pendientes de plata emitieron una música delicada.

—No —dijo sin rodeos. Tenía el pelo cano, recogido hacia atrás, y llevaba ropa de colores. Seguramente sería muy buena compañía, y parecía al mismo tiempo inteligente y competente—. ¿Tú sí?

Eco volvió a reírse.

—No —respondió—. Estoy improvisando —mientras hablaba, un furgón de UPS se detuvo delante de la tienda. Le llevaba más libros para sustituir a los que había vendido el día de la inauguración. Habría que inventariarlos todos, y aún tenía que abrir una cuenta para la empresa en el banco. Y luego había que introducir los datos en el programa de contabilidad de su ordenador.

—Sé manejar una caja registradora —dijo Ayanna, y acarició la cabeza de Avalon cuando ésta dobló la esquina del mostrador y se recostó amorosamente contra ella—. He sido camarera muchos años, y he vendido infinidad de cosas.

Enséñame qué quieres que haga. Luego aclararemos todos los detalles, y si el arreglo no nos convence a ninguna de las dos, nos damos la mano y adiós muy buenas. ¿Qué me dices?

Eco sonrió. Ya se sentía mejor. La vida continuaba.

—Estás contratada —dijo.

El mensajero entró y se fue, dejando varios montones de cajas más altas que Eco y Ayanna. Entraron clientes, compraron libros y se marcharon. Varios de ellos comentaron el artículo del periódico.

A media tarde, aprovechando un rato de calma, Eco se fue al banco, llevándose las ganancias del sábado en una bolsa de plástico con cremallera. Cuando volvió, Ayanna estaba guardando en una bolsa una compra considerable para una mujer gruesa, vestida de ranchera.

La mujer le dedicó una sonrisa cordial y se fue.

Avalon la siguió hasta la puerta y, cuando ésta se cerró, pegó el hocico al cristal y se puso a gemir.

Eco y Ayanna se miraron. Ayanna seguramente no conocía la historia de Avalon, pero teniendo en cuenta lo pequeño que era el pueblo, quizás hubiera oído hablar de ella.

—¿Qué crees que le pasa? —preguntó Eco.

—Seguramente se siente sola —dijo Ayanna, refiriéndose, presumiblemente, a Avalon—. Ésa era Nell Jenson. Roy, su marido, y ella tienen una finca a las afueras del pueblo, y media docena de perros, por lo menos.

Una nueva tristeza tocó el corazón de Eco en ese momento. Tal vez fuera un error tener a Avalon en el pueblo, encerrada tanto tiempo en la tienda o en el pequeño apartamento de arriba. Tal vez sería más feliz en un rancho, corriendo entre los suyos.

Había muchos «quizás», al parecer, y ninguna certeza.

—Me la encontré, ¿sabes? —confesó Eco—. A la perra, quiero decir. En una parada para camiones, en Tucson. Era evidente que llevaba sola una temporada. No sé si la abandonaron o si se perdió.

Ayanna, que había estado ordenando el dinero del cajón de la caja, se detuvo para mirar a Avalon y luego a Eco.

—Hiciste muy bien recogiéndola —dijo—. Mucha gente no lo habría hecho.

—No podía dejarla allí —contestó Eco en voz baja, apesadumbrada, al ver que Avalon se apartaba tristemente de la puerta, se acercaba a las escaleras y se echaba allí con un suspiro—. Estaba tan hambrienta y tan sucia... Y además estaba lloviendo.

Se acordó de Bud Willand y sintió un escalofrío. Rance se había librado de aquel tipo, pero ella no estaba convencida de que no fuera a volver.

O de que no fuera a volver Rance.

«No pienses en Rance McKettrick».

—He puesto anuncios en todas las páginas de mascotas perdidas —continuó—. Me respondió un hombre, pero creo que no vino de buena fe. Si Avalon de verdad era suya, tenía que maltratarla. Con lo dócil que es, le habría mordido, si hubiera podido.

—Los animales saben juzgar el carácter de las personas —dijo Ayanna.

—No querrás un cachorro, ¿verdad? —preguntó Eco.

Ayanna logró arrugar el ceño y sonreír al mismo tiempo.

—Conque va a haber un parto, ¿eh? No, no quiero un cachorro, pero quizá Jesse y Cheyenne sí. Se lo preguntaré. ¿Cuándo tiene que parir?

—Ni idea —reconoció Eco—. Estaba pensando en llevarla al veterinario, para asegurarme de que está bien. ¿Hay alguno bueno en el pueblo?

—El doctor Swann —contestó Ayanna. Se acercó a Avalon, se agachó en medio del suave remolino de su falda azul turquesa, rosa y verde y levantó una de las orejas de la perra y luego la otra, frotándolas suavemente entre el índice y el pulgar–. Puede que lleve un microchip. Ya sabes, una de esas cosas que les implantan, con todos sus datos grabados.

Eco se dio una palmada en medio de la frente.

–No se me había ocurrido –sacó la guía telefónica de Flagstaff de debajo del mostrador, en la que Indian Rock y otros municipios vecinos tenían su propia sección, y hojeó el directorio de empresas.

Encontró el número del doctor Swann, llamó y explicó lo que quería mientras Ayanna seguía acariciando el pelo lustroso de Avalon. Para no querer un cachorro, parecía enamorada de la perra.

–Tráigala ahora mismo –le dijo la recepcionista–. En este momento no estamos ocupados.

Eco tapó el teléfono con una mano. Quedaba más de una hora para la hora de cierre, y aunque no había nadie en la tienda en ese momento, dudaba si cerrar temprano.

–Pueden ver a la perra ahora mismo, si te quedas un rato –le dijo a Ayanna.

Ayanna asintió con la cabeza.

La correa de Avalon estaba detrás del mostrador, y la perra se levantó en cuanto Eco la sacó. Siempre le apetecía dar un paseo, y dado que la consulta del veterinario estaba apenas a dos manzanas por la calle mayor, no hacía falta llevar el coche. Además, a las dos les sentaría bien tomar el aire.

Mientras caminaban por la acera, Eco se felicitó.

Llevaba al menos diez minutos sin pensar en Rance McKettrick.

CAPÍTULO 10

Con el maldito orgullo de los McKettrick atascado en la garganta, Rance vio salir a Jesse de su camioneta salpicada de barro al final del camino de entrada y echó a andar hacia él. Hacía semanas que no llovía. ¿Cruzaba Jesse el riachuelo con la camioneta, sólo para que tuviera aquel aspecto?

Mientras se acercaba, Jesse se colocó bien el sombrero y esbozó aquella sonrisa suya tan pagada de sí misma. En opinión de Rance, su primo veía la vida como un gran casino, y él siempre llevaba las de ganar.

–Querías hablar –dijo Jesse, extendiendo las manos afectuosamente como si dijera «Ya estoy aquí. Habla».

Rance lo había llamado después de su desastrosa conversación con Eco en la librería, por pura desesperación. Lo había sacado de una partida de póquer en la trastienda del Lucky's, en la que, como siempre, iba ganando.

De pronto deseó no haberlo hecho. Habría sido mejor sufrir en silencio. A fin de cuentas, tenía mucha práctica en eso.

Frunció el ceño, se levantó el sombrero y se pasó una mano por el pelo.

–¿Y si te digo que he cambiado de idea?

Jesse se rió.

—Entonces tendría que darte una patada en el culo. Tenía pareja de ases, con un tercero en las comunitarias y buenas posibilidades de uno más en el río.

La mayoría de los estadounidenses hablaban inglés.

Jesse hablaba en póquer. Con fluidez.

—¿Crees que eres lo bastante hombre como para hacer eso? —preguntó Rance, intentando ganar tiempo.

—¿Darte una patada en el culo? Más te vale creerlo —Jesse hizo una pausa y volvió a sonreír—. Claro que puede que haya problemas cuando te levantes.

Rance se aplacó a regañadientes. Lo cierto era que, de niños, Keegan, Jesse y él siempre estaban peleándose. Normalmente, detrás de alguno de los establos del Triple M. Se peleaban como toros jóvenes, y luego se reían de sus peleas.

Rance echaba de menos aquellos tiempos.

Jesse recorrió la casa y el patio de un vistazo. Seguramente estaba buscando a Rianna y Maeve, que siempre salían a recibirlo con gritos de alegría y se abrazaban a él como si fuera una cucaña en la feria del condado. Pero las niñas estaban en el pueblo con Cora.

—¿Qué ocurre, Rance? —preguntó Jesse suavemente, pero el brillo de sus ojos indicaba que ya había adivinado la respuesta.

—Ha pasado algo —dijo Rance. Se volvió y echó a andar hacia el patio, el lugar donde unas noches antes había preparado pescado para Eco y las niñas. ¿Por qué de pronto le parecía que aquello le había sucedido a otra persona, y no a él?

—No me digas —contestó Jesse, y apartó una silla y se dejó caer en ella, dejando su viejo sombrero sobre la mesa—. No me habrías llamado si no hubiera pasado algo.

—Puede que sí —dijo Rance, todavía de pie, indeciso—, si llevaras un maldito teléfono móvil, como todo el mundo.

—Los odio —contestó Jesse—. Siempre suenan en el peor momento —se recostó en la silla, juntó las yemas de los dedos y miró a su primo pensativamente—. ¿Te apetece una cerveza fría?

Rance se rió y se relajó un poco.

—Claro —dijo, agradecido porque, primero, le sentaría bien una cerveza y, segundo, así tendría un minuto o dos para esbozar lo que quería decir. Había tenido ya tres cuartos de hora, sin embargo, desde que llamó al Lucky's y pidió a Nurleen que le pasara a Jesse, y no había hecho progresos significativos.

Completó la tarea con demasiada rapidez. Dio una botella a Jesse y lo vio desenroscar el tapón y dar un largo sorbo.

—Siéntate —dijo Jesse después de tragar—. Me pones nervioso ahí parado, como si temieras que fuera a incendiársete la ropa y estuvieras calculando cuánto puedes tardar en llegar al río.

Rance exhaló un suspiro. Se sentó. Bebió un trago de cerveza.

—Ha pasado algo —insistió Jesse al ver que no decía nada enseguida.

—Sabes perfectamente lo que es —le dijo Rance en tono de reproche—. Pero te gusta ver cómo me retuerzo en la parrilla.

Jesse sonrió.

—Eso también —reconoció—. Supongo que estás loco por Eco Wells. Te has acostado con ella, ¿no? Y, lo que es peor, has disfrutado. Y ahora te estás fustigando por haber cometido ese pecado imperdonable.

—La he utilizado, Jesse.

—¿Sí? —comenzó a raspar la etiqueta de su botella de cerveza con la uña del pulgar—. Me imagino que la dama en cuestión estaba dispuesta a colaborar. ¿No le diste un golpe en la cabeza y la arrastraste a tu guarida, ni nada por el estilo?

Rance sintió que una oleada de calor le subía por el cuello y la mandíbula.

—Claro que no —contestó—. ¿Por quién me tomas?

—Creo que estás muerto de miedo, para empezar.

—Gracias, hombre —dijo Rance, enfadado.

Jesse se rió, bebió más cerveza y dio lentamente vuelta a su sombrero sobre la mesa, observando el proceso con interés, sin decir nada. Cuando volvió a mirar a Rance, tenía una mirada solemne.

—Rance, Julie está muerta. No la has traicionado, ¿de acuerdo?

—Le he quitado algo a Eco —dijo Rance, apesadumbrado—. No quería hacerlo, pero lo hice.

—¿Era virgen?

—No —contestó Rance—. Gracias a Dios.

—Entonces ¿por qué estás tan preocupado?

—No hay donde ir a partir de aquí, Jesse. No puedo casarme con ella. No estoy preparado para eso.

Los ojos de Jesse brillaron.

—¿Se te ha declarado?

Rance, que estaba llevándose la cerveza a la boca, volvió a dejarla sobre la mesa.

—No.

—¿Ha salido a relucir el tema del matrimonio?

—No.

—Entonces ¿qué problema hay? Por Dios, Rance, dale un voto de confianza a esa mujer. Quizá sólo quisiera echar un buen polvo, lo mismo que tú. Puede que no espere nada de ti. El hecho de que tú estés chapado a la antigua no significa que ella también lo esté.

Rance dejó escapar un suspiro entrecortado. Lo que Jesse decía tenía sentido, a su manera. Así que ¿por qué no se sentía mejor?

—¿Rance? —insistió Jesse cuando el silencio se prolongó demasiado para su gusto.

—¿Pensar que un sexo tan fabuloso debería significar algo más es estar chapado a la antigua? —preguntó Rance, tanto para sí mismo como para Jesse.

—Sí —dijo Jesse—, lo es. Pero también es muy honorable. El viejo Angus estaría orgulloso de ti.

—Le dije que no estaba listo para tener pareja. Como un tonto. Hasta le dije que no era por ella, que era por mí.

Jesse hizo girar los ojos.

—Ay, Dios —dijo—. No me digas.

—Sí.

—Bueno ¿y quieres?

—¿Que si quiero qué?

—Tener una relación de pareja con Eco Wells —dijo Jesse, midiendo las palabras una a una, como paletadas de grano para una mula ciega con escasa capacidad de atención.

—No lo sé.

—¿Quieres volver a acostarte con ella?

Rance sonrió.

—Claro —su sonrisa se marchitó y se le cayó de la cara—. Pero me dijo que me marchara de su tienda.

—Bueno —dijo Jesse—, de todas formas no ibais a hacer el amor en la tienda, seguramente. Y no es que sea mala idea, ahora que lo pienso. Pídele salir otra vez. Dile la verdad: que no puedes hacerle promesas y que no esperas ninguna a cambio.

—Me dará calabazas.

—Puede ser —dijo Jesse—. O puede que lo entienda. Quizá sienta lo mismo que tú. Nunca lo sabrás, si te portas como un cobarde, Rance.

—Yo no soy un cobarde.

—Vamos. En lo que se refiere a esa mujer, llevas la palabra cobarde pintada en la cara. Nunca te había visto tan perdido. Ni siquiera Julie te aturulló tanto.

Rance tardó un momento en recuperarse. A veces la verdad escocía como la herida recién hecha de un hierro de marcar, y aunque éstos no se usaban en el Triple M desde hacía tiempo, notó de pronto un olor a chamusquina.

Y procedía de él.

—¿Qué harías tú? —preguntó, y aunque se esforzó porque pareciera que le importaba un bledo, su voz sonó tan oxidada como el tapacubos de una rueda vieja de tractor que hubiera pasado años a la intemperie.

Jesse no parecía satisfecho de sí mismo. Parecía tranquilo, como siempre. Y contento también, porque ahora tenía a Cheyenne. Estaban viviendo juntos y, aunque eran muy distintos, parecían haber encontrado el equilibrio, haber llegado a una especie de acuerdo. Jesse seguía jugando mucho al póquer, y a Cheyenne le iba muy bien en su trabajo en McKettrickCo.

—Seguramente lo mismo que tú —dijo Jess, después de pensarse la pregunta de Rance durante tanto tiempo que su primo se sintió incómodo—. No me importa decirte que cuando volví a encontrarme con Cheyenne, me dieron ganas de partirme por la mitad y salir huyendo en direcciones opuestas. Me había vuelto muy comodón. Tenía todo lo que quería: juego, dinero, caballos, y mi finca en el monte, que es como la planta baja del paraíso. Yo, al menos, creía que lo tenía todo. Cheyenne lo puso todo patas arriba, y a mí también.

—No estamos hablando de Cheyenne y de ti —dijo Rance—. Vosotros estáis enamorados. Esto no es más que sexo. Hay una gran diferencia.

—Creo que te da miedo descubrir que tal vez sea más que simple sexo. Puedes engañar a mucha gente, Rance, pero yo te conozco muy bien. Fue terrible perder así a Julie. Siempre la querrás. Pero no se trata sólo de que no estés dispuesto a desprenderte de su recuerdo, ¿verdad?

Rance suspiró.

—Julie iba a marcharse —dijo—. Iba a irse a vivir una temporada con Cora.

—Me imaginaba que era algo así —contestó Jesse.

—No era la primera vez —se oyó decir Rance. Aunque estaba muy unido a sus primos, no se había sincerado con ninguno de ellos. Aún no estaba preparado para poner todas las cartas sobre la mesa—. Yo pasaba mucho tiempo fuera y a ella no le gustaba vivir tan lejos del pueblo. Quería ponerse a trabajar, y para eso tendría que irse a Phoenix o Flagstaff.

Jesse esperó pacientemente.

Pero Rance no pudo seguir. A pesar de que deseaba contárselo todo a Jesse, decírselo a alguien, no se atrevió a decir nada más.

Jesse se quedó mirándolo.

—¿Y ahora qué? —preguntó.

—¿Qué quieres decir?

—¿Vas a seguir entero, Rance, o vas a partirte en dos y a huir?

—No lo sé.

—Entonces ¿qué quieres hacer?

—Seguir de una pieza, supongo. Enfrentarme a esto y ver qué pasa.

Jesse sonrió, se echó el sombrero hacia atrás y se levantó.

—Mi trabajo aquí ha acabado —dijo—. Hoy Cheyenne trabaja hasta tarde, y prometí llevarle una hamburguesa del Lucky's.

Rance no se levantó, ni tomó su botella para apurar la cerveza. Se quedó mirando a su primo.

—¿Merece la pena, Jess? —preguntó en voz baja—. Arriesgarse, quiero decir.

Jesse se puso el sombrero. Parecía un jugador profesional del Salvaje Oeste, con un caballo esperándole fuera del *saloon*. Pero no tenía prisa. La vida se desplegaba ante él. Las cartas llegaban. Y, en su momento, también llegó la mujer adecuada.

—La mejor apuesta que he hecho nunca —dijo—. Antes me consideraba un ganador. Pero hasta que me lié con Cheyenne no supe lo que era ganar de verdad.

Silencioso y pensativo, Rance vio a su primo dar media vuelta y alejarse, ajustándose el sombrero sobre la marcha, sin mirar ni una sola vez atrás.

El doctor Swann, un hombre guapo, de pelo cano y ojos amables, examinó rápidamente a Avalon, prestando especial atención a su vientre.

—Yo diría que aún le quedan unas semanas —le dijo a Eco amablemente—, pero está claro que aquí hay una camada.

—¿Y el microchip? —se obligó a preguntar ella. Le había explicado cómo había encontrado a Avalon sola en medio de la lluvia, y también que había puesto anuncios en todas las páginas web de mascotas perdidas que había encontrado.

Si había un microchip, no quería saberlo.

Pero al mismo tiempo tenía que saberlo.

El veterinario palpó diestramente las orejas de la perra.

—Sí —dijo al cabo de un rato—. Aquí está.

Eco se agarró a los bordes de la silla de plástico en la que estaba sentada, aunque intentó que no se notara. La habitación pareció tambalearse un poco, y cerró los ojos.

Si el doctor notó su reacción, no dio muestras de ello.

—Podemos extraerlo, claro, pero tendremos que mandarlo a Flagstaff para recuperar la información. Aquí no tenemos equipamiento para eso.

Eco asintió rígidamente con la cabeza y tragó saliva. El nombre, la dirección y el número de teléfono de los verdaderos dueños de Avalon estarían en aquel chip. Tendría que ponerse en contacto con ellos. Pero ¿y si no le gustaban? ¿Y si la habían abandonado a propósito?

Cerró los ojos con fuerza y cuando volvió a abrirlos el doctor Swann estaba delante de ella, sosteniendo un vasito de papel lleno de agua.

—Esa gente debe de querer mucho a esta perra, si hicieron que le implantaran el microchip —dijo con suavidad.

Eco aceptó el agua con otra inclinación de cabeza, esta vez para darle las gracias, y se la bebió de un trago. Durante unos segundos temió devolverla. Luego se acordó de cómo había arañado Avalon la puerta de aquella caravana, en la calle paralela al parque, y comprendió que el veterinario tenía razón.

Allí fuera había alguien que quería a Avalon.

Seguramente la habían buscado por todas partes y estaban esperando que sonara el teléfono o que llegara una carta. Pero tal vez hubieran perdido la esperanza y creían que estaba muerta, o que había desaparecido para siempre.

—Vamos a averiguar quiénes son —dijo. Tenía los ojos tan vidriosos que veía a Avalon como una neblina blanca con una mancha rosa (su lengua colgante) en medio.

El veterinario le dio unas palmaditas en el hombro.

—Yo me ocupo, si sale un momento —dijo—. La llamaré en cuanto tenga noticias del laboratorio —hizo una pausa mientras Eco se ponía torpemente en pie. Avalon también se levantó, lista para irse—. A veces —prosiguió—, los chips están defectuosos, o dañados. Es posible que no podamos recuperar nada.

Eco esperó en el pasillo y cuando el doctor Swann abrió la puerta y le entregó la correa, Avalon tenía un pequeño vendaje en la oreja derecha.

Aunque odiaba la idea de perder a la perra, la perspectiva de no encontrar nunca a sus verdaderos dueños la hacía sentirse aún peor.

Tenía que hacer lo correcto por el bien de un animal inocente y confiado, se dijo. No por ella.

¿Dónde había oído eso antes?

—Sabía que volverías —dijo Keegan el martes por la mañana, cuando Rance apareció en McKettrickCo con unos zapatos que parecían bruñidos a escupitajos y el más incómodo de sus trajes de tres piezas—. Pero pensaba que tardarías más.

—Tengo unas reuniones en Taiwán —dijo Rance—. Llamé a San Antonio, y el avión de la empresa está de camino.

Keegan abrió los ojos de par en par y luego volvió a entornarlos. Parecía agotado, como siempre, sentado detrás de su mesa impoluta.

—Reuniones en Taiwán —repitió, pensativo—. Rance, ¿qué demonios te pasa? ¿Qué ha sido de tu plan de convertirte en ranchero? ¿Decías en serio lo de pasar más tiempo con Rianna y Maeve, o era hablar por hablar?

Rance apretó las muelas e hizo un esfuerzo consciente, aunque sin mucho éxito, por relajar la mandíbula. A aquel paso, llevaría dentadura postiza antes de los cuarenta.

—¿Sabes una cosa? —dijo, desafiante, inclinándose sobre la mesa de Keegan, con las manos apoyadas sobre la madera suave—. Ésta no es la reacción que esperaba de ti. Hiciste todo lo posible para convencerme de que no dimitiera, ¿recuerdas?

—Sí, lo recuerdo —contestó Keegan, sin dejarse impresionar por su apabullante presencia, que Rance había usado con eficacia desde que alcanzó su estatura definitiva.

Dándose cuenta de ello, retrocedió un poco.

—¿De qué estás huyendo? —insistió Keegan y, echando la silla hacia atrás, juntó las manos bajo la barbilla—. ¿O debería decir de quién? Como si no lo supiera.

—No es por Eco —dijo Rance con demasiada rapidez. ¿A quién pretendía engañar? Todo aquello era por culpa de la mujer de rosa.

—Ya —dijo Keegan con sorna—. Ahórrate las bobadas, ¿quieres? —frunció el ceño—. Taiwán. Una cosa te digo, primo: ya que vas a huir, no hagas el tonto por ahí.

—Este viaje podría suponer un paso muy importante para la expansión de la compañía —repuso Rance mientras se enderezaba la corbata. Dios, odiaba las corbatas, e intentar conducir aquella conversación por otros derroteros era como intentar meter a un montón de gatos salvajes en un saco. Pero, por inútil que fuera, tenía que intentarlo.

—Ahórrate eso también —dijo Keegan—. A ti no te preocupa la expansión de la compañía. Eso también me lo dijiste al dimitir.

A Rance se le acabó por fin el fuelle. Miró a su alrededor buscando una silla, acercó una y se dejó caer en ella.

—¿Por qué hablar contigo es más difícil que clavar un clavo en una roca sin martillo?

Keegan se rió.

—Principalmente, porque estás mintiendo descaradamente.

—Voy a estar fuera una semana, Keeg. No seis meses. Puedo compensar a las niñas cuando vuelva.

—Eso solías decir respecto a Julie —le recordó Keegan. Como Jesse, podía ser implacable cuando creía que las circunstancias lo exigían. Aquello también lo llevaba en el ADN de los McKettrick—. Cada vez que tenía que cambiar de planes porque tú tenías un viaje de negocios de última hora. Y obviamente llegó el día en que no hubo ya oportunidad de compensarla.

Rance soltó una bocanada de aire, como si le hubieran asestado un golpe en pleno plexo solar.

—Hombre, Keeg. Eso ha sido muy duro.

—La verdad suele serlo. Si quieres irte a Taiwán a seguir expandiendo la compañía, hazlo. Pero recuerda una cosa: nunca se sabe cuándo vas a tener que saldar una cuenta. Eso es algo que deberías haber aprendido con la muerte de Julie.

Rance cerró los ojos un momento y cuando volvió a abrirlos no pudo mirar a su primo a la cara.

—¿Has terminado ya?

—Sí —contestó Keegan—. ¿Puedes cancelar ese vuelo?

—Seguramente no —contestó Rance—. Y a los de Taiwán no les hará ninguna gracia que cancele el viaje. Han hecho un montón de ajustes para que esto funcione. Me he pasado la mitad de la noche hablando con ellos por teléfono.

—Entonces supongo que te veré dentro de una semana.

—Supongo que sí —dijo Rance. Salió del despacho de Keegan por su propio pie, aunque no era esa la impresión que tenía. En sentido figurado, iba a gatas.

—Mi papá se ha ido a Taiwán —le dijo Rianna a Eco tristemente el miércoles por la tarde, cuando llegó a la librería a la hora del cuentacuentos. Aquel acontecimiento semanal era idea de Ayanna, y aquel primer día había atraído a un buen montón de niños aburridos. Eco también estaba organizando grupos de lectura para los padres.

Eco había sentido la ausencia de Rance como una cuenca seca y vacía después de arrancar un diente, a pesar de que nadie le había dicho que se hubiera marchado. Se dio cuenta con profunda pesadumbre de que una parte de ella esperaba tener noticias de Rance, o verlo de pasada, aunque fuera de lejos y un momento.

Pero, a pesar de todo, no estaba languideciendo. La tienda la mantenía ocupada, incluso con la ayuda de Ayanna, y desde el lunes por la tarde, cuando llevó a Avalon a ver al doctor Swann, estaba pendiente del teléfono.

–¿Dónde está Maeve? –preguntó. Tenía ganas de abrazar a Rianna para tranquilizarla, pero no se atrevía. Se identificaba con la tristeza de la niña; a pesar de las diferencias obvias (como la riqueza y el hecho de que Rianna tenía un padre, por enfrascado que estuviera en sus problemas, además de una hermana y una abuela devota), la soledad era la soledad. Los adultos tenían opciones, pero los niños tenían que aceptar lo que se les daba, aunque no fuera suficiente.

–Dice que es muy mayor para venir a escuchar cuentos –dijo Rianna. Miró por encima del hombro a los niños que se habían reunido en tono a Ayanna formando un corro. Avalon, que estaba tumbada en un rectángulo de sol, se levantó, se acercó a Rianna y restregó cariñosamente el hocico contra ella.

Rianna se rió y le acarició la cabeza. No había mejor terapia que un perro cuando la vida te defraudaba, pensó Eco. Se le encogió el corazón. ¿Cuándo encontraría a los dueños de Avalon? ¿Cuándo llegaría la llamada?

Como si el universo hubiera oído sus preguntas y decidido darles respuesta inmediata, en aquel preciso momento sonó el teléfono.

–Librería y regalos Eco –dijo con voz un poco estridente. Confiaba en que fuera otro tipo de llamada, pero sabía que no lo era.

–Soy Cindy, de la consulta del doctor Swann –contestaron alegremente al otro lado–. Acabamos de tener noticias del laboratorio de Flagstaff. ¿Tiene un bolígrafo a mano?

«¿Tiene un bolígrafo a mano?».

Qué pregunta tan corriente y razonable.

A Eco se le saltaron las lágrimas.

—Sí —dijo con un pequeño sollozo.

Rianna la miraba con curiosidad.

Avalon tenía una expresión de confianza total en ella.

—Veamos —dijo Cindy, y el ruido de su teclado acompañó su voz—. La perra se llama Snowball. Sus dueños son Herb y Marge Ademoye, de Santa Fe, Nuevo México —le dio un número de teléfono con el prefijo 505.

Snowball, pensó Eco, extrañamente indiferente. Snowball, como la yegua en la que había ido a cabalgar con Rance por el Triple M.

Dio las gracias a Cindy, colgó, rodeó el mostrador, se sentó en cuclillas y miró los ojos castaños y candorosos de Avalon.

—Hola, Snowball —dijo.

Snowball gimió suavemente y le lamió la cara.

—Creía que se llamaba Avalon —dijo Rianna, preocupada.

—No —contestó Eco, conteniendo las lágrimas a duras penas—. Se llama Snowball.

—Nosotros tenemos un caballo que se llama así —dijo Rianna—. Era de mi tía Cassidy.

Eco parpadeó. Rance no le había dicho que tuviera una hermana, claro que había muchas cosas que no sabía de él. Y aunque tenía el corazón partido por la mitad, notó que Rianna había hablado de su tía en pasado.

Naturalmente, eso no significaba que Cassidy estuviera muerta, ni nada parecido. La gente se cansaba de los caballos y los vendía o los daba de lado para que otros se ocuparan de ellos.

—Sólo tenía diecisiete años cuando murió —dijo Rianna—. Yo todavía no había nacido, así que no la conocí.

De pronto, le pareció insoportable que el mundo fuera así. Si no hubiera tenido que llamar a los Ademoye y cerrar la tienda, habría subido corriendo, se habría tirado en la cama y habría llorado hasta quedar agotada.

Tocó la mejilla de Rianna.

—Será mejor que te des prisa —le dijo cariñosamente—. O te perderás el principio del cuento.

Rianna asintió con la cabeza, miró otra vez pensativamente a Eco y Avalon/Snowball y fue a reunirse con los otros niños.

Eco se incorporó, volvió detrás del mostrador y levantó el teléfono. Se equivocó tres veces al marcar el número de los Ademoye antes de conseguir establecer comunicación.

—Hola —contestó una voz de mujer grabada—. Has llamado a casa de Herb y Marge Ademoye. Ahora mismo no podemos atender tu llamada, pero comprobamos los mensajes con frecuencia. Por favor, deja tu nombre y tu número, y te llamaremos a la primera oportunidad. Gracias.

Eco, que siempre se azoraba cuando hablaba con una máquina, dijo torpemente:

—Me llamo Eco Wells y vivo en Indian Rock, Arizona. Tengo a su perra, Av... Snowball.

Snowball estiró las orejas al oír su nombre.

A Eco se le encogió tanto la garganta que apenas pudo dar sus números de contacto.

Colgó, pero ya estaba esperando la llamada de los Ademoye.

Esperando a que Rance McKettrick volviera de Taiwán.

Esperando.

En eso tenía mucha práctica.

De niña, esperaba que sus padres volvieran y la llevaran a casa.

Luego, cuando por fin comprendió que no volverían, esperó a que sus tíos la quisieran.

Con el tiempo renunció también a eso, y esperó a conocer al hombre adecuado.

Conoció a Justin y pensó que era él. Por desgracia, él no estaba de acuerdo.

Eco se tragó el nudo que tenía en la garganta, enderezó la espalda y levantó la barbilla. No pensaba regodearse en autocompasión. Todo el mundo tenía aflicciones, secretas o de otro tipo. Todo el mundo, en uno u otro momento, se sentía solo.

El día siguió su curso.

Ayanna acabó de contar el cuento.

Las madres agradecidas fueron a buscar a sus hijos y, de paso, compraron montones de libros. Ayanna, exultante y serena, ayudó a Eco a hacer caja y a cerrar la tienda.

Cuando Ayanna se marchó a casa, Eco metió a Snowball en el coche y se fue al supermercado, en cuya sección de platos preparados compró pollo frito y ensalada de patatas. De vuelta en la tienda, compartieron la cena.

Aunque le gustaba su apartamento, Eco se resistía a subir. Podía haber estado en un acuario iluminado, pensó, porque eso parecía la tienda de noche con todas las luces encendidas, pero en cierto modo saber que los transeúntes y la gente que pasaba en coche podía verla la hacía sentirse menos sola.

—Es patético, ¿verdad? —le preguntó a Snowball, que estaba masticando un trozo de piel de pollo frito. La ensalada de patatas parecía gustarle menos.

Sonó el teléfono.

Era lo que solía hacer el teléfono: sonar. Pero aun así Eco se llevó tal susto que estuvo a punto de dejar caer el cuchillo.

—Librería y regalos Eco —dijo.

Silencio.

—¿Hola?

—Ay, lo siento —dijo una voz femenina que ya conocía—. Estoy intentando conducir y hablar por teléfono al mismo tiempo. Tengo que comprarme uno de esos auriculares antes de que cometa un homicidio involuntario.

Eco parpadeó.

La mujer se rió calurosamente.

—Soy Marge Ademoye —dijo—. Llamo por Snowball. ¿C-cómo está?

Eco notó que le temblaba la voz al preguntar por su perra.

—Snowball —dijo— está bien.

—Gracias a Dios —dijo Marge—. Herb y yo estábamos locos de preocupación.

—Está bien —repitió Eco.

—Se nos escapó hace casi tres meses, en un área de descanso de la Autopista 10 —explicó Marge, y Eco comprendió que estaba llorando—. La buscamos por todas partes, estuvimos llamándola hasta quedarnos roncos, pero... había desaparecido —hubo una pausa y luego Marge dijo con voz sofocada, como si hablara con otra persona por encima del hombro—: Estoy hablando con la mujer que ha encontrado a Snowball —dijo, seguramente dirigiéndose a su marido—. Herb estaba en la parte de atrás de la caravana, echando una siesta —explicó al volver a hablar con Eco—. ¿Dice usted que vive en Indian Rock, Arizona?

—Sí —contestó Eco mientras Snowball la observaba con la cabeza ladeada, la frente fruncida y las orejas ligeramente echadas hacia delante.

—Nosotros estamos en... ¿dónde estamos, Herb? En Dakota del Sur. Viajamos mucho, como Herb está jubilado... Herb ha sido dentista treinta y dos años.

Eco sonrió, a pesar de que le ardían los ojos y notaba a punto de estallar las glándulas de debajo de los oídos y el cuello.

—Snowball estará aquí, esperándolos —logró decir—. Yo la cuidaré hasta que lleguen.
—Muchísimas gracias —dijo Marge de todo corazón.
—De nada —contestó Eco.
Se despidieron y Eco colgó el teléfono.
—Tu familia va a venir a buscarte —le dijo a Snowball.
Luego, mientras intentaba contener las lágrimas, levantó la vista y se sobresaltó al ver su reflejo en el cristal oscurecido del escaparate.
Era visible, lo cual significaba que no era transparente, que era sólida.
Qué cosas.

CAPÍTULO 11

Eco sabía que estaba soñando.

Sabía que estaba tumbada en su cama de adulta, en el apartamento de encima de la librería, en Indian Rock, Arizona, con Snowball, alias Avalon, roncando, cálida y peluda, a su lado.

El perro de otra persona.

La certeza emergió como una burbuja del lecho rocoso de su mente dormida. Puede que dejara escapar un suave quejido de desesperación y que se aferrara un poco más al perro perdido que, paradójicamente, la había encontrado a ella.

En el sueño que sabía que estaba soñando y del que no parecía capaz de escapar, tenía siete años. Si se hubiera mirado en un espejo, seguramente habría visto la cara de Rianna, no la suya, pero aun así era ella, de esa manera peculiar y conflictiva en la que esas cosas suceden en los sueños.

Estaba en unos grandes almacenes con sus tíos y primos, y era casi Navidad. Casi Navidad, porque, para Eco, la Navidad nunca llegaba del todo. Era siempre una promesa que brillaba allí, en alguna parte; el reducto de los niños amados.

Incluso a los siete años era consciente de que ella no entraba en esa categoría.

Pero allí estaba la muñeca.

Una muñeca magnífica, casi tan alta como ella. Llevaba un reluciente vestido azul, la falda una cascada de volantes almidonados. Margaret, así se llamaba, y le sonreía desde su espléndida caja, a través de la ventana de celofán que la protegía de manitas ávidas y reflejaba las luces de colores del gran árbol colocado al otro lado del pasillo. Tenía el pelo largo, rizado y rojizo, una pequeña corona y una pequeña varita acabada en una estrella en la mano. Sus zapatos parecían hechos de cristal, como los que Cenicienta llevaba al baile, aunque, a pesar de ser pequeña, Eco sabía que seguramente eran de plástico.

«Había olvidado esa muñeca», dijo la parte de su mente que seguía despierta.

«¿Sí?», preguntó el universo, ligeramente escéptico.

En el sueño, Eco niña tragaba saliva mientras miraba la muñeca con pasmado desamparo. Tocó la mano de su tío, tiró de ella. Era un acto de valentía sin precedentes. El hermano de su madre y su arisca esposa no la maltrataban. Sencillamente, parecían no verla. De Eco se esperaba que, como el gato callejero que a veces entraba en el jardín de atrás buscando sobras, comiera y se marchara.

—Eso es lo que quiero por Navidad —le dijo a su tío en voz muy baja, aunque nadie se lo había preguntado—. Esa muñeca.

Sus primos, dos chicas y un chico, pedían patines, pelotas de fútbol y radiocasetes.

Su tío la miró, se fijó en ella, cosa que rara vez ocurría, y frunció el ceño como si lo sorprendiera encontrarla allí, a su lado, envuelta en su abrigo de segunda mano. Pero de todos modos Eco sintió un temblor de esperanza. Murmuró una oración (en aquel entonces todavía llamaba Dios al universo): «Por favor».

Era lo único que sabía decir.

Cuando llegó la mañana de Navidad, los patines, los radiocasetes y las pelotas de fútbol estaban allí, pero no la muñeca.

Para ella eran un libro de colorear y unas ceras, y un joyero con una pequeña bailarina dentro. Bailaba sobre un diminuto círculo de cristal, cuando se le daba cuerda. Eco se sentó entre regalos que, en otras circunstancias, habría visto como tesoros, y se preguntó bajo qué árbol de Navidad, en qué cuarto de estar, estaría Margaret, aquella muñeca mágica.

La muñeca de otra persona.

Se despertó con lágrimas en la cara que Snowball intentaba borrar a lametazos.

La muñeca de otra persona.

El perro de otra persona.

Y Rance, le gustara a ella o no, era también el hombre de otra persona. Rianna y Maeve eran las hijas de otra persona. No importaba que Julie McKettrick hubiera muerto. Estaba allí antes que ella: con Rance y con sus hijas.

La vida de Julie, aunque breve, había sido un grito.

«Y yo sólo soy el eco».

Se abrazó a Snowball y lloró.

Bud Willand miró la fotografía de la primera página de la *Gazette* de Indian Rock, que había encontrado en una mesa, en uno de los restaurantes del casino, en Phoenix, y pensó que era una señal. Eco Wells y aquella mierda de perra, con una tarta entre las dos.

El dinero que le había dado su novio había desaparecido. Se había gastado lo poco que le quedaba en una máquina tragaperras quince minutos antes. Estaban todas trucadas, aquellas malditas máquinas. Te atraían con las luces y la música, y el colorido y el movimiento. Te hacían creer que tenías una oportunidad y luego te dejaban seco.

Bud se ofuscó.

Había encontrado a aquella perra un par de meses atrás, en el callejón, rebuscando en su basura. Estaba flaca y sucia a más no poder. Había querido ahuyentarla, pero su mujer le dijo que era de raza y que quizás hubiera una recompensa. Así que la acorralaron y vieron que llevaba collar, aunque le faltaba la anilla de la que debía colgar la chapa.

Della dijo que debían mirar los periódicos y luego fue y ató a la perra en el patio de atrás. Le puso un plato con agua y las sobras del desayuno, y la llamó Whitey, después de mojarla con una manguera para ver de qué color era.

Pero fueron pasando los días y en los periódicos no venía nada. Bud se habría llevado a aquel saco de pulgas a la autopista y lo habría dejado allí mientras Della estaba en el trabajo, sólo por acabar de una vez con aquel asunto, si no hubiera sido porque un día su amigo Clovis se pasó por allí y le dijo que podían ganar algún dinero. Lo único que tenían que hacer era cruzar a Whitey con su perro, otro labrador blanco. Cuando nacieran los cachorros, los venderían y se repartirían las ganancias.

Clovis había pagado casi mil pavos por su perro. Prácticamente estuvo a punto de divorciarse por ello, porque en aquella época estaba sin trabajo y debía el alquiler, y se gastó casi toda su indemnización en comprar a Ranger. Las mujeres no sabían de negocios... ni conocían el valor de un buen perro de caza.

Clovis llevó a Ranger y los perros se aparearon. Ahora lo único que tenían que hacer era esperar, Clovis y él. Hacer planes sobre cómo gastarse el dinero. Pagaron a medias pienso para Whitey, para cebarla un poco. Querían que los cachorros salieran bien rollizos. Luego, un día, cuando no había nadie en casa, la perra se quitó el collar (lo dejó en el suelo, todavía enganchado a la cuerda atada a uno de los postes del tendedero) y saltó la valla.

Clovis y Bud la buscaron por todo el condado. Luego, justo cuando habían perdido la esperanza, la hija adolescente de Clovis, que tenía buena mano con los ordenadores, encontró un anuncio en una página web y se lo dijo. Les enseñó la fotografía.

Era Whitey, seguro.

Prácticamente lo habían llamado mentiroso, aquella tal Eco y su novio, cuando fue a reclamar lo que era suyo. Bud no le había contado a Clovis lo de la pequeña bonificación que le había dado el novio, claro: habría querido quedarse con la mitad, y uno tenía derecho a un regalito de vez en cuando.

Ahora, sentado en el restaurante del casino, sin un centavo pero con el depósito de la camioneta lleno, Bud se vio obligado a reconsiderar la situación.

El novio le había dicho que se largara, y no parecía de los que hablaban por hablar cuando hacían una amenaza. Bud no era un ángel, pero tampoco era tonto. Aquel tipo de Indian Rock era más joven, más fuerte y probablemente más rápido que él, y tenía una de esas miradas que parecían decir «venga, alégrame el día».

Pero no podía estar en todas partes a la vez, y a juzgar por su ropa y su coche (por no hablar de que podía sacarse mil dólares de la cartera para dárselos a un perfecto desconocido sin inmutarse siquiera), seguramente tenía un trabajo de altos vuelos. Lo que significaba que no podía rondar por la librería de Eco Wells veinticuatro horas al día, siete días a la semana, buscando problemas.

Bud hojeó ociosamente las páginas del delgado periódico. Y allí, en la tercera, en un anuncio acerca de un programa de ayudas sociales de McKettrickCo, había una fotografía del novio.

Rance McKettrick.

A Bud (como a cualquiera que viviera en Arizona) le sonaba el nombre: le produjo un pequeño escalofrío que le corrió por la espalda. Nadie en su sano juicio se metía con los McKettrick.

Se sacó del bolsillo su móvil de tarjeta con la esperanza de que no se le hubiera acabado el saldo como se le había acabado todo lo demás en la vida y marcó el número que figuraba en el anuncio.

—McKettrickCo —dijo una mujer con una vocecilla alegre y cantarina.

Bud se aclaró la garganta.

—Soy Ben Jackson —dijo—. Llamo de la Universidad de Arizona en Tucson. Quisiera hablar con el señor Rance McKettrick, si es posible. Es sobre... el programa educativo.

La mujer vaciló y Bud habría jurado que lo tomaba por un impostor. Si miraba el identificador de llamadas, vería un prefijo de la zona de Tucson. Con suerte, se lo creería, en lugar de llamar para comprobarlo.

Pero Bud no tenía suerte últimamente. Della tenía grandes planes para el dinero que les correspondiera en la venta de los cachorros (hasta ocho mil pavos, si la camada era grande: ya había media docena de compradores haciendo cola) y desde que aquella maldita perra se largó, estaba siempre de mal humor. Siempre dándole la lata por no tener trabajo mientras ella trabajaba diez horas al día haciéndole la pedicura a un montón de señoronas. Como si él fuera a ponerse a vender hamburguesas o algo así.

Él era soldador, maldita sea. Había trabajado mucho para llegar a serlo, y en su último empleo había sido encargado. Uno tenía que poner el listón bien alto.

—El señor McKettrick estará fuera de la oficina el resto de la semana —dijo la de McKettrickCo—. Pero le pasaré encantada con la señorita Bridges. Es la encargada del programa de estudio y empleo.

Bud sonrió. El novio no sólo no estaba en el pueblo: ni siquiera estaba en Estados Unidos.

Sí, aquello era una señal.

Dio amablemente las gracias a la mujer, dijo que llamaría en otro momento y colgó.

Pensó en llamar a Della para decirle que tendría una sorpresa cuando llegara a casa esa noche, pero el móvil ya no funcionaba. No tenía saldo.

Bud lo tiró a una papelera al salir del casino.

Esa mañana hubo tanta gente en la tienda que Eco tuvo que llamar a Ayanna y pedirle que fuera a hacer unas horas extras. Ayanna llegó media hora después, pero estaba un poco rara, como si de pronto se hubiera vuelto tímida.

Eco estaba pensando en ello cuando una adolescente entró apresuradamente en la librería, pasó de largo junto a los libros y los regalos cuidadosamente expuestos y se fue derecha al mostrador.

Eco, que acababa de atender a otro cliente, sonrió con amabilidad.

—¿Puedo ayudarte?

—Quiero un hechizo amoroso —dijo la chica.

Eco se quedó tan quieta como si estuviera paseando por un bosque muy denso y, al pasar por encima de un tronco caído, se hubiera encontrado metida hasta el tobillo en un nido de serpientes.

—Los vendes, ¿no? —preguntó la chica—. ¿No tengo que pedirlos por la página web? Es que tengo prisa. Necesito alguien con quien ir al baile de verano.

—El baile...

—En el pueblo corre el rumor de que vendes hechizos amorosos —le dijo Ayanna, pasando por encima de Snowball, que estaba echada detrás del mostrador, junto a los pies de Eco. Desde su ataque de llanto, tras el sueño de la muñeca, la perra no se separaba de ella.

La chica, que tenía unos kilos de más y muy mala piel, parecía desesperadamente ilusionada.

—Me vendes uno, ¿verdad?

Eco creía que nadie en Indian Rock sabía lo de su otra ocupación, excepto Cora. Obviamente, se equivocaba. ¿Lo habría ido contando Cora por ahí?

Por fin recuperó el habla.

—Mira... eh...

—Jessica —dijo la chica.

—Jessica —dijo Eco—, los hechizos sólo son... bueno, son una diversión, principalmente. Una bolsita con una piedra y una pluma y una oración dentro...

—Diecinueve noventa y cinco, más gastos de procesado y envío —dijo Jessica, poniendo un billete de veinte sobre el mostrador—. Como no tienes que enviármelo, ¿podrías hacerme un descuento?

—La verdad es que no son...

Jessica no la escuchaba.

—F. Finklestein, de Waycross, Georgia, consiguió una cita para el baile de promoción en menos de doce horas —dijo Jessica. Estaba claro que había estado leyendo los testimonios de la página web, y que no iba a dejarse disuadir fácilmente—. El baile es dentro de una semana. Todas mis amigas ya tienen pareja, y yo hasta tengo un vestido. Tienes que ayudarme.

Sus ojos se llenaron de lágrimas.

Ayanna se puso a hacer cosas al otro lado de la tienda.

—Mi hermana Alicia dice que hace falta magia para que

consiga una cita —confesó Jessica, inclinándose un poco hacia Eco.

Eco suspiró para sus adentros. Luego se agachó, sacó una bolsita de terciopelo rojo de la caja que había detrás del mostrador y se la dio a Jessica junto con sus veinte dólares.

—Es un regalo —dijo suavemente—. Buena suerte, Jessica.

La chica se sonrojó.

—Gracias —dijo. Logró esbozar una sonrisa temblorosa, tomó la bolsita con una mano y la apretó contra su amplio pecho—. Puede que J. Borger, de Indian Rock, Arizona, escriba pronto que consiguió una cita para ir al baile de verano.

—Espero que sí —contestó Eco.

En cuanto Jessica salió de la tienda, Eco dobló la esquina del mostrador y se dirigió a la puerta.

—Vuelvo dentro de unos minutos —le dijo a Ayanna.

En la puerta de al lado, encontró a Cora sentada en una silla vacía de la peluquería, leyendo una revista de cine mientras esperaba a que acabara de hacer efecto el tinte de una clienta.

—¿Le has contado a alguien lo de los hechizos amorosos? —preguntó Eco.

Cora parpadeó y bajó la revista, que era prácticamente una antigualla, porque mostraba a Jennifer Anniston y Brad Pitt haciéndose carantoñas en un yate, en algún lugar del trópico. Tomó aire y su boca se convirtió en una O.

—Puede que se lo dijera a las chicas de la oficina de correos —dijo tímidamente, dejando a un lado la revista y levantándose para mirarla—. Lo siento mucho...

Eco se dio cuenta de que debía de parecer enfadada, y corrigió conscientemente su lenguaje corporal. Había pocas cosas de las que estuviese segura últimamente, pero una de ellas era la autenticidad del afecto de Cora Tellington.

—No pasa nada —dijo con un suspiro.

–¿Qué ha ocurrido? –preguntó Cora.

Eco le habló de la visita de Jessica y sus esperanzas de conseguir pareja para el baile.

Cora sonrió.

–Pobre Jessica. Antes venía a clase de majorette. Siempre he dicho que será una chica muy guapa cuando se le normalice la piel y pierda un par de kilos.

Eco hundió un poco los hombros.

–No quiero que se lleve una desilusión –dijo, y se mordió el labio. Y luego una oleada de mala conciencia se apoderó de ella porque había vendido más de mil bolsitas con oraciones, piedras y plumas a personas llenas de esperanza de todo Estados Unidos y Canadá. ¿Cómo podía haber sido tan irresponsable? Pese a los testimonios, tenía que haber un montón de Jessicas allí fuera, esperando a que un chico en concreto las invitara a salir.

Y no iba a invitarlas.

Se tapó la boca con la mano y se dejó caer en una de las sillas de plástico baratas de la zona de espera.

Cora se acercó a ella, alarmada.

–Dios mío, Eco, ¿estás bien?

Las lágrimas enturbiaron los ojos de Eco repentina e inesperadamente, calientes como ácido.

–¿Qué he hecho? –musitó, abatida–. Empezó como una broma. Nunca pensé que...

Cora se sentó en la silla de al lado.

–Cariño, cariño, cálmate.

Eco empezó a hiperventilar.

Cora le puso una mano en la nuca y la obligó a poner la cabeza entre las rodillas.

–Respira despacio y profundamente –le aconsejó–. Muy, muy despacio.

Eco intentó incorporarse.

–¿Qué he hecho? –repitió con voz ahogada.

Cora volvió a empujarle la cabeza hacia abajo.
—Respira —repitió.
Eco se concentró. Empezó a sentirse un poco mejor, y Cora dejó que se incorporara. Luego volvió a acordarse de Jessica Borger y de nuevo rompió en lágrimas.

Cora le puso las manos a ambos lados de la cara mojada.
—Esto no es por los hechizos amorosos, ¿verdad? —preguntó.

Eco pensó en el sueño que había tenido la noche anterior.

La muñeca de otra persona.
El perro de otra persona.
El hombre de otra mujer.
¿Se estaba enamorando de Rance McKettrick?
—No —dijo sacudiendo rápidamente la cabeza, pero estaba contestando a su propia pregunta, no a la de Cora.
—Eso me parecía —dijo Cora—. Es sólo una teoría, una simple intuición, pero creo que estás disgustada porque Rance se haya ido a Taiwán o a Singapur, o donde sea.

Eco se quedó atónita.
—No —protestó.
Cora le dio una palmada en el hombro.
—Si yo fuera tú —dijo, bajando la voz para que nadie la oyera—, estaría animada. Nunca he visto a Rance McKettrick huir con tantas prisas. Ese hombre sería capaz de enfrentarse a un oso con las manos atadas, y tú le has metido el miedo en el cuerpo. Tanto, que ha tenido que irse al otro lado del mundo para recuperar el aliento —sonrió. Saltaba a la vista que le gustaba la idea de que Rance se hubiera dado a la fuga—. Bien hecho —concluyó con un susurro lleno de confianza.

Eco la miraba muda de asombro.

Cora se levantó, entró en el aseo y salió con un paño frío.

Eco lo tomó, agradecida, y se lo pasó por la cara.

—No debería haber venido aquí —dijo—. Debería haberme quedado en Chicago.

—Tonterías —respondió Cora—. Tu sitio está aquí, en Indian Rock.

—¿Te he dicho que he encontrado a los dueños de Avalon... de Snowball?

—No —dijo Cora.

—Va a ser durísimo devolvérsela —dijo Eco, sollozando—. Si me hubiera quedado en Chicago, donde tenía una vida estupenda, no me la habría encontrado ni le habría tomado cariño...

—¿Y qué habría sido del pobre animal? Si no hubieras aparecido tú, podría haberse muerto de hambre, o podría haberla atropellado un coche. No, señor, Eco. No te arrepientas nunca de querer a esa perra, ni a nadie.

—Es lo que tiene el amor —dijo Eco tristemente—: que siempre sale una perdiendo.

Cora volvió a sentarse y le dio un rápido abrazo.

—Ah, pero más aún pierdes si no te arriesgas —dijo.

Eco se acordó de pronto de que tenía una tienda, que era pleno día y que había dejado a Ayanna al mando. Se levantó, le devolvió el paño a Cora y se alisó el vestido de flores blanco y rosa.

Era hora de empezar a actuar como una adulta.

—Gracias, Cora —dijo.

—Espero que me perdones por haberme ido de la lengua en la oficina de correos —contestó Cora, de pie también, y le dio una palmadita maternal en el hombro—. Y no te preocupes tanto. Esas bolsitas que vendes no tienen magia. Es la fe la que las hace funcionar.

Eco asintió con la cabeza, aturdida, y salió de la peluquería.

Cuando entró en su tienda, había no menos de seis mujeres esperándola para comprar hechizos amorosos.

Intentó que se marcharan, como había hecho con Jessica, pero las nuevas clientas, y las doce, poco más o menos, que las siguieron, no quisieron ni oír hablar del asunto. Todas ellas sacaron sus veinte dólares y corrieron a lanzar hechizos amorosos sobre hombres desprevenidos.

A las cinco de la tarde, Eco cerró la tienda con considerable alivio.

A las seis oyó un golpe fuerte en la puerta. Bajó las escaleras hasta la mitad, vestida con los vaqueros y la camiseta lila que se había puesto después del trabajo, y entornó los ojos para ver quién tenía tanta prisa por entrar.

Jesse y Keegan McKettrick estaban en la acera y le sonreían a través del cristal de la puerta.

Eco quitó el pestillo y abrió la puerta.

—Si queréis hechizos amorosos —dijo—, no podéis comprarlos.

Se miraron entre ellos.

—¿Hechizos...? —dijo Jesse.

—¿Amorosos? —concluyó Keegan.

—Es igual —dijo Eco, sonrojándose.

Jesse sonrió.

—Venimos a invitarte a cenar —dijo—. Cheyenne está en una reunión en Flagstaff, así que estoy solo. Y luego está el factor carabina: no queremos que Rance piense que Keeg intenta ligar contigo.

Keegan le lanzó una mirada que seguramente habría sido fulminante para cualquiera, excepto para otro McKettrick.

Eco notó que le subía la temperatura entre uno y diez grados. ¿Sabían Keegan y Jesse lo que había ocurrido entre Rance y ella?

—No estoy vestida —dijo cuando se recuperó de su azoramiento.

—A mí me parece que estás bien —dijo Keegan con una nota de admiración—. En todo caso, es en el Roadhouse. Hamburguesas y cerveza.

Jesse echó un vistazo a la tienda y luego la miró.

—No serás vegetariana o algo así, ¿no?

La pregunta sorprendió a Eco. Estaba a punto de correr escaleras arriba para ver cómo estaba Snowball y recoger su bolso, pero se detuvo y lo miró por encima del hombro.

—¿Por qué me lo preguntas?

Jesse sonrió.

—Bueno —contestó—, aquí hay algunas cosas *new age*, y me he fijado en esa piedra de cristal que llevas colgada del retrovisor. Me recordó a Sedona, y allí hay mucha gente que no come carne.

—Ya —dijo Eco, completamente desconcertada. Había vivido siempre en Chicago y sus alrededores y no estaba familiarizada con la mística de Sedona, aunque había oído varias referencias a ella desde su llegada a Indian Rock. Quizás el domingo fuera con Snowball a echar un vistazo.

Siempre y cuando Herb y Marge Ademoye no se pasaran antes a recoger a la perra, claro.

Aquella idea la hizo ponerse seria. Restó un poco de brillo a la perspectiva de cenar con dos hombres guapísimos.

—Eh... no, no soy vegetariana.

—Menos mal —dijo Jesse, y se meció un momento sobre los tacones de sus botas camperas—. Porque ahora que Rance se ha metido en el negocio ganadero y todo eso...

—Voy... voy a recoger mis cosas —les dijo Eco, y se preguntó qué tenía que ver el ganado de Rance con sus preferencias alimentarias.

Arriba, se agachó junto a la colchoneta y le dijo a Snowball (todavía le costaba no llamarla Avalon) que iba a salir un rato. Acarició a la perra, se aseguró de que su bebedero estaba lleno, agarró su bolso y volvió a bajar a la tienda.

Keegan estaba mirando los títulos de la sección de economía mientras Jesse echaba un vistazo a una baraja de tarot.

—¿Lista? —preguntó Keegan.

—Lista —contestó ella.

Se había fijado en una camioneta grande y en un elegante Jaguar negros aparcados fuera, a uno y otro lado de su Volkswagen. Se metió automáticamente en su coche mientras Jesse montaba tras el volante de la camioneta. El Jaguar era de Keegan, y fue él quien les condujo hasta el Roadhouse, un restaurante de carretera a las afueras del pueblo.

Estaban sentados en una mesa que hacía esquina, con las cartas en la mano, cuando a Eco se le ocurrió que tal vez aquello no fuera simplemente una invitación de buenos vecinos. Jesse y Keegan eran primos de Rance, a fin de cuentas, y la estaban observando. Sentados frente a ella, de pronto le parecieron impresionantes.

¿Qué sabían? Eco no creía que Rance fuera contando sus hazañas amorosas por ahí, pero los hombres eran una especie extraña. Quizá les hubiera contado lo de la tarde y la noche del domingo anterior.

Al pensarlo, Eco escondió la cabeza detrás de su carta.

—La carne está buena —comentó Jesse—. Pero más vale evitar el marisco. Estamos muy lejos del mar, aquí en Arizona.

Eco se relajó un poco.

Cuando llegó la camarera, pidió pollo frito. Le apetecía comer para tranquilizarse, y no había nada como un poco de grasa para calmar los nervios.

Jesse y Keegan pidieron chuletones.

Después ya no quedó excusa para usar la carta como escudo y Eco se sintió extrañamente expuesta.

—¿Piensas quedarte en Indian Rock? —preguntó Jesse tranquilamente cuando llegaron las ensaladas y la camarera volvió a desaparecer.

¿Iban a decirle que se mantuviera alejada de Rance? La idea le irritaba y le divertía al mismo tiempo.

—Ése es el plan —dijo con ligereza.
—Qué bien —dijo Keegan, y sonrió.
Estuvieron los tres comiendo ensalada un rato.
—Imagino que antes de venir aquí vivías en Chicago —dijo Jesse.
—Sí —respondió Eco.
—Pues Indian Rock debe de ser todo un cambio —comentó Keegan.
—Sí, todo un cambio —respondió Eco. Se estaba divirtiendo. Si querían freírla, iban a tener que reconocerlo a las claras. Porque no pensaba soltar prenda.
—Muy drástico, de hecho —dijo Keegan.
Eran McKettrick, pensó Eco. Seguramente ya habían investigado su pasado. ¿Qué esperaban encontrar? ¿Creían que era una oportunista en busca de un marido rico?
No dijo nada.
—Sobre todo porque no conocías a nadie aquí, en el pueblo —añadió Jesse.
Eco levantó los ojos al cielo para sus adentros. Podían estar así toda la noche.
—¿Intentáis hacerme el tercer grado, chicos? —preguntó suavemente.
La sonrisa de Jesse brilló de pronto. Recordaba mucho a la de Rance, a pesar de que ellos no se parecían.
—¿Tanto se nota?
—Mucho, sí —contestó Eco alegremente.
—Rance lo ha pasado muy mal —le dijo Keegan.
Eco sintió que la tristeza rozaba un lugar blando de su corazón. Asintió.
—Rianna y Maeve también —añadió Jesse.
—Sí —dijo ella, y su voz sonó áspera—. Debió de ser horrible para todos, cuando Julie murió. Cora me contó por encima lo que había pasado.
Jesse y Keegan parecieron ligeramente aliviados.

Llegaron los segundos platos y la camarera se llevó los de las ensaladas. Keegan le miró el trasero mientras se alejaba de la mesa contoneándose, pero Jesse tenía la vista fija en la cara de Eco.

—Supongo que lo que queremos saber —dijo— son tus intenciones respecto a Rance.

Eco se alegró de no haberle hincado aún el diente al pollo frito, porque quizá se habría atragantado.

—¿Mis intenciones? —preguntó.

Keegan le dio un codazo a Jesse.

—Qué sutil —dijo.

—Esto no tiene nada de sutil —dijo Eco—. Me parece muy bonito que os preocupéis por Rance. Un poco anticuado, quizá, pero bonito.

—¿Vas en serio con él? —preguntó Keegan. Ahora que la cuestión de la sutileza había quedado despejada, decidió ir al grano.

—No —contestó ella—. Hemos cenado juntos un par de veces. Nada más.

Ambos parecieron desilusionados. Eco esperaba que se alegraran, así que se quedó un poco desconcertada.

—No te has casado nunca —dijo Keegan, frunciendo el ceño ligeramente.

—Ni tengo antecedentes delictivos —respondió Eco—. Pero estoy segura de que eso ya lo sabéis. No estoy buscando marido, ni rico ni de otro tipo, así que podéis dejar de preocuparos.

Jesse sonrió.

—Y además pareces de fiar —dijo.

—Rance —dijo Keegan sombríamente— va a matarnos.

—No pasa nada —le dijo Eco mientras partía su pollo con cuchillo y tenedor. Le agradaba que Jesse y Keegan se preocuparan por Rance, y se preguntaba cómo sería que alguien te cubriera así las espaldas.

De pronto se sintió sola.

–Aquí, en el campo –dijo Jesse mientras contemplaba su lucha culinaria con un brillo de regocijo en los ojos y una sonrisa en la boca–, comemos el pollo frito con los dedos.

Aliviada, Eco agarró un muslo. Se preguntó si sabían lo de Justin y cómo la había dejado plantada en el altar, en una capilla cutre de Las Vegas. No se lo había contado a Rance, pero tal vez se lo hubiera dicho Cora.

–Bueno –dijo con una sonrisa–, quizá queráis preguntarme qué voté en las últimas elecciones, o algo por el estilo.

CAPÍTULO 12

Jesse y Keegan acompañaron a Eco a la tienda en sus coches y se quedaron con ella en la acera, uno a cada lado, como un par de agentes del servicio secreto flanqueando a la primera dama. En cuanto abrió la puerta de la calle, Eco comprendió que algo iba mal.

La brisa, que debería haber entrado desde su espalda, le refrescó la cara y erizó el vello de sus brazos.

Dio un paso adelante y dejó caer el bolso.

—¿Avalon? —preguntó con voz densa. Luego se acordó—. ¿Snowball?

No hubo un ladrido de respuesta.

La puerta trasera se cerró de golpe. Se oyó el ruido de un motor al revolucionarse.

Su intuición, que ya estaba alerta, saltó de pronto.

—¡Mi perra! —gritó Eco, y corrió hacia la trastienda, detrás de las escaleras—. ¡Se lleva a mi perra! —sabía instintivamente que era Bud Willand.

—El callejón —oyó que uno de los McKettrick le decía al otro.

—¡Snowball!

Unos neumáticos derraparon sobre arena prensada, levantando grava, pero Eco no sabía con certeza si el ruido procedía de la fachada de la tienda o de la parte de atrás. O de ambas.

La puerta del callejón, cerrada con candado desde que tenía la tienda, estaba abierta de par en par. La cruzó con los puños cerrados, lista para luchar.

Efectivamente, una camioneta vieja se alejaba por el estrecho pasadizo entre la parte de atrás de la librería y un garaje, al otro lado, levantando tanto polvo que Eco apenas distinguía la silueta de su perra, sentada en la trasera.

Corrió tras la camioneta.

Entre tanto, una segunda camioneta, la de Jesse, se detuvo con un chirrido al fondo del callejón, cortando el camino a la primera. Keegan cubrió la otra salida posible aparcando su Jaguar y salió corriendo del coche. Pasó junto a Eco, que corría a toda velocidad, como si estuviera parada, pero antes de que llegara junto a la camioneta de Bud Willand Jesse ya había abierto la puerta y estaba sacando a Willand por la camisa.

—Tranquilo, hombre —dijo Willand, alterado—. Sólo quería recuperar lo que es mío.

Jesse empujó a Willand con fuerza contra un lado de la camioneta.

—Si yo fuera tú, cerraría la boca —dijo.

Willand se dejó caer en el estribo y apoyó la cabeza entre las manos.

Eco tiró del portón intentando liberar a Snowball, que se inclinaba sobre su borde y le lamía la frente con su lengua de lija.

Keegan la apartó suavemente, soltó el cierre del portón y lo bajó. Luego tomó a Snowball en brazos y la dejó en el suelo.

Eco se puso de rodillas y abrazó a la perra, pegando su frente a la de ella.

—Esa puta mierda de perro me ha mordido —se lamentó Willand.

—Eso para que veas cuánto se alegra de verte —respondió Jesse—. Y te he dicho que te calles.

Keegan estaba hablando por el móvil.

—¿Wyatt? —dijo—. Keegan McKettrick. Tenemos un caso de allanamiento de morada y robo en el callejón de detrás de la peluquería.

—McKettrick —masculló Willand—. Dios, qué mala suerte la mía.

Sigue hablando —dijo Jesse—. Me apetece ponerme violento.

Eco había vuelto a levantarse y se tambaleaba un poco. No estaba acostumbrada a correr y, además, no llevaba los zapatos adecuados.

—Gracias —dijo cuando Keegan cerró su móvil.

Él le lanzó una sonrisa de medio lado y asintió con la cabeza.

—¿Estás bien? —preguntó.

—Sí —contestó ella, aunque ahora que el arrebato de adrenalina comenzaba a remitir, se sentía un poco desfallecida.

El legendario Wyatt Terp, al que Eco no conocía pero del que había oído hablar a Cora, llegó al callejón en tiempo record, por el lado de Jesse, con la sirena puesta y las luces rojas y azules brillando.

—¿Qué pasa aquí? —preguntó mientras corría hacia ellos.

—Este hombre —dijo Eco, señalando a Bud Willand, que seguía temblando sentado en el estribo de su camioneta— ha entrado en mi tienda y se ha llevado a mi perra.

—Dejadme en paz —dijo Willand.

—¿Puedo pegarle? —le preguntó Jesse a Wyatt.

—No —respondió Wyatt con una inconfundible nota de pesadumbre. Se acercó a la puerta trasera de la librería para inspeccionar los daños–. Allanamiento de morada, sí, no hay duda –dijo al volver–. ¿Quiere presentar una denuncia, señorita?

–Sí –dijo Eco tajantemente.

–Veamos su documentación, amigo –le dijo Wyatt a Willand.

Willand sacó su cartera refunfuñando y extrajo el permiso de conducir.

–Caducado –dijo Wyatt.

–Parece que la mala suerte no te abandona –dijo Jesse filosóficamente.

Willand fue esposado y llevado al fondo del callejón.

Eco, Jesse y Keegan oyeron el dulce sonido de los derechos constitucionales.

–Fiu –resopló Eco.

Jesse y Keegan volvieron con ella. Snowball trotaba delante, tan alegremente como si aquel rescate heroico fuera el pan de cada día para ella.

–En realidad la perra no es mía, ¿sabéis? –confesó Eco cuando estuvieron dentro de la tienda.

Jesse y Keegan se miraron.

–Pertenece a una pareja que se llama Ademoye de apellido. Herb y Marge. Vienen de camino para recogerla –sus ojos se llenaron de lágrimas y parpadeó.

–¿Y ese palurdo? –preguntó Jesse, señalando con el pulgar hacia el lugar por donde se habían ido Bud Willand y Wyatt.

–Intentó llevarse a Snowball hace unos días, diciendo que era suya –explicó Eco, todavía un poco aturdida–. Se puso bastante agresivo. Pero Rance consiguió que se marchara.

Rance. El solo hecho de pensar en él abrió una trampilla en el fondo de su alma, y le pareció que podía encoger hasta convertirse en una mota y colarse por ella, hacia el olvido.

Keegan estaba examinando lo que pasaba por ser un candado.

—Qué barbaridad —dijo—. Hasta mi hija de diez años podría romper esto.

Snowball/Avalon lamió la mano de Eco y luego se dirigió a las escaleras, sin duda camino de su cama.

Jesse se acercó a la puerta delantera de la tienda.

—Ésta no es mucho mejor —le dijo a Keegan alzando la voz mientras Eco estaba en medio, como la red de una pista de tenis.

—Hay que pasarse por la ferretería —decidió Keegan.

—Urgentemente —respondió Jesse.

—Seguramente debería ir a comisaría a firmar la denuncia —dijo Eco, sólo por participar en la conversación.

—Tú quédate aquí guardando el fuerte —le dijo Keegan a su primo, hablando por encima de la cabeza de Eco—. Yo voy a buscar las cerraduras y unas herramientas.

—Herramientas —dijo Jesse con una sonrisa premeditadamente idiota, y chasqueó la lengua con delectación.

Eco subió, le dijo a Snowball que con Jesse estaría a salvo, bebió dos vasos de agua para rehidratarse y se fue a la comisaría.

Bud Willand estaba en la oficina, con la cabeza grasienta agachada y las manos todavía esposadas a la espalda.

—No irá a hacerlo de verdad, ¿no? —preguntó lastimosamente cuando apareció Eco.

—Ya lo creo que sí —respondió ella.

Él la miró entornando los ojos.

—Por favor —dijo ella, irguiendo la espalda y levantando la barbilla.

Wyatt Terp, que observaba la conversación desde el expendedor de agua, sonrió y se acercó.

—Miren —dijo Willand en tono suplicante—, yo no soy un delincuente. Soy un tío normal que intenta ganarse la vida.

—¿Sabe qué? —respondió Eco—. Eso mismo fue lo que me dijo el pobre diablo que intentó atracarme una noche en Chicago, cuando un señor que pasaba por allí resultó ser un policía de paisano. Creo que un técnico forense todavía podría encontrar trocitos de su ADN en aquella acera. Del ADN del ladrón, quiero decir. Está cumpliendo entre tres y cinco años en Joliet.

—Supongo que eso significa que va a denunciarme —dijo Willand.

Eco agrandó los ojos.

—Y yo que pensaba que era usted tonto de remate —dijo.

Wyatt puso un impreso sobre la mesa. Los datos necesarios estaban ya puestos.

Eco buscó la línea de puntos y firmó.

Willand soltó un gruñido. Luego, un segundo demasiado tarde, su mirada se volvió astuta.

—Me soltarán bajo fianza, ¿sabe? —dijo—. Seguramente antes de que se haga de día.

Wyatt se inclinó hacia él.

—¿Está amenazando a una vecina de mi ciudad? —preguntó muy suavemente.

—¿A quién intenta engañar? —replicó Willand, pero se encogió un poco dentro de su camiseta sucia—. Ésta es la ciudad de los McKettrick. Todo el mundo lo sabe.

El policía sonrió y llamó a un ayudante que pasaba por allí.

—El señor Willand está cansado de nuestra compañía —le dijo—. ¿Por qué no lo encierras en una celda bonita y tranquila?

El ayudante asintió con la cabeza, hizo ponerse en pie a Willand y lo llevó por una puerta trasera que emitió un susurro hidráulico al abrirse y se cerró con un fuerte golpe.

Eco sintió que su coraje se desinflaba en parte.

—¿Crees que volverá a molestarme? —preguntó, mirando

no a Wyatt, sino a la puerta por la que habían desaparecido Willand y el ayudante–. Seguramente tiene razón en eso de que estará fuera antes de que amanezca, ¿sabes?

Wyatt volvió a sonreír.

–También tiene razón en otra cosa –dijo.

–¿En qué? –preguntó Eco, volviéndose para marcharse.

–En que ésta es la ciudad de los McKettrick.

Al salir de la comisaría, Eco se preguntó si Wyatt pretendía que aquel comentario sonara tranquilizador.

Rance estaba en una reunión cuando su teléfono móvil vibró dentro del bolsillo de su camisa. Frunció el ceño, lo sacó, miró la pantalla y, al reconocer el número de Keegan, estuvo a punto de darle un ataque al corazón.

Recibía con frecuencia llamadas de Estados Unidos, claro, pero siempre procedían de las oficinas de San Antonio, de la sede de Indian Rock o de algunas de las casas del Triple M.

Una serie de tragedias desfilaron por su cabeza y empezó a sudar frío. Pidió disculpas inclinando la cabeza como era preceptivo y salió al pasillo.

–Rance –dijo con voz áspera, preparándose para lo peor.

Maeve. Rianna.

Eco.

–Va todo bien –dijo Keegan inmediatamente.

Rance casi se dejó caer contra la pared del pasillo.

–Maldita sea –dijo, pasándose la mano libre por el pelo–. Allí debe de ser de madrugada. Creí que...

–Lo sé –contestó Keegan–, y lo siento. Pero no es de madrugada, son las diez de la mañana. He pensado que querrías saber que anoche hubo un problemilla en casa de Eco.

Rance sintió que se le encogían las tripas.

–¿Qué clase de problemilla?

—Tranquilo —lo aconsejó Keegan—. Jesse y yo nos ocupamos de ello, con ayuda de Wyatt. Un palurdo entró por la puerta de atrás mientras estábamos los tres cenando en el Roadhouse, y se llevó a su perra.

Rance sintió que la sangre abandonaba su cara. O más bien todo su cuerpo. No le habría sorprendido ver que formaba un charco alrededor de sus zapatos.

—¿Eco está bien?

—Yo diría que nos las apañamos bastante bien.

—¿Y la perra?

Keegan se rió.

—No le ha pasado nada —dijo.

Rance se pasó una mano por la cara. Necesitaba un afeitado.

—¿Dices que también intervino Wyatt?

—Fue quien lo detuvo. El tipo está en el calabozo. Jesse y yo cambiamos las cerraduras de las puertas de la tienda, de delante y de atrás.

Rance se sintió al mismo tiempo aliviado y un poco molesto porque hubieran sido sus primos y no él quienes habían echado un cable a Eco.

—Gracias —dijo.

Keegan volvió a reírse.

—No te noto muy contento.

—Entonces cenasteis los tres juntos —dijo Rance.

—Sí —contestó Keegan con cierto engreimiento, y había en su voz una sonrisa tan grande como el rancho—. Y no me importa decirte que si no estás interesado...

—No sigas —lo advirtió Rance.

Keegan se rió. Un par de empresarios taiwaneses salieron de la sala de reuniones, mirando a Rance con educada curiosidad y se encaminaron al aseo de caballeros.

—Según la encantadora señorita Wells, no hay nada entre vosotros dos.

Rance recordó cómo golpeaba el cabecero de la cama la pared mientras hacía el amor con Eco. Tendría suerte si no tenía que volver a pintar para ocultar las pruebas.

—Es cierto —dijo, escupiendo las palabras como si fueran trozos de carne caducada.

—Mira que eres cretino —dijo Keegan.

—¿Me has llamado para decirme eso? —replicó Rance.

—No he encontrado una tarjeta con el texto adecuado, así que no me ha quedado más remedio que transmitir el mensaje vía satélite —contestó su primo. Hizo una pausa, como siempre que se disponía a hacer una broma—. Oye —dijo por fin—, si ella dice que no hay nada entre vosotros, y tú dices lo mismo, ¿qué me impide sacar a relucir mi encanto?

—Mis puños —dijo Rance, tan serio como el ataque al corazón que, unos minutos antes, había esperado que le diera en la sala de reuniones.

—Puede que tengamos que solventar este asunto detrás del establo —contestó Keegan tranquilamente. Y entonces, así como así, colgó, y Rance se quedó en medio de aquel pasillo desconocido, con el teléfono móvil suspendido en el aire y escupiendo fuego por las fosas nasales.

Se encogió de hombros, se inclinó al ver salir a otro ejecutivo de la sala de reuniones y marcó con calma otro número.

—McKettrickCo, San Antonio —dijo una voz risueña de mujer al otro lado del mundo.

—Soy Rance —dijo—. Necesito el avión.

El teléfono de la librería sonó a primera hora de la mañana siguiente, antes de que Eco abriera la tienda. Había dormido con un ojo abierto, aterrorizada porque Bud Willand saliera bajo fianza y se fuera derecho a por ella, y estaba agotada, así que puede que pareciera un poco enfadada cuando dijo:

—Buenos días. Librería y regalos Eco.

Hubo un momento de silencio.

—Soy Marge Ademoye —dijo indecisa la verdadera dueña de Snowball.

—Marge —dijo Eco, suspirando—. Hola —miró a Snowball, que la miraba con su adoración habitual. Luego tragó saliva—. Hola —repitió.

—¿Cómo está Snowball? —preguntó Marge con aparente alivio.

—Está bien —contestó Eco, porque Snowball estaba bien, gracias a Jesse y Keegan. No tenía sentido preocupar a los Ademoye contándoles la historia de Bud Willand cuando estaban todavía en camino y no podían proteger a su perra.

—Estamos en Boise —dijo Marge—. Pero Herb ha tenido un pequeño percance con su marcapasos. Puede que aún tardemos unos días en llegar. Podría mandarte algo para que cuides de Snowball...

—No es necesario —la interrumpió Eco suavemente, avergonzada al sentir una oleada de alivio que la hizo inclinarse sobre el mostrador y bajar la cabeza. El pobre Herb tenía problemas con su marcapasos ¿y ella se sentía aliviada?—. No es ninguna molestia.

—Le has tomado cariño, ¿a que sí? —preguntó Marge con una ternura y una perspicacia que pilló a Eco desprevenida. A fin de cuentas, era una perfecta desconocida, estaban a cientos de kilómetros y no se veían las caras.

—Sí —reconoció.

—Es imposible no encariñarse con ella —dijo Marge—. Esa perra es una santa. Cuando Herb volvió a casa del hospital, después de su operación de próstata, no se apartó de su lado en una semana.

Eco miró a Snowball, que tenía las orejas levantadas

como si oyera la voz de Marge. Y quizá fuera cierto que la oía. «Sí», pensó, «es imposible no encariñarse con ella, a no ser que uno sea como Bud Willand».

Ahuyentó el recuerdo de aquel hombre odioso y proyectó una sonrisa en su voz.

—¿Quieres decirle hola a Snowball? —preguntó.

—Me encantaría —dijo Marge, y pareció atragantarse.

—Espera un momento —dijo Eco, y acercó el teléfono al oído de la perra.

Marge dijo algo y Snowball soltó un pequeño gemido y comenzó a mover la cola de un lado a otro con fuerza.

Eco se agachó a su lado y comenzó a acariciarla.

Marge estaba acabando cuando Eco volvió a acercarse el teléfono al oído.

—Estamos deseando ver a nuestra cachorrita...

Eco espero un momento y luego dijo:

—Ella también os estará esperando, Marge.

—Gracias —dijo Marge, y de pronto rompió a llorar. Cuando se recuperó un poco, le pidió disculpas—. Lo siento. Es que estábamos tan preocupados, y ahora lo del marcapasos de Herb...

—Tranquilos —le dijo Eco—. Snowball os echa de menos, pero está bien, de verdad.

—Llegaremos lo antes posible —dijo Marge tras un último sollozo.

Se oyó un tintineo en la puerta y Eco miró hacia allí, casi esperando ver a Bud Willand al otro lado. Pero era Ayanna, que tenía la llave en la mano y parecía sorprendida.

Eco la saludó con un ademán, se despidió de Marge, colgó y corrió a abrir la puerta a su amiga.

Cargada con dos cafés con leche, Ayanna pasó a su lado.

—Sé que esta mañana no tenía que venir —dijo—, pero lo de los hechizos amorosos está que arde, y he pensado que necesitarías ayuda.

—¿Está que arde? —repitió Eco con el ceño fruncido. Con todo lo que había pasado la noche anterior, y luego la llamada de Marge, le costaba mantenerse al tanto de los acontecimientos.

—Puede que haya un motín —le confesó Ayanna, pasándole un café.

Eco le dio las gracias, aspiró el fuerte aroma del café, recubierto de densa espuma de leche entera, y repitió estúpidamente:

—¿Un motín?

Necesitaba una buena inyección de cafeína.

—Estuve en la oficina de correos hace menos de veinte minutos —le dijo Ayanna, y se volvió para mirar por el escaparate como un detective privado que sospechara que alguien lo seguía—. Y casi no me he atrevido a parar a comprar el café —volvió a mirar a Eco—. La madre de Jessica Borger estaba allí. En correos, quiero decir. Anoche, antes de que la cena estuviera en la mesa, tres chicos pidieron a Jessica que los acompañara al baile. Tres. Es probable que la chica esté ahora mismo sentada delante del ordenador, redactando su testimonio.

Eco sonrió.

—¡Pero eso es maravilloso! —su sonrisa se disipó al comprender las posibles consecuencias de todo aquello—. ¿Verdad?

—Si estás preparada para una estampida, sí —contestó Ayanna mientras miraba otra vez la calle y la acera—. En cuanto se despierten, la mitad de los chicos del instituto vendrán a pedirte un hechizo amoroso.

Eco se tapó la boca con la mano.

—Y luego están los solterones y los divorciados —continuó Ayanna—. Y ésos duermen menos que los adolescentes.

—Madre mía —dijo Eco, resistiéndose al impulso de lanzarse contra la puerta—. ¿Qué voy a hacer?

—Yo me inclinaría por rellenar un cargamento entero de esas bolsitas de terciopelo —dijo Ayanna.

Antes de que Eco pudiera responder, apareció Cora.

—¡Caray! —exclamó, exultante—. En Indian Rock no se armaba tal revuelo desde los años ochenta, cuando recibimos por accidente un cargamento de muñecas repollo que en realidad era para unos grandes almacenes de Flagstaff.

Eco casi podía oír a las hordas de gente corriendo hacia ella con estruendo. Se vería atrapada. Y cuando toda aquella gente recuperara el sentido común, tendría que escapar de la ciudad a toda prisa. Tal vez incluso acabara en el calabozo de Wyatt Terp por estafa. En la celda contigua a la de Bud Willand.

—Las bolsitas se las compro a un mayorista de Hoboken —dijo.

Snowball soltó un gemido, intuyendo el desastre. O quizás era que, con su fino oído canino, ya oía el tumulto de la gente que se acercaba.

—¡Cerrad la puerta! —gritó Eco.

Cora la miró extrañada.

—¿Estás loca, niña? La echarán abajo. Y además esto es un negocio. Tienes que pensar en expandirte.

—Más vale que empecemos a rellenar bolsitas —dijo Ayanna.

Eco sacó la caja de detrás del mostrador y las tres se pusieron de rodillas en torno a ella y empezó a rellenar bolsitas con oraciones, piedras y plumas.

Maeve y Rianna llegaron poco después de la peluquería y enseguida se pusieron a ayudarlas.

La primera avalancha llegó quince minutos después.

—Ya me parecía que tardaban mucho —masculló Cora cuando no menos de catorce mujeres aparecieron de pronto como un torbellino del desierto, agitando billetes de veinte dólares.

Ayanna se ocupó de la caja registradora mientras Cora, Eco, Maeve y Rianna seguían rellenando bolsitas.

Cuando la hora punta acabó, habían vendido cuarenta y siete, según las cuentas de Ayanna.

—Menos mal que ya ha pasado —dijo Eco.

—¿Pasado? —dijo Cora, todavía de rodillas entre un montón de bolsitas de terciopelo llenas de promesas que sólo el hada madrina de Cenicienta podía cumplir—. A estas horas ya habrán llamado o mandado un e-mail a todas sus amigas. Seguro que va a venir gente hasta de Phoenix.

Eco palideció.

—No —susurró.

El primer autobús de turistas llegó a las dos y cuarto, esa tarde.

A las tres y media, cerraron la tienda para reagruparse.

—¿Cómo es posible que haya venido un autobús de turistas? —comenzó a decir Eco, sacudiendo la cabeza.

Cora le dio una palmada tan fuerte en la espalda que casi le hundió la cara en la caja de suministros, la cual iba vaciándose rápidamente.

—¿De qué tienes miedo? —preguntó—. ¡Estás ganando una fortuna!

Eco se puso en cuclillas, completamente exhausta. Ni siquiera había podido sacar a Snowball, o llamar a la comisaría para saber si Bud Willand estaba en la calle.

—¿Qué pasará cuando todas esas personas lleguen a la conclusión de que les han tomado el pelo y se presenten aquí exigiendo que les devuelva su dinero?

—Eso no va a pasar —dijo Cora.

—No todos van a encontrar el amor antes de la cena —razonó Eco.

—No —respondió Cora—, pero estarán tan avergonzados que no pedirán que les devuelvas el dinero.

Como Maeve y Rianna estaban arriba, viendo la tele con Snowball, a Eco no le importó susurrar:

—Cora Tellington, eso es tener muy mala idea.
—Los negocios son los negocios —respondió Cora—. Sigamos rellenando bolsitas, señoras. Ésa ha sido sólo la primera oleada.

El avión de la empresa estaba ocupado en Nueva York, donde Meg y su madre, Eve, estaban haciendo algo vital para el futuro de la compañía. Es decir, comprar.

No había plazas en primera clase de ningún vuelo que saliera de Taiwán, así que Rance sacó billete en clase turista y se sentó entre dos mujeres que no paraban de pasarse un libro de cocina por encima de la bandeja de su asiento. No podía mover los codos y la vieja lesión de su rodilla derecha (que se había hecho en un rodeo) escogió ese momento para manifestarse, a pesar de que llevaba años latente.

Estaba loco por pasar por aquello.

Loco de remate, como habría dicho el viejo Angus.

Al día siguiente habría encontrado plaza en primera clase.

Pero no podía esperar tanto.

Ah, no.

Porque él, Rance McKettrick, estaba chiflado.

Se frotó la barbilla, lo cual no era fácil, puesto que sus compañeras de vuelo rebosaban por ambos lados de sus asientos. Pinchaba más que un puercoespín en época de apareamiento. Se había duchado y cambiado de ropa antes de dejar su lujosa habitación de hotel, pero no se había acordado de afeitarse. A no ser que quisiera enjabonarse la cara y pasarse la cuchilla en un aseo del tamaño de una lavadora, tendría que soportar el picor mientras cruzaban todo el Pacífico (eso por no hablar de que las mujeres del libro de cocina lo miraban como si acabara de salir de una prisión de máxima seguridad).

Y todo por culpa de Eco Wells.

Porque Keegan podía intentar ligar con ella.

Porque Bud Willand podía salir bajo fianza.

Rance se movió hasta que consiguió ponerse de lado y agarrar el teléfono de a bordo incrustado en el respaldo del asiento de enfrente. Siguieron más maniobras, porque necesitaba una tarjeta de crédito, y eso significaba sacar la cartera del bolsillo de atrás.

Las mujeres se enfadaron.

Rance las miró con cara de pocos amigos.

No tenía la cartera en el bolsillo de atrás. Estaba en la chaqueta del traje, embutida entre un montón de bolsas de viaje, en el compartimento de arriba.

Por Dios, la cantidad de cosas que llevaba la gente en los aviones.

¿Desde cuándo una enorme maleta con ruedas entraba dentro de la categoría de «pequeña bolsa de efectos personales»?

La gourmet del lado del pasillo no quiso dejarlo salir.

Desesperado, apretó el timbre. Cuando la azafata se dignó aparecer, Rance le pidió su chaqueta muy amablemente, si no se tenía en cuenta que hablaba entre dientes.

Al fin logró sacar la tarjeta de crédito.

Agarró el teléfono y soportó el penoso proceso de marcar número tras número, desde su talla de camisa a la edad de su tía abuela Nellie en su último cumpleaños.

La línea sonó al otro lado.

—McKettrickCo —gorjeó Myrna Terp.

—Quiero hablar con Keegan —dijo Rance, intentando desencajar sus mandíbulas.

—¿De parte de quién, por favor?

—Myrna —contestó Rance cuidadosamente—, sabes perfectamente de parte de quién —las mujeres del libro de cocina volvieron a mirarlo con desdén–. Pásame con Keegan inmediatamente.

–Keegan McKettrick –dijo su primo unos segundos después.

Rance resistió el impulso de hundir los codos en los michelines de sus compañeras de viaje.

–No te acerques a Eco –dijo.

CAPÍTULO 13

Los golpes sacaron a Eco de un sueño profundo e hicieron proferir a Snowball un gruñido sordo.

¿Otro autobús de turistas?, se preguntó Eco, aturdida a pesar de la angustia creciente.

Se apoyó en los codos, parpadeó y su miedo se intensificó a medida que se intensificaban los golpes.

Bud Willand. ¿Quién podía ser, si no, a esas horas?

Como no tenía extensión en el apartamento, buscó con la mirada su teléfono móvil y se dio cuenta de que lo había enchufado detrás del mostrador de la tienda para que se cargara.

Snowball ladró y bajó corriendo las escaleras. Sus uñas repiquetearon sobre el suelo de tarima.

Eco, vestida con unos calzoncillos largos y una camiseta vieja, no tuvo más remedio que seguirla.

Estaba en mitad de la escalera cuando se dio cuenta de que Snowball había dejado de ladrar. ¿Había logrado entrar Willand, a pesar de las cerraduras nuevas? ¿Le habría hecho algo a la perra?

Pero no, se dijo, todavía abotargada. No podía ser, porque los golpes no se habían detenido.

Al llegar al final de la escalera, se detuvo y pensó en encender las luces, pero decidió que era mala idea. Aparecería iluminada como una actriz en el escenario, con sus calzoncillos largos y su camiseta, y estaría, por tanto, en clara desventaja.

Escudriñó la oscuridad.

Snowball estaba sentada delante de la puerta, moviendo el rabo.

La silueta de un hombre se destacaba contra el cristal de la puerta y Eco dio un grito involuntario. Se dirigía hacia el mostrador, y el teléfono de la tienda, cuando por fin se dio cuenta de quién era el visitante.

—¿Rance?

La cola de Snowball se movió aún más rápido.

Rance.

Una oleada de furia exultante lanzó a Eco hacia la puerta. Una inspección más cercana confirmó su teoría.

Rance McKettrick estaba al otro lado de la puerta, sonriendo.

Eco abrió los cierres, giró el pomo y tiró de la puerta.

—¿Te das cuenta de que estamos en plena noche? —preguntó.

Rance se acercó al umbral, apoyó un hombro contra la jamba de la puerta y la miró de arriba abajo, desde los pies descalzos hasta la coronilla, antes de clavar los ojos en los de ella.

Llevaba la camisa blanca arrugada sin remedio y abierta por el cuello y la corbata torcida. La mitad inferior de su cara parecía de color azul por la barba, y tenía los ojos inyectados en sangre.

—¿Has estado bebiendo? —preguntó Eco.

—No —contestó él—. He estado volando. En clase turista.

—Pobrecillo —dijo Eco, porque no quería que él supiera cuánto se alegraba de verlo. Aunque en realidad podría haberlo estrangulado. Eso no le importaba que lo supiera.

—¿Puedo pasar? —preguntó él.

Eco retrocedió y tropezó con Snowball, que se levantó y se quedó a un lado, jadeando.

Rance se inclinó distraídamente para acariciar a la perra en el ancestral ritual de saludo entre humanos y perros.

—¿Qué haces aquí? —preguntó Eco mientras cerraba la puerta, y lamentó no tener persianas que bajar. Aunque de todas formas Rance habría despertado a medio pueblo con tantos golpes.

Eso sí que era cerrar la puerta del establo cuando el caballo ya había escapado.

—No estoy seguro —dijo él con una sonrisa bobalicona y un desconcierto encantador.

Eco se inclinó un poco y olisqueó. No olía a alcohol. Sólo olía levemente a una mezcla irresistible de almidón, perfume caro y hombre puro y duro.

Rance se echó a reír al ver su expresión.

—Necesito café —dijo—. O sexo, quizá —se detuvo y se quedó pensando—. Un poco de sexo estaría bien.

Todos los nervios del cuerpo traicionero de Eco se convirtieron en un cohete y salieron disparados de la pista de despegue.

—Ni lo sueñes —replicó, dando un paso atrás precisamente porque quería saltar encima de él en ese preciso instante y abrazarse a él con las piernas, estilo tijera—. ¿Qué haces aquí? —preguntó por segunda vez.

Rance le puso las manos a ambos lados de la cintura y Eco tuvo que cerrar los ojos un momento para concentrarse y sofocar otra oleada elemental.

—Obviamente, he venido a verte —dijo él con una voz hosca y persuasiva que a nadie, excepto a él, le habría dado resultado.

—Dentro de un par de horas será de día —contestó ella, intentando ponerse irónica sin conseguirlo. Quería apartarse, pero no parecía capaz de ponerse a la altura de las circunstancias.

Sospechaba que, por el calor que irradiaba, Rance no tenía ese problema. Tuvo que hacer acopio de determinación para no mirar hacia abajo y averiguarlo.

—Tenemos que hablar —dijo él.

—Eso también podemos hacerlo por la mañana —contestó Eco, y se derritió por dentro porque Rance estaba trazando círculos con las yemas de los pulgares justo por debajo de las curvas de sus caderas. Respiró hondo y exhaló un suspiro tembloroso—. No voy a acostarme contigo, Rance. No, después de lo que pasó la última vez.

—Tiene gracia —dijo él—. La última vez la recuerdo bastante... en fin... explosiva.

—Me refiero a lo que pasó luego —se apresuró a contestar Eco, porque otras palabras menos sensatas, como «sí» y «ahora» amenazaban con escapársele—. Dijiste que íbamos demasiado rápido...

—He revisado mi opinión.

—Me alegro por ti. Pero da la casualidad de que yo no he revisado la mía.

«Mentirosa».

—Está bien —dijo Rance con afable resignación—. ¿Puedo pasar la noche aquí?

Eco parpadeó, perpleja por su audacia y, al mismo tiempo, más que dispuesta a compartir su cama.

—¿A pasar la...?

—La noche —concluyó Rance.

—Acabo de decirte que no quiero acostarme contigo.

Él arrugó el ceño.

—¿Hay alguien con quien quieras acostarte?

—¡No! —contestó Eco con un estallido de exasperación.

—Bien —dijo él, suspirando profundamente. Siguió dándole aquel minimasaje con los dedos, despertando partes de ella que hasta cinco minutos antes, cuando había cometido la estupidez de dejarlo entrar, dormían tranquilamente.

—Rance —dijo—, vete a casa.

—No puedo.

—¿Por qué no?

—Porque tengo jet-lag. ¿Y si me salgo de la carretera en una de las curvas que hay entre el pueblo y el rancho?

Eco palideció y un segundo después se dio cuenta de que había picado el anzuelo.

—Podrías quedarte en casa de Cora. Dormir en el coche. Alquilar una habitación en el motel...

Rance levantó las manos de sus caderas y las puso al nivel de su pecho, con las palmas hacia fuera, como un fugitivo arrinconado intentando demostrar que iba desarmado.

—Prometo no hacerte el amor —dijo—. Déjame usar tu ducha y tenderme a tu lado el resto de la noche. Es lo único que te pido.

—Una idea estupenda —dijo Eco, burlona, con demasiada rapidez—. Y luego, cuando Indian Rock despierte, si es que no ha despertado ya, gracias a que casi has echado mi puerta abajo, tu coche estará aparcado delante de mi tienda...

Él agarró su barbilla con una mano y empezó a acariciarle la curva de la mejilla con el pulgar.

—Me iré antes de que salga el sol —dijo.

—¿Por qué quieres quedarte aquí? —preguntó Eco, aterrorizada porque la besara, y convencida de que se derrumbaría de desilusión si no lo hacía. El aire escaseaba. Esperaba que, en cualquier momento, cayeran máscaras de oxígeno amarillas del techo.

—Ojalá pudiera darte una respuesta inteligente —contestó él—. Pero lo único que puedo decirte es que he venido desde el otro lado del mundo porque necesito estar cerca de ti.

—Maldita sea —dijo ella—, qué bien se te da esto.

Él sonrió, le dio un beso muy suave y luego bostezó. Esperó su respuesta con ojos soñolientos, iluminados por un destello de malicia.

Eco se dio por vencida.

Nunca se las había dado de ser una dama de hierro.

—Está bien —dijo.

—¿Está bien? —otro bostezo. ¿Cómo podía contraer la cara de aquella manera y seguir estando tan sexy?

—Aprovecha mientras aún estás a tiempo, Rance —le dijo Eco.

—Voy a buscar mis cosas de afeitar.

Eco miró hacia el escaparate, más allá del cual el todoterreno se cernía como una especie de Darth Vader gigantesco.

—Dame las llaves —dijo, tendiendo la mano—. Ya voy yo.

Otra sonrisa.

—No hace falta —dijo—. Está en la acera, junto a la puerta.

—¡Sabías que diría que sí!

Él se rió.

—No —contestó—. Pero me gusta jugar, como a mi primo Jesse. Y reconozco que me gustan las apuestas arriesgadas.

Unos minutos después estaban arriba: Snowball dormitaba en su amada colchoneta, Rance se había metido en la ducha y Eco estaba tendida, rígida, en una estrecha franja de cama, lamentándose de que no hubiera una armadura en su ropero.

De pronto Snowball volvió a gruñir en tono bajo y feroz.

—Chist —dijo Eco.

Pero Snowball no se calló.

Las tuberías sonaron en el cuarto de baño.

Eco intentó aguzar el oído, más allá del ruido de las tuberías y el chorro de la ducha.

El ruido suave de la puerta de un coche al cerrarse en el callejón de detrás de la tienda.

Frunció el ceño, se bajó de la cama, se acercó sigilosamente a la ventana de atrás y miró fuera, pero, como el tejado se inclinaba sobre la parte de atrás de la tienda, no vio nada, excepto el garaje del vecino iluminado por la luna.

Snowball enseñó los dientes y gruñó.

Un suave tintineo metálico rozó el oído de Eco: más que un sonido, un cosquilleo en los márgenes de sus sentidos.

—¡Calla! —le susurró a la perra.

Un ruido leve y explosivo y luego el chirrido de unas bisagras.

Adiós a las habilidades de cerrajeros de Keegan y Jesse. Alguien acababa de abrir la puerta de atrás.

Eco se acercó al cuarto de baño y prácticamente se lanzó de cabeza a través de la cortina de la ducha para llegar hasta Rance. Él la miró con la mitad de la cara afeitada y la otra mitad llena de espuma y sonrió.

—¡Ha entrado alguien por la puerta de atrás! —susurró ella.

Rance frunció el ceño, tomó una toalla y se la envolvió alrededor de la cintura. Se llevó un dedo a los labios al pasar y dijo en voz baja:

—Quédate aquí.

Eco quería quedarse, pero sus piernas ya se estaban moviendo. Salió del cuarto de baño lleno de vaho. Agarró a Snowball por el collar justo cuando Rance desaparecía por la escalera y se agachó junto a la perra, intentando acallarla con una mano.

De ese día no pasaba, decidió: iba a poner teléfono arriba.

El corazón le latía en la garganta. Se esforzó por sujetar a Snowball y al mismo tiempo oír algo, lo que fuera, en la planta baja.

Un instante después, sus esfuerzos se vieron recompensados por un estruendo que resonó en las viejas paredes del edificio y amenazó con arrancar la escayola del techo.

Rance...

Agachada todavía, se lanzó hacia delante como una corredora en la línea de salida, y Snowball se desasió y echó a correr delante de ella.

—¡Rance! —gritó en medio de la escalera.

—Llama a Wyatt —contestó él—. Dile que necesitamos una ambulancia.

El pánico la hizo abalanzarse no hacia el teléfono, sino hacia la trastienda, donde estaba la acción.

La luz estaba encendida.

Rance estaba de pie, aparentemente ileso. Ni siquiera había perdido la toalla.

Bud Willand estaba en el suelo, apoyado contra la pared. Le salía sangre de la nariz aplastada.

—Esto es una mierda —dijo, apesadumbrado.

Eco volvió a mirar a Rance para asegurarse de que no tenía heridas de bala ni de arma blanca; luego dio media vuelta y corrió a la tienda.

Wyatt llegó, despeinado y soñoliento, menos de diez minutos después. Su ayudante se detuvo delante de la puerta con un chirrido de neumáticos justo cuando él cruzaba el umbral, y la ambulancia no tardó mucho más en llegar.

—Por aquí —dijo Eco, indicándole la trastienda, donde Rance y Willand seguían en la misma posición.

Por el rabillo del ojo vio que Wyatt se fijaba en el aspecto de Rance, en la toalla y en el pijama de ella. Fue un alivio que fijara su atención en el intruso.

Wyatt suspiró.

—Bud —dijo—, eres un imbécil, pero también eres persistente, eso tengo que reconocerlo.

—Creía que ése no estaba aquí —contestó Bud hoscamente, y miró a Rance indignado.

—Eso es evidente, Bud —dijo Wyatt, y se apartó para dejar pasar al personal de la ambulancia—. Rance, ¿puedes contarme qué ha pasado?

Hasta ese momento, Rance no había apartado la vista de la cara magullada de Willand. Era como si mantuviera a Willand clavado a la pared con la mirada.

—No mucho —le dijo a Wyatt.

Willand gruñó cuando un médico intentó examinarle la nariz.

—¿No mucho? —señaló a Rance con un dedo ensangrentado—. Me ha lanzado de un puñetazo desde aquella puerta hasta aquí. Ni lo he visto. Es una agresión en toda regla, eso es lo que es. Podría quedar tullido de por vida. Puede incluso que lo demande.

Wyatt sacudió la cabeza y suspiró profundamente.

—¿Estás bien, Rance?

Rance asintió con la cabeza.

—¿Que si está bien? —gimió Willand—. ¡Miren lo que me ha hecho!

—Señor Willand —dijo Wyatt pacientemente—, está usted detenido. Tiene derecho a permanecer en silencio y, a no ser que sea más tonto aún de lo que sospecho, le sacará el máximo provecho a ese derecho. Tiene derecho a...

Eco empezó a temblar. La trastienda empezaba a estar atestada de gente, y ahora que la crisis había pasado y sabía que Rance estaba ileso, su prioridad era vomitar.

Corrió al aseo de la tienda y lo hizo, y cuando salió Rance y Snowball estaban allí, esperándola.

Bud Willand pasó tras ellos en una camilla, esposado a una de las barandillas.

Rance abrió los brazos.

Eco se acercó a él y lo abrazó.

—Pueden ir a declarar por la mañana —les dijo Wyatt—. Mike —añadió, dirigiéndose a su ayudante—, atranca la puerta de atrás lo mejor que puedas y vete luego a la comisaría a empezar con el papeleo. Yo iré con el señor Willand en la ambulancia.

Eco comenzó a llorar. Habían entrado en su casa. Se había convertido sin querer en una gran experta en hechizos amorosos. Y, para colmo, tenía que olerle fatal el aliento.

Snowball gimió, apiadándose de ella.

Y Rance la apretó con más fuerza, se rió junto a su pelo y susurró:

—Supongo que sabes que, ya que estamos, lo mismo da que nos acostemos, porque en cuanto esta historia llegue a la calle, nuestra reputación quedará por los suelos.

Eco se rió entre lágrimas y le dio un golpe en el pecho con la parte baja de la mano.

—¿Es que nunca te das por vencido?

—Soy un McKettrick —contestó—. Tenemos un diccionario propio, y no incluye esa expresión.

Mike, el ayudante del sheriff, pasó a su lado fingiendo no notar que Rance estaba prácticamente desnudo y que Eco se compraba los pijamas en la sección de caballeros.

—He puesto una silla debajo del pomo de la puerta de atrás —dijo—. Supongo que de todas formas esta noche no pasará nada más.

Rance miró a Eco agarrándola un momento de los hombros, luego dio media vuelta y siguió a Mike hasta la puerta delantera. Se estrecharon las manos, el policía se marchó y Rance cerró tras él.

A Eco le temblaban las rodillas.

—¿Y si no hubieras estado aquí?

Rance volvió, la levantó en volandas y la llevó hacia las escaleras. Rhett Butler con un taparrabos de tela de toalla.

—Estaba aquí —le dijo—. Eso es lo que importa.

Ella apoyó la cabeza en su hombro desnudo.

—No me beses —dijo.

Él se rió mientras empezaba a subir los escalones, con Snowball detrás.

—¿Por qué no?

—Porque... he vomitado.

—Imagino que tienes un cepillo de dientes. Quizás incluso tengas un bote de colutorio.

—Muy gracioso.

Arriba, Snowball volvió a acomodarse en la colchoneta, suspiró y enseguida se quedó dormida.

Eco se fue corriendo al cuarto de baño, cerró la puerta y se lavó los dientes y la lengua hasta que empezó a picarle la boca. Hecho esto, miró severamente su reflejo en el espejo e hizo mentalmente la lista de todas las razones por las que no debía acostarse con Rance McKettrick.

Él era emocionalmente inalcanzable.

La última vez que se habían acostado, la había dejado tirada para irse a Taiwán.

Indian Rock era un pueblo pequeño y, cuando aquello acabara (en caso de que llegara a empezar), no podrían evitarse el uno al otro.

Ella podía llevar una vida célibe. Otras mujeres lo habían hecho. Las místicas medievales, por ejemplo.

Ésa era la lista.

—Sería una pésima abogada —le susurró a su reflejo.

Rance tocó ligeramente en la puerta del baño.

—¿No estás vomitando otra vez, ¿verdad?

Míster Romanticismo.

Eco giró el pomo y se asomó por la rendija.

—No voy vestida para practicar el sexo —confesó solemnemente.

Él se rió.

—No sabía que hubiera un uniforme —contestó—. Pero en cueros estás muy bien.

Ella bajó la voz.

—Seguro que no has traído preservativos —dijo—. Y yo no tengo a mano, claro.

—¿Quién temes que te oiga? —le susurró Rance—. ¿La perra?

—Hablo en serio, Rance.

—Yo también. Mira en mi neceser. Está en el lavabo.

Eco se apartó de la puerta, dejándola entreabierta, y echó un vistazo a la bolsa negra. Una navaja de afeitar. Desodorante. Cepillo de dientes y pasta.

Y condones. Rance llevaba condones.

—¿Qué pasa? —preguntó Eco, exageradamente molesta—. ¿Es que te acuestas con alguien cada vez que te afeitas?

Cuando levantó la mirada, Rance estaba justo detrás de ella.

Eco miró sus reflejos en el espejo de encima del lavabo mientras Rance le levantaba lentamente la camiseta sobre el vientre, hasta desnudar sus pechos.

Dejó escapar un gruñido.

Él se puso a juguetear con sus pezones.

—Es sólo la adrenalina —dijo Eco—. Por la mañana... aaaah... recuperaremos el sentido común...

Él se rió, agachó la cabeza para mordisquearle el lóbulo de la oreja derecha. Mientras su mano izquierda seguía acariciándole el pecho, la derecha se deslizó lentamente por su tripa y bajo la cinturilla de los calzoncillos.

Eco sofocó un gemido cuando los dedos de Rance encontraron su objetivo, echó la cabeza hacia atrás y cerró los ojos.

Rance le dijo que los abriera.

Ella obedeció.

Él la tocó con las yemas de los dedos.

Ella se retorció mientras una oleada de calor inundaba su cuerpo.

Rance la acarició con más insistencia, la puso al borde del orgasmo, y luego sus caricias se hicieron más ligeras, hasta que ella se mordió el labio inferior para refrenar una súplica.

Él le sonrió. Dejó de acariciarle el pecho el tiempo justo para humedecerse los dedos con la lengua. Luego frotó su pezón hasta que estuvo duro y húmedo. Eco intentó girarse en sus brazos, buscando su boca.

Pero él no se lo permitió.

La presión empezó a subir, y Rance seguía jugando entre sus piernas.

Eco se frotó contra él, incapaz de contenerse. Respiraba rápida y entrecortadamente.

—Rance... por favor...

Él la apartó del lavabo, se arrodilló delante de ella y le abrió el sexo con los dedos. Eco se agarró al borde de la encimera, sintió que la lengua de Rance rozaba su clítoris. Un temblor ardiente subió desde el epicentro.

—No... cierres... los... ojos —le dijo él.

El clímax había empezado ya: un suave resquebrajamiento que empezó muy hondo y que fue creciendo lentamente, hasta alcanzar una escala cósmica.

—Rance —murmuró con voz entrecortada—, Rance...

Él siguió lamiéndola.

Eco se irguió, sostenida por las manos de Rance, que agarraban sus nalgas desnudas, y con los ojos clavados en el espejo se vio alcanzar el orgasmo. Su cuerpo se movía por sí solo, siguiendo un ritmo ancestral, meciéndose sutilmente, buscando la liberación de lo que ansiaba.

Cuando todo acabó, cayó de rodillas, agotada.

Rance había perdido hacía rato la toalla, y alargando la mano hacia atrás buscó a tientas su neceser mientras Eco buscaba una dulce venganza.

La bolsa negra cayó y su contenido se esparció por el suelo.

—Eco —jadeó Rance—, el con...
Ella lo miró, vio que tenía la cabeza echada hacia atrás y que los tendones de su cuello sobresalían por el esfuerzo de contener una fuerza tan natural y tan inviolable como la gravedad.
Más tarde se preguntaría qué se había apoderado de ella.
En aquel momento, sólo cambió de postura hasta que estuvo sentada a horcajadas sobre Rance, y con un movimiento de cadera lo acogió dentro de sí.
Él volvió a decir su nombre y quiso apartarla, pero era ya demasiado tarde. Eco comenzó a cabalgarlo sin piedad, cada vez más deprisa, hasta que ambos se hicieron añicos.

—No puedo creer que lo hayamos hecho en el suelo del cuarto de baño —dijo Eco una hora después, tumbada de espaldas en medio de la cama mientras Rance descansaba con la cabeza sobre su vientre.
—Pues créetelo —dijo él.
—¿Vas a volver a irte a Taiwán?
Él trazó un círculo de besos alrededor de su ombligo.
—No —contestó—. ¿Y tú?
La verdad era que una parte de Eco quería cargar a Snowball y un par de maletas en el Volkswagen y lanzarse a lo desconocido.
—Me da miedo volar —dijo—. ¿No hay ningún puente? —intentó reírse de su propia broma, pero su risa sonó como un sollozo.
Rance se arrimó a ella y la estrechó en sus brazos. Besó suavemente su sien.
—Hola —dijo.
—Hola —contestó ella.
—No voy a marcharme —dijo él.
—Yo tampoco —contestó Eco—. Pero no porque no esté asustada.

Rance se apoyó en un codo.

—Lo siento, Eco —dijo.

Aquellas palabras le helaron la sangre. Lo cual no era fácil, teniendo en cuenta que apenas unos minutos antes estaba derretida.

—¿Lo... sientes?

—No me refiero al sexo.

—¿Qué es lo que sientes, entonces?

Él la miró agrandando los ojos y con un dedo dibujó un círculo alrededor de uno de sus pezones.

—Lo de Taiwán —dijo.

Ella se incorporó con un respingo.

—¿Has hecho algo en Taiwán? Por eso llevabas condones en el neceser...

Rance se echó a reír, volvió a tumbarla sobre las almohadas.

—No —dijo—. Pero me gusta saber que te importaría, si lo hubiera hecho.

Ella se rió, soltó un bufido y empezó a llorar.

—Eres un...

Rance la besó profundamente.

—¿Y ahora qué? —preguntó ella con el corazón, además de con los labios, cuando pudo respirar otra vez.

—Eso mismo iba a preguntarte yo —reconoció Rance.

Eco deseó poder sonarse la nariz. Las lágrimas podían ser muy románticas, pero los mocos no lo eran.

—¿Alguna sugerencia? —preguntó.

Rance sonrió, se estiró para sacar un montón de pañuelos de papel de la caja que había sobre la mesa, junto a la cama, y se los dio.

Eco recordó la sesión del espejo, y el hecho de que hubiera vomitado antes. La dignidad era un vago recuerdo.

Se sentó y se sonó la nariz.

Rance la miraba con una especie de divertida ternura.

—Yo sugeriría que no nos dejáramos llevar por el pánico —dijo—. Vamos a tener que solucionar esto, sea lo que sea. Descubrir qué es.

—¿Estamos saliendo?

Él se rió otra vez.

—¿Después de lo que ha pasado en el suelo del cuarto de baño? Dios, eso espero.

Eco recordó un momento crucial y se tapó la boca con la mano.

—¿Qué pasa? —preguntó Rance.

—Que no hemos... que no he...

Él había intentado ponerse un condón. Pero Eco no le había dado ocasión de abrir el paquete, y menos de ponérselo.

—¿Es mal momento?

—¿Mal momento?

—Eco, no me hagas eco.

Ella se sonrojó.

—¿Mi ciclo? ¿Es eso lo que quieres saber?

—Eso te estoy preguntando.

—Soy bastante irregular —respondió ella.

—Entonces supongo que tendremos que esperar, a ver qué pasa.

—¿No estás... enfadado conmigo?

Él la tomó de la mano, le besó los nudillos.

—¿Parezco enfadado?

—No.

—Ahora me toca a mí preguntar.

Eco esperó, armándose de valor. Lo miraba e intentaba memorizar su cara. Lo que tenía con Rance era demasiado bueno para durar. Había sobrevivido después de que la dejaran plantada delante del altar, porque era Justin, y en parte se había sentido aliviada. Sí, había llorado al darse cuenta de que su novio no iba a aparecer. Sí, había vuelto a su solitaria habitación de hotel y había tirado contra la pared las almohadas, la guía telefónica y todo lo que había en el cajón de la mesa.

Y luego había hecho un baile triunfal y se había bebido un botellín de champán del minibar.

—¿Cómo te llamas de verdad?
—No estoy preparada para decírtelo.
—¿Por qué?
—Porque no soy yo. Todavía no.
—¿Cómo puedes no ser tú?
—No lo soy.
—Hortense —dijo Rance.
Eco se rió.
—¿Minerva?
Ella le dio con una almohada.
—¿Wilhelmina?
—Por favor.
—¿Por favor? —Rance se inclinó y probó uno de sus pezones—. ¿Te llamas «Por favor»? ¿O me estás haciendo otra petición escandalosa?

Eco se desperezó, lista para hacer el amor de nuevo.
—A ver si lo adivinas —dijo.
Rance se tumbó sobre ella, le separó suavemente las piernas con la rodilla.
—Me parece que es una petición escandalosa.
—Umm —ronroneó ella. Pero tomó uno de los paquetitos que había sobre la mesita de noche y se lo dio.

Un momento después, Rance estaba dentro de ella, y esta vez hicieron el amor despacio, con ternura, tan dulcemente que Eco sintió que se le partía el corazón.

CAPÍTULO 14

–¿Papá?

–Hola, Rance –respondió su padre tranquilamente. Sabía Dios dónde estaba. Pero siempre podía confiarse en que tuviera el móvil cargado.

–Hay una mujer –Rance se apoyó de espaldas en la encimera de su cocina, junto a la cafetera, mientras esperaba a que estuviera listo el café. Había cumplido su promesa: antes de que el sol se alzara sobre las colinas, al este de Indian Rock, se había marchado de casa de Eco.

Había cerrado bien la puerta tras él, usando una llave de sobra que le había dado Eco, y se había pasado por el despacho de Wyatt para asegurarse de que Bud Willand seguía detenido. Ahora estaba en casa. Solo. Maeve y Rianna estaban con Cora.

Después de aquella noche con Eco, la casa le parecía aún más grande y vacía que antes.

–Vaya, aleluya –contestó Wade McKettrick–. Ya era hora.

–Tú no lo entiendes.

–Prueba, a ver.

–¿Dónde estás?

—Eso no importa.

—Papá...

—En Tahití, rodeado de bellas mujeres con faldas de juncos. ¿Y tú?

Era una pregunta razonable, dada la trayectoria de Rance.

—En el rancho.

—¿Cómo están las niñas?

—Bien.

—Bueno, háblame de esa mujer.

—No sé cuál es su verdadero nombre.

—¿Es agente secreto o algo así?

—No. Es una especie de ninfa del bosque —Rance sonrió. ¿Llevaban calzoncillos largos y camisetas las ninfas del bosque? Tomó una taza de un estante y se sirvió café. Bebió un sorbo—. Se hace llamar Eco.

—Te estás acostando con ella.

—Sí.

—Eso es bueno, Rance. Así que ¿a qué viene llamarme presa del pánico?

—Yo no estoy presa del pánico.

—¿No? Hacía seis meses que no sabía nada de ti.

Rance suspiró.

—Lo siento. Pero yo tampoco he tenido noticias tuyas, claro.

—Pura semántica. ¿Qué es lo que pasa? —Wade hizo una pausa. Se rió—. Como si no lo supiera.

—Papá, no estás siendo de gran ayuda.

Wade repitió el suspiro que acababa de lanzar Rance.

—Estás asustado.

—No.

—A mí no me vengas con tonterías, hijo. He recorrido ese camino y un montón más a los que tú no has llegado aún. ¿Estás enamorado de ella?

—No —contestó Rance—. Siento algo, eso es cierto. Pero

amor... Qué demonios, ni siquiera estoy seguro de lo que es eso.

—No es Julie —dijo Wade tras un momento de tenso silencio.

—Ése es el problema —respondió Rance.

—No —dijo su padre—, es la solución.

—Gracias por esa perla de sabiduría, papá.

Wade se rió.

—Piénsalo.

—No paro de pensarlo.

—Bueno, pues deberías sacar conclusiones, si así es. ¿Sabes qué es lo que te estorba, Rance? Ese orgullo de los McKettrick. Te asusta ponerte en ridículo. Por eso también he pasado. Créeme, es un callejón sin salida —siguió otra pausa y luego—: ¿Tu madre va a ir a casa por la boda de Jesse?

Al fondo de la mente embotada de Rance, dos furgones de mercancías chocaron frontalmente con estruendo.

—No lo sé —dijo—. Seguramente.

—Hazme un favor —dijo Wade—. Averígualo. Y hagas lo que hagas, no le digas a nadie que yo también pienso ir.

Rance frunció el ceño.

—Papá...

—Seguiremos hablando cuando llegue a casa. Mientras tanto, no hagas ninguna tontería.

Rance se rió, a pesar de que notaba una extraña espesura al fondo de la garganta y de que los ojos le ardían.

—Demasiado tarde —dijo.

—¿Cuidas bien del caballo de Cassidy?

Rance bebió otro sorbo de café. Así, si se le quebraba la voz, podría culpar a su epiglotis.

—En cuanto dé de comer al ganado, voy a ensillar a Snowball para salir a dar una vuelta.

—Bien —contestó Wade, y pareció que él también se tragaba algo—. ¿Qué ganado?

Rance le explicó su intención de dedicarse al rancho. Había pagado al peón del rancho de al lado para que echara el heno desde la trasera de una camioneta mientras él estaba de viaje, pero no le parecía buena idea.

A fin de cuentas, era su ganado. Su responsabilidad.

El paso siguiente era fácil. Maeve y Rianna eran sus hijas. Por más que las quisiera Cora, no era responsabilidad suya ocuparse de ellas.

Wade se rió.

—Caray. Los McKettrick cabalgan de nuevo. Como en los viejos tiempos.

—Como en los viejos tiempos —repitió Rance, deseando que fuera cierto.

Jesse era el más auténtico. Nunca se había vendido. Pero Keegan y él... Lo suyo era otra historia. Habían cambiado sus sillas de montar por un avión privado. Habían abandonado la tierra. Habían dejado que otras personas criaran a sus hijos.

¿Y para qué? ¿Para ganar más dinero?

¿Por prestigio?

¿Por la emoción de la caza?

¿Por qué?

Algo cambió dentro de él mientras se hacía estas preguntas y aguantó el tipo sin inmutarse al verse frente a la respuesta obvia.

—Te tendré preparada una habitación —le dijo a su padre.

—Y llama a tu madre.

—Y llamaré a mi madre. En cuanto dé de comer al ganado.

—Rance, llámala ahora.

—¿Por qué no la llamas tú?

—Porque ese orgullo lo has heredado de alguien, por eso. Hazlo por mí, Rance. Tú sabes mejor que nadie lo difícil que es preguntar.

—Enseguida te llamo.
—Estaré esperando.
Rance buscó el número de su madre y marcó.
Ella contestó al primer pitido.
—¡Rance! ¿Qué tal? ¿Estáis todos bien?
—Sí, estamos todos bien, mamá —dijo, frotándose los ojos—. Sólo quería saber si vas a venir para la boda de Jesse.
—No me lo perdería por nada del mundo —contestó Katherine McKettrick.
—Será estupendo verte.
—Y verte a ti también, cariño. Dile a Cora que pienso hacerle la competencia.
Rance se rió.
—Se lo diré.
Charlaron unos minutos más; luego colgaron.
Rance volvió a llamar a su padre inmediatamente.
—¿Y bien? —preguntó Wade.
—Va a venir —dijo Rance.
—Magnífico —contestó Wade, y le colgó.
Rance se acabó el café y salió a dar de comer al ganado.
Cuando terminó, ensilló a Snowball y montó. Fue hasta lo alto de la finca que Jesse tenía en el monte y contempló desde allí el Triple M, los grandes campos, el riachuelo, las arboledas. Aunque sabía que era una locura, le pareció que Cassidy lo había acompañado en aquel paseo y que estaba a su lado, como siempre.
Le picaron los ojos.
—Te echo de menos, Cass —dijo en voz alta—. Si pudiera retirar una sola vez de las que te dije que me dejaras en paz, lo haría.
Y le pareció oír su respuesta, con el corazón, no con los oídos.
«Tú limítate a montar a Snowball», dijo ella.
Rance se pasó la manga por la cara. Y cuando bajó el

brazo, parpadeó porque le pareció ver a cinco jinetes, vestidos con los largos gabanes de otro tiempo, cabalgando en fila india por la otra orilla del riachuelo.

Desaparecieron enseguida, pero aquella imagen se imprimió en la mente de Rance tan claramente como si hubiera cabalgado junto a aquellos hombres.

El viejo Angus iba el primero, seguido por Holt, su hijo mayor. Después iban Rafe, Kade y Jeb.

Las palabras que su padre le había dicho esa mañana por el móvil resonaron en su cabeza.

«Los McKettrick cabalgan del nuevo».

Rance se rió. Si hubiera llevado sombrero, lo habría arrojado al aire.

—Más cerraduras —le dijo Eco a Eddie, el manitas, cuando volvió de presentar su segunda denuncia contra Bud Willand, que en aquel momento estaba siendo trasladado a la cárcel de Flagstaff—. Más grandes. Montones y montones de ellas.

Ayanna, que había dejado entrar a Eddie, suspiró.

—El crimen ha llegado a Indian Rock —dijo.

Eco miró la caja casi vacía en la que guardaba las cosas para hacer hechizos amorosos, en un extremo del mostrador.

—Sí —dijo.

—¿Te asustaste? —preguntó Ayanna. Era una pregunta retórica, claro, y como a Eco le caía tan bien aquella mujer, la dejó pasar sin comentar lo absurda que era.

—Sí —dijo.

—Menos mal que el bueno de Rance andaba por aquí —dijo Eddie.

Eco se sonrojó.

A Ayanna le brillaron los ojos.

—Lo sabe todo el pueblo —masculló.

Rance lo había predicho, claro, pero Eco conservaba una leve esperanza de que no se corriera la voz.

Antes de que se le ocurriera qué decir, entró Cora agitando un papel amarillo.

—Vengo a pegar esto en tu escaparate —anunció, sonriendo—. Tienes el deber cívico de dejarme.

Eco volvió a sonrojarse. Probablemente alguien había despertado a Cora la noche anterior para informarla de que su yerno estaba presente, ataviado únicamente con una toalla, cuando Bud Willand entró en la librería por la puerta de atrás y recibió un puñetazo en la nariz.

—¿Qué es? —preguntó, aunque en realidad no le importaba.

—El baile de verano —dijo Cora, como si Eco ya tuviera que saberlo. Quizá, dada la visita de Jessica y la posterior demanda de hechizos amorosos, tendría que haberlo adivinado. Había dado por sentado que se trataba de un baile de instituto, nada más.

—¿Tienes pareja, Cora? —bromeó Eddie. Estaba arrodillado junto a la puerta, desplegando herramientas y sacando las cerraduras nuevas de sus cajas.

Cora sonrió, pegó el papel al cristal, de cara a la calle, y contestó:

—¿Me lo estás pidiendo, Eddie?

Él se puso muy colorado.

Cora se guardó el celofán en el bolsillo del chaleco, se inclinó ligeramente y le revolvió el pelo. Luego se acercó al mostrador, metió la mano en la caja de los hechizos y sacó una bolsita.

—Pon esto en mi cuenta —dijo.

Eco se rió.

—Invita la casa —contestó.

—A mí también me vendría bien uno —dijo Ayanna.

—Sírvete —le dijo Eco con un amplia ademán.
—¿Y tú? —le preguntó Ayanna, y sus ojos brillaron otra vez.
—Ella no lo necesita —dijo Cora alegremente justo antes de salir otra vez por la puerta, posiblemente con intención de seguir pegando papeles en los escaparates.

Eco se puso tan colorada como Eddie.

Luego salió, se quedó en la acera y leyó el papel.

Ay, qué no daría ella por un par de zapatitos de cristal, pensó.

De la talla cuarenta.

El doctor Swann abrió en persona la puerta de su consulta para dejar entrar a Cora.

Ella sintió el aleteo que notaba siempre en el corazón.

El veterinario había enviudado hacía tres años y la gente decía que todavía visitaba la tumba de su difunta esposa a altas horas de la noche. Cora había visto muchas veces encendida la luz de su estudio de madrugada, cuando no podía dormir y salía a dar una vuelta en coche por el pueblo. Swann siempre tenía bolsas bajo los ojos, y hasta cuando sonreía tenía cierto aire de tristeza.

—¿Qué es esto? —preguntó, tomando una de las hojas que Cora había sacado de la camioneta—. El baile de verano. ¿Ya toca otra vez?

—Estamos en junio —dijo Cora mientras miraba a su alrededor. La zona de recepción estaba vacía. Estaban solos—. ¿Dónde está todo el mundo?

—He mandado a Cindy a Flagstaff a recoger un programa de software y unos aparatos para que podamos leer los microchips de los perros sin tener que sacárselos y mandarlos a un laboratorio —contestó él sin apartar los ojos de la hoja—. Es hora de poner esta consulta a la altura del siglo XXI.

—Bueno, creo que voy a pegar la hoja y me marcho —dijo Cora.

—Tengo entendido que anoche hubo cierto revuelo en la librería —comentó el doctor Swann, levantando por fin la mirada del papel.

—Rance se encargó de eso.

El veterinario se rió.

—Eso me han dicho. Esta mañana estuve desayunando en el Roadhouse, como siempre, y la historia estaba más caliente que la parrilla de la cocina. ¿No ha pasado nada grave, entonces?

—No, nada —contestó Cora, sonrojándose un poco.

Los ojos azules y cansados del veterinario brillaron.

—Me encantan las buenas historias de amor —dijo.

Cora estuvo a punto de atragantarse. Conocía a aquel hombre de toda la vida, pero nunca había oído salir la palabra «amor» de su boca. Logró asentir con la cabeza.

—Entonces ¿Rance y Eco están fuera de peligro?

Ahora le tocó a Cora el turno de reírse.

—No, nada de eso —dijo, sacudiendo la cabeza—. Pero si siguen juntos tal vez sobrevivan.

El veterinario asintió con la cabeza.

—Eso está bien —dijo.

Cora se volvió y buscó el rollo de celofán en el bolsillo de su chaleco.

—Cora...

Ella miró hacia atrás.

—¿Tienes zapatos para bailar?

Cora parpadeó.

—¿Por qué me preguntas eso?

Swann se aclaró la garganta. Miró para otro lado.

—Da igual.

—Ah, no, nada de eso, Walter Swann —estalló Cora, clavándole el rollo de celofán en el pecho—. Quiero saber a qué ha venido eso.

Él volvió a carraspear y arrastró un poco los pies.
—He pensado que... Puede que sea una locura...
—Walter...
—Iba a invitarte al baile de verano.
—¿Y has decidido que no?
—¿Que no qué?
—No invitarme al baile, Walter.
Él sonrió.
—¿Querrías, Cora? ¿Ser mi pareja el sábado por la noche?
Cora pestañeó.
—¿Y bien? —insistió él.
—Sí. Si... si de veras ibas a pedírmelo, quiero decir.
—Iba a pedírtelo —contestó él.
—Está bien, entonces —dijo Cora, azorándose un poco.
—¿Te recojo a las siete? Podríamos cenar en el Roadhouse. Fortalecernos un poco antes de ir a mover el esqueleto.
—A las siete —contestó Cora.
—¿De qué color es tu vestido?
—No lo sé —dijo ella—. Aún no lo he comprado.
Walter se rió.
—Te he visto no repetir traje en seis meses. ¿Me estás diciendo que no tienes un vestido?
Ella sonrió.
—No —dijo—. Te estoy diciendo que no tengo el vestido —con ésas, se marchó. Había entrado allí siendo una mujer mayor y había salido sintiéndose como si tuviera de nuevo dieciocho años.

Cuando miró hacia atrás, Walter estaba pegando la hoja por la parte de dentro de su escaparate. Sonrió y agitó los dedos para decirle adiós.

Cora esperó hasta estar sentada detrás del volante de su camioneta. Entonces se sacó el hechizo amoroso de Eco del bolsillo del chaleco, se lo puso en la palma de la mano y se quedó pensando.

Jesse estaba delante del establo cuando Rance y Snowball volvieron de su paseo, apoyado contra su camioneta, mordisqueando una brizna de hierba jugosa.

—No tengo teléfono móvil —dijo en cuanto Rance se bajó de la silla— y ya sé dónde has pasado la noche.

Rance sonrió, acarició el cuello de Snowball y enganchó uno de los estribos al pomo de la silla para desenganchar la cincha.

—¿Ah, sí? —contestó tranquilamente.

—El sábado es su cumpleaños —dijo Jesse.

Rance se quedó quieto. Se volvió para mirar a su primo.

—El sábado —repitió Jesse—. El cumpleaños de Eco.

—¿Cómo demonios sabes eso?

Jesse se rió.

—Keeg y yo estuvimos haciendo averiguaciones —le dio una palmada en el hombro y luego le quitó la silla a Snowball.

—¿Qué?

—Eh, que apareció de repente. Y tú eres un buen partido. Intentábamos velar por tus intereses, hombre.

—Más vale que no sepas su verdadero nombre —dijo Rance.

Jesse pareció extrañado.

—Legalmente, es Eco Wells. ¿Cómo se llama, si no?

Rance le quitó la silla de los brazos y se dirigió hacia el establo. Jesse lo siguió, llevando a Snowball de las riendas.

—¿Rance?

—Olvídalo.

—No voy a olvidarlo.

—Dime qué averiguasteis sobre ella, ya que le habéis seguido la pista a mis espaldas –puso la silla en su lugar de costumbre.

–Este sábado cumple treinta años. Es hija única, creció sin sus padres, la criaron unos tíos. Se pagó los estudios y trabajó en una galería de arte hasta que vino aquí. No se ha casado nunca, ni tiene antecedentes penales.

–¿Qué eres, un agente del FBI?

Jesse puso a Snowball en su cuadra, le pasó la brida por la cabeza y le acarició el flanco. Algo en la caída de sus hombros hizo intuir a Rance que estaba pensando en Cassidy, no en la conversación que se traían entre manos.

Se hizo un silencio.

–Me alegra que montes este caballo –dijo Jesse por fin–. De todas las cosas que podríamos hacer en su recuerdo, creo que ésta es la que más le gustaría a Cass.

Rance tragó saliva con dificultad. Apartó la mirada.

Jesse le dio otra palmada en el hombro al pasar por su lado.

–¿Recuerdas que solía decirle que me dejara en paz? –preguntó Rance.

Jesse se paró en la puerta del establo, pero no se dio la vuelta.

–Sí, lo recuerdo –dijo.

Rance puso a Snowball más heno que de costumbre y siguió a Jesse fuera del establo.

Con un poco de distancia entre ellos y el tema de Cassidy y de su caballo preferido, resultaba más fácil hablar.

–Conque el sábado, ¿eh? –Eco no le había dicho que se acercaba su cumpleaños. Claro que no habían ido más allá del sexo. Rance sabía lo que le gustaba en la cama, pero no mucho más.

–El sábado –contestó Jesse mientras montaba en su camioneta y encendía el motor.

—No quiero hacerle daño —se oyó decir Rance.
—Pues no se lo hagas —dijo Jesse. Con ésas, puso la camioneta en marcha, dio media vuelta y se alejó.

A Rianna se le iluminó la cara cuando Rance cruzó la puerta de la peluquería.
—¡Papi! —exclamó, y corrió hacia él—. ¡Has vuelto de Taiwán!
—Sí —la levantó en brazos, le dio una vuelta y la besó en la mejilla—. ¿Qué tal está mi niña? —preguntó.
—Aburrida —dijo Rianna—. La abuela está pegando carteles por todo el pueblo y Maeve se ha ido a dormir a casa de su amiga Suzie. Van a cenar pizza y a quedarse despiertas toda la noche viendo películas.
—¿Tu abuela está pegando carteles?
—Para el baile —le informó Rianna.
—¿Qué baile?
—El de verano. Es este sábado.
—Ah —dijo Rance. Ahora que lo sabía, no sabía qué hacer con aquel dato. Lo cual no era raro, tratándose de cosas que interesaban a las mujeres.
Dejó a Rianna en el suelo.
—¿Vas a invitar a Eco? —preguntó.
—No lo había pensado —reconoció Rance. Era cierto. Pero tampoco había pensado en muchas otras cosas.
—¿Te gusta, papá?
Tres mujeres con el pelo embadurnado de tinte se asomaron por la pared portátil que separaba la sala de espera de la parte principal del local.
Rance sintió que le ardía el cuello.
—Sí —dijo—. Claro que me gusta.
—Entonces invítala a ir al baile —dijo una de las mujeres.
Rance la miró con enfado.

El trío se retiró, pero Rance comprendió que no había ido muy lejos.

–Iré contigo, si te da miedo –dijo Rianna, mirándolo con sus enormes ojos llenos de esperanza.

Rance le tendió una mano a su hija.

–Está bien –dijo.

La pared portátil soltó una risilla.

Rance sacudió la cabeza.

Rianna tiró de él hacia la puerta y salió a la acera.

–¿Estás listo? –preguntó.

Rance sofocó una sonrisa.

–Sí. ¿Algún consejo de última hora?

–Dile que es muy guapa.

–De acuerdo.

Rianna entró en la tienda de Eco tirando de él. La campanilla tintineó sobre la puerta.

Eco, que estaba ocupada vaciando una caja de libros, levantó los ojos y volvió a bajarlos.

–Mi papá quiere invitarte al baile de verano –anunció Rianna.

–Gracias, entrenadora –dijo Rance.

–Me daba miedo que te echaras para atrás –contestó Rianna con un susurro.

Eco se puso del mismo color que su coche y luego sonrió.

Ayanna, que estaba observando la conversación, hizo señas a Rianna para que se acercara.

–Acabamos de recibir un pedido de libros desplegables –dijo–. ¿Quieres verlos?

Rianna pareció encantada con la idea, fueran lo que fuesen los libros desplegables.

Desaparecieron en la trastienda.

–Lo entenderé, si me dices que no –le dijo Rance a Eco al ver que no contestaba enseguida con un sí.

Ella se quedó mirándolo.

—Está bien —dijo.

—¿Está bien sí, o está bien no?

Ella sonrió.

—Está bien sí.

Rance se sintió ridículamente feliz, y se le trabó la lengua. Como no podía hablar, asintió con la cabeza.

—¿Algo más? —preguntó Eco.

—Jesse y Keegan han estado haciendo averiguaciones sobre ti —dijo, esperando a medias que ella le tirara algo.

—Lo sé —dijo.

—¿Lo sabes?

—Rance, no me hagas eco.

Él se rió, y aquello le pareció casi tan delicioso como hacerle el amor en el suelo del cuarto de baño.

—Me lo dijeron. Keegan y Jesse, quiero decir.

—Ah.

La mayor parte de lo que sabía sobre Eco, lo sabía de segunda mano, a través de Cora o de sus primos. Le sorprendió lo mucho que aquello le molestaba. De pronto quiso saberlo todo sobre ella. Si había sido una niña solitaria, por ejemplo, y cómo la habían tratado sus tíos.

No podía preguntar, porque esas cosas había que contarlas voluntariamente. Así que se quedó allí, como un tonto, preguntándose qué hacer.

Ella intentó facilitarle las cosas.

—¿Nos vemos el sábado, entonces?

—El sábado —contestó él con voz ronca. Esperaba verla mucho antes. Esa noche, por ejemplo, y al día siguiente, y al otro. Pero seguramente era preferible tomarse las cosas con calma.

Ella se fijó en sus botas, en sus vaqueros y su camisa de faena.

—Parece que has retomado el oficio de ganadero —dijo.

Él asintió con la cabeza, tan clavado en el sitio como si hubiera plantado las suelas de las botas en un charco de pegamento.

Rianna lo salvó saliendo de la trastienda con un libro en las manos. Se lo enseñó, abrió las tapas y se echó a reír cuando un caballo de papel cobró vida de un salto delante de los ojos de su padre.

—¿Puedo llevármelo, papá? ¿Puedo? ¿Por favor?

Rance miró el caballo, fascinado. Al mismo tiempo echó mano de su cartera.

Rianna le dio el dinero a Eco, que marcó la compra y le devolvió el cambio.

—Es asombroso, ¿eh? —dijo, apoyando los brazos en el mostrador e inclinándose un poco, de modo que sus grandes pechos se apretaron bajo la tela de su fino vestido de verano.

Rance se removió, liberó sus pies del pegamento invisible.

—Asombroso, sí —contestó.

Una mirada sagaz brilló en los ojos de Eco.

—Me refería al libro desplegable —dijo.

—Eso también —respondió él.

Ella se rió.

—¡Espera a que lo vea Maeve! —exclamó Rianna triunfalmente. Salió corriendo por la puerta, agitando el libro en el aire.

—Más vale que me asegure de que no se va corriendo a casa de Suzie —dijo Rance, y se volvió para seguir a su hija.

Eco volvió a reír.

¿O fue la campanilla de la puerta?

El paquete era grande, y había sido reenviado al menos una vez. El envoltorio empezaba a deshacerse, la dirección del remite estaba emborronada y la letra, aunque vagamente familiar, no le trajo a la mente ningún nombre.

Eco lo dejó en el mostrador y se apartó de él con el ceño fruncido.

—¿Crees que va a estallar? —preguntó Ayanna, bromeando sólo a medias.

Snowball se sentó sobre las patas traseras y husmeó el envoltorio.

—No —dijo Eco tras mordisquearse el labio unos segundos—. Es raro, nada más.

—Tú recibes paquetes constantemente —dijo Ayanna.

—De empresas —contestó Eco—. Éste parece... personal.

Snowball volvió a ponerse a cuatro patas y se alejó tranquilamente.

—Bueno —dijo Ayanna—, el perro artificiero no parece alarmado.

Eco le lanzó una mirada nerviosa, se acercó al paquete e intentó leer la dirección del remite. No había nombre, sólo un apartado de correos y un código postal de Chicago.

Aquello eliminaba una posibilidad: que Justin hubiera encontrado algunas cosas suyas en su casa, guardadas u olvidadas en un cajón, y hubiera decidido mandárselas. Él todavía vivía en Nueva York.

—Ábrelo —la instó Ayanna.

A Eco le temblaron ligeramente las manos al rasgar el papel estropeado.

Fuera lo que fuera, iba envuelto en papel de regalo. Ositos y globos, feos pero alegres. Encima había pegada una tarjeta con su nombre impreso en letras mayúsculas.

¿Un regalo de cumpleaños?

Tenía las palmas húmedas.

Ayanna apareció a su lado. Le dio un leve codazo.

Eco arrancó el sobre, lo abrió. La tarjeta era barata, de

las que venían en cajas de veinte, y tan fea como los ositos y los globos.

En la parte de delante tenía flores y un genérico *Feliz cumpleaños*.

Eco contuvo el aliento y la abrió.

Siento que esté un poco estropeada, decía la tarjeta. *La encontré en eBay. Espero que estés bien. Tu tío Joe.* Debajo había garabateado un número de teléfono.

Eco rasgó suavemente el papel de regalo y allí, cansada y desaliñada por su largo viaje, pero todavía sonriente y sosteniendo en la mano su varita mágica, estaba la muñeca que llevaba esperando desde los siete años.

CAPÍTULO 15

Eco no se movió. Se quedó mirando la muñeca, muda de asombro.
Ayanna volvió a darle con el codo.
—¿Eco?
—¿Cómo es posible que se acordara? —musitó, llevándose una mano a la garganta.
—¿Quién? —preguntó Ayanna. Al ver que no recibía respuesta, tomó la tarjeta y la abrió—. ¿Tu tío Joe?
Eco asintió con la cabeza.
—Aquí hay un número. ¿Por qué no lo llamas?
Eco asintió de nuevo. Y se quedó donde estaba.
—Qué muñeca tan bonita —comentó Ayanna, seguramente intentando trabar conversación.
—Se llama Margaret —dijo Eco. Tenía lágrimas en los ojos.
—Quizá deberías sentarte —sugirió Ayanna cariñosamente.
—Estoy bien —mintió Eco.
Ayanna la agarró por el codo y, tomando el inesperado regalo de cumpleaños con la otra mano, la acercó a los escalones. Eco se dejó caer.
Snowball se acercó y volvió a olisquear la caja.

—¿Qué significa esto? —preguntó Eco en voz muy baja.
—No tengo ni idea —contestó Ayanna—. Por eso creo que deberías llamar a tu tío.
—No sabría qué decirle —se lamentó Eco—. No hemos hablado desde el día en que me fui a la universidad —una o dos veces le había pedido a un amigo que la llevara en coche hasta la casa en la que había crecido, pero sólo había pasado por delante. Después, cuando tuvo coche propio, hacía ella sola aquel peregrinaje cada día de Acción de Gracias y cada Navidad. Nunca se detenía, y la última vez que había ido la casa había cambiado de manos. En el camino de entrada había un extraño lavando la luna de un coche desconocido.

Ayanna se sentó en el escalón, debajo de Eco, y se abrazó las rodillas con los brazos.

—Podrías empezar diciéndole hola —dijo—. Y luego darle las gracias por la muñeca —hizo una pausa—. A no ser que no sea el tipo de regalo que creo.

Eco levantó las rodillas, apoyó la frente en ellas y respiró hondo varias veces, lentamente.

—No puedo creer que se haya acordado —murmuró.
—A veces la gente se acuerda de cosas extrañas —dijo Ayanna—. Háblame de la muñeca, Eco.

Eco levantó la cabeza. Suspiró. Le explicó lo mejor que pudo cómo se había ido a vivir con sus tíos después de la muerte de sus padres, cómo había visto la muñeca y cómo se había armado de valor para pedirla por Navidad. Cuando miró a Ayanna, vio que su amiga estaba llorando.

—Es su modo de decir que lo siente, Eco. Tu tío, quiero decir.

Eco tragó saliva.

—Mis padres tenían una pequeña póliza de seguros —dijo—. Un abogado me mandó el cheque, como salido de la nada, en cuanto cumplí dieciocho años. Justo antes de subirme al autobús para irme a la universidad, mi tío me dijo que era una desagradecida. Que debería haberle dado el dinero para compensarlos por los gastos que habían tenido al criarme como uno de sus propios hijos.

—Debían de recibir algún subsidio de la seguridad social por eso —dijo Ayanna.

—Sí —dijo Eco—. Y no me criaron como a uno de sus hijos, desde luego. Pero aun así me sentí culpable al darle la espalda y subirme a aquel autobús. Sabía que, si no lo hacía, jamás saldría de aquel barrio.

Ayanna le dio una palmadita en la mano.

—Hiciste lo correcto, tesoro.

—¿Sí? —preguntó Eco en voz baja—. Como familia no eran gran cosa, pero eran la única que tenía.

—Tienes que llamar —repitió Ayanna con firmeza—. ¿Sabes qué? Voy a llevarme a Snowball a dar un paseo. Tú cierra con llave, ponte al teléfono y averigua qué pasa.

—No estoy segura de querer abrir esta lata de gusanos —dijo Eco—. Puede que a estas alturas una relación...

—No es una relación, Eco. Es una llamada de teléfono. Nadie dice que tengas que volver y echarte en sus brazos.

Eco asintió con la cabeza.

—Tienes razón.

Cinco minutos después, Eco estaba sola en la trastienda, con el móvil en la mano, marcando el número escrito en la tarjeta de cumpleaños.

—Hospital —contestó una mujer al cuarto pitido.

¿Un hospital? El corazón de Eco se paró un instante y luego volvió a latir.

—Debo de haberme equivocado —dijo—. Lo siento...

—¿Por quién pregunta? —dijo la mujer suavemente, como si estuviera acostumbrada a que llamara gente desconcertada.

—Por Joe Wells —de pronto, comprendió que no se había equivocado de número—. Soy Eco Wells, su sobrina.

—El señor Wells estaba esperando su llamada —contestó la mujer.

Eco apretó los ojos con fuerza.

—¿Está...? Quiero decir que si está en un hospital...

—Dejaré que sea él quien se lo diga, señorita Wells. Creo que Joe tenía esperanzas de que llamara. Espere un momento, por favor.

Eco asintió, entristecida, y esperó.

—¿Eco? —la voz de su tío sonaba como siempre—. ¿Eres tú?

—Soy yo, tío Joe —dijo Eco—. ¿Có-cómo estás?

—No muy bien —contestó él—. Tengo días buenos y días malos. Éste es de los buenos.

—Me alegro.

—¿Recibiste el paquete?

Eco asintió con un gesto, se acordó de que él no podía verla y dijo con voz ronca:

—Sí —se detuvo para aclararse la garganta—. Sí. ¿Cómo es posible que te hayas acordado?

Joe Wells se rió, pero su risa sonó triste, gastada y quebradiza.

—Todavía me funcionan algunas neuronas —contestó—. Pero el cáncer se ha comido muchas —hizo una pausa y un suave silencio tembló entre los dos. Luego prosiguió—: Volví a buscar la muñeca, cariño. Pero ya no quedaban. Eras muy pequeña y todavía creías en Papá Noel, así que pensé que era mejor no decir nada. Me olvidé completamente del asunto. No volví a pensar en ello hasta que te fuiste a la universidad. Entonces empezó a inquietarme.

—No pasa nada —murmuró ella.

—No —insistió él—. Sí que pasa. Eras la hijita de mi hermana pequeña. Ella quiso una vez una muñeca, cuando éramos pequeños, pero nuestro padre estaba sin trabajo, así que ese año recibimos regalos de beneficencia. Maureen nunca se olvidó de aquella muñeca...

Maureen. ¿Cuándo había sido la última vez que Eco había oído a alguien pronunciar en voz alta el nombre de su madre?

—Así que pensé que quizá tú tampoco te hubieras olvidado de la tuya.

—Es preciosa, tío Joe —dijo Eco—. Gracias. ¿Có-cómo estáis todos?

—Laura y yo nos divorciamos hace mucho tiempo —contestó Joe Wells. Ahora le costaba más hablar. Empezaba a cansarse—. Los chicos se pusieron de su parte, y no los veo mucho.

—Lo siento —le dijo Eco. Un tumor cerebral. Aquel hombre se estaba muriendo de un tumor cerebral, y aun así había logrado localizarlas a ella y a la muñeca—. ¿Ne-necesitas algo?

—Tengo un buen seguro —dijo Joe—. ¿Te has casado, cariño? ¿Tienes hijos?

—No, ni marido, ni hijos —dijo Eco—. Pero estoy bastante contenta.

—Qué bien —su voz sonó áspera.

—¿Estás seguro de que no puedo hacer nada?

—Nadie puede hacer nada —contestó Joe con una falta total de autocompasión—. No estoy sufriendo, Eco. Sólo me estoy apagando.

Eco tenía la cara húmeda.

—Creo que te estás cansando —dijo.

—Cansado no es la palabra —dijo Joe—. Ojalá me hubiera portado mejor contigo, cariño. La hijita de mi hermana pequeña. Pero la verdad pura y dura es que en aquella época casi no me llegaba para pagar la casa y poner comida en la mesa. En fin, si dijeras que lo entiendes, aunque no sea verdad, significaría mucho para mí.

—Lo entiendo —dijo Eco—. De verdad.

—Está bien, cariño. Ahora tienes una buena vida. Es hora de que cuelgue y descanse un poco.

«Ahora tienes una buena vida».
—Adiós, tío Joe.
—Adiós, cariño.

Se oyó un chasquido al otro lado y a continuación el pitido de la línea.

Eco colgó, dejó el teléfono sobre el escalón, recogió la muñeca y subió al apartamento. Allí se tumbó en la cama y lloró de verdad.

—Debería haberle pedido una llave —le dijo Ayanna a Rance mientras lo veía abrir la puerta de la tienda. Snowball y ella entraron primero, y la perra se fue derecha a las escaleras en cuanto Ayanna la soltó.

Rance la siguió. Ayanna había acudido a Cora al ver que no conseguía despertar a Eco ni tocando a la puerta ni llamando por teléfono, y Cora lo había llamado a él. Rance había salido del rancho a toda velocidad y había llamado a Wyatt por el camino para asegurarse de que Willand seguía bajo custodia policial. Se había imaginado toda clase de cosas, incluso después de que podía descartar al bueno de Bud.

Quizás Eco se había caído y se había dado un golpe en la cabeza.

Quizás estuviera enferma.

Subió los escalones de tres en tres.

Eco estaba acurrucada en medio de la cama, con los zapatos puestos y el vestido enrollado alrededor de los muslos. Snowball se había subido al colchón y estaba intentando lamerle la cara.

—Hola —dijo Rance cuando ella abrió los ojos.
—Hola —contestó ella.

Rance se acercó, se sentó al borde de la cama y sofocó el impulso de levantarla y abrazarla como habría abrazado a Maeve o Rianna. Sólo le tocó la frente.

—Me ha mandado una muñeca —le dijo Eco, pero no se movió.

—¿Quién te ha mandado una muñeca? —preguntó Rance suavemente.

—Mi tío. Se está muriendo de un tumor cerebral. Me ha dicho que confiaba en que ahora viviera bien.

Rance decidió no preocuparse por ceremonias y la sentó sobre su regazo. Ella suspiró y apoyó la cabeza en su hombro. Él sintió que un ligero estremecimiento la atravesaba.

—Un tumor cerebral —repitió.

Ella asintió.

—¿Quieres hablar de ello o sólo quieres que te abrace?

Eco se acurrucó un poco más.

—Sólo abrázame —dijo. Y luego, de aquel modo curioso y paradójico propio de las mujeres, siguió hablando. Le habló de la muerte de sus padres, de cómo había ido a vivir con sus tíos, y de cuánto había deseado aquella muñeca, que esperó cinco navidades seguidas, hasta que por fin desistió.

Rance escuchaba absorto, con la mirada llena de compasión.

Habría sido fácil juzgar a Joe Wells, pero, a otro nivel, Rance no podía evitar trazar paralelismos. Él les daba a sus hijas lo mejor de lo mejor, desde luego; al menos, lo mejor que podía comprarse con dinero. Pero ¿qué esperanzas secretas abrigaban? Cuando le llegara su hora, ¿qué desearía hacer de nuevo si pudiera volver atrás?

—Debería estar abajo, ocupándome de la tienda —dijo Eco después de desahogarse.

—Ayanna lo tiene todo bajo control —Rance le quitó los zapatos y los dejó a un lado. Luego Eco, la perra y él se tumbaron en la cama. Siguió estrechando a Eco entre sus brazos. Le encantaba que su pelo suave le rozara la barbilla—. ¿Vas a ir? ¿A ver a tu tío?

Ella sacudió la cabeza.

—Pero quiero llamar al hospital. Mi tío me ha dicho que no necesita nada, pero... en fin, quiero asegurarme.

—Te llevaré a verlo —dijo Rance—. Si quieres ir, puedo hacer que el avión esté aquí dentro de un par de horas.

Ella volvió a sacudir la cabeza.

—Seguramente no es buena idea —se echó hacia atrás lo justo para mirarlo a la cara—. Es sólo una impresión que he tenido cuando estábamos hablando —dijo—, pero creo que mi tío quería que bastara con la muñeca y la llamada —sollozó y luego sonrió de tal modo que a Rance le dolió el corazón—. ¿Qué estás haciendo aquí, vaquero?

Él frotó la nariz contra su cuello.

—Se me ha ocurrido avivar un poco más el escándalo —dijo—. Venir y tumbarme en la cama contigo en pleno día.

Ella se rió, pero su voz sonó llorosa y quebradiza.

—En Chicago —dijo—, nada me preparó para este elemento de la vida en un pueblo pequeño.

Rance la besó en la frente.

—¿Estás segura de que no quieres que te dé un paseíto en mi avión, pequeña? —bromeó.

Los ojos de Eco, aunque hinchados y enrojecidos, eran tan hermosos como siempre.

—¿Lo dices con doble sentido? —preguntó.

Él sonrió.

—Si quieres interpretarlo así, creo que no puedo impedírtelo —dijo. Si hubieran estado solos en la cama, tal vez le habría quitado el vestido y le habría hecho olvidar su pena, aunque fuera sólo por un rato. Pero Snowball estaba allí, velando a Eco, y Rance no tuvo valor para echarla.

Además, Ayanna estaba abajo, y técnicamente la tienda estaba abierta al público.

—Gracias, Rance —musitó Eco mientras trazaba la línea de su boca con un dedo.

—¿Por qué?
—Por estar aquí. Por abrazarme.
—De nada.
—¿No tienes que ir a ocuparte de las vacas, ni nada?
Él se rió. Volvió a besarla.
—No —dijo—. La cerca está en perfecto estado, así que cuando vuelva al rancho estarán donde las dejé.
Ella suspiró, cerró los ojos y se quedó dormida.
Cuando estuvo seguro de que se encontraba bien, Rance se desprendió de sus brazos, se levantó y se quedó mirándola un rato. Por fin, desplegó la colcha doblada a los pies del colchón, tapó a Eco y a la perra, y se marchó.

Eco se despertó parpadeando y se encontró sola en la cama, salvo por Snowball, claro. La habitación estaba en penumbra, aunque todavía había luz fuera, y ella estaba muerta de hambre.
Se levantó, entró en el cuarto de baño y recordó con qué delicadeza le había quitado Rance los zapatos antes de tomarla en sus brazos.
¿O eso lo había soñado?
Bostezó, se lavó la cara con agua fría y bajó seguida de Snowball.
Ayanna estaba cerrando la tienda.
—¿Te encuentras mejor? —preguntó.
Eco asintió con la cabeza tímidamente.
—Lo siento, Ayanna. Siento haberte dejado sola en la tienda y todo eso.
—No pasa nada —dijo Ayanna, observándola atentamente—. ¿Puedo hacer algo por ti, Eco? ¿Calentarte un poco de sopa, quizá?
—Eso puedo hacerlo yo —contestó Eco.
—No me gusta dejarte sola. ¿Va a volver Rance?

«¿Va a volver Rance?».

Así pues, había estado allí. No lo había soñado.

—Creo que no —dijo—. Sólo se ha portado... como un amigo.

—Eso no tiene nada de malo.

Una vez, en Chicago, Eco tuvo la gripe. Justin tomó un vuelo chárter y se presentó en el apartamento con un recipiente de sopa won-ton.

Eco estaba encantada hasta que descubrió por qué había hecho el viaje.

—No estarás embarazada, ¿verdad? —preguntó él ansiosamente—. Porque no estoy preparado para eso.

—¿Eco?

Volvió al presente y notó la mirada de preocupación de Ayanna.

—Perdona —dijo—. Estaba haciendo una pequeña digresión mental.

—Has tenido un día muy duro —dijo Ayanna—. Puedo ir a comprar algo de comer y quedarme por aquí un rato.

—Estoy bien, de verdad —insistió Eco. Había estado sola casi toda su vida y le había ido bien, incluso en los malos tiempos. Pero algo había cambiado; era frágil en un sentido nuevo y angustioso. Íntimamente, deseaba que Ayanna se quedara, o mejor aún, que volviera Rance—. Por favor, Ayanna, vete a casa. Ya has hecho suficiente.

Se puso una mano en la frente, se echó el pelo hacia atrás.

Ayanna vaciló; luego fue a recoger su bolso detrás del mostrador.

—Tienes que prometerme que me llamarás si necesitas algo.

Eco asintió con la cabeza. En cuanto Ayanna se fue, subió al apartamento, se puso unos vaqueros y una camiseta y buscó la correa de Snowball. Después del paseo compartieron un sándwich de mantequilla de cacahuete y mermelada y vieron el único canal de televisión que Eco había logrado sintonizar.

Cuando no pudo soportar más el aburrimiento, apagó el televisor, rebuscó en sus cajas hasta que encontró un teléfono y lo enchufó en la clavija que había junto a la cama.

Sentada con las piernas cruzadas en el centro del colchón, marcó el número que había escrito su tío al pie de la tarjeta de felicitación y pidió hablar con su enfermera.

La mujer se mostró cauta al principio, pero se animó cuando por fin recordó quién era Eco.

—Es la sobrina de Joe. Para la que compró la muñeca.

—Sí, soy yo —dijo Eco después de tragar saliva un par de veces. Margaret seguía en su caja, apoyada en la mesita de noche. El tiempo había deslustrado la brillantina de su vestido azul de volantes, que titilaba débilmente a la luz de la lámpara.

—Estuvo metido en Internet día y noche, buscando esa muñeca —dijo la enfermera—. Los demás lo ayudábamos cuando podíamos, pero en realidad no sabíamos qué estábamos buscando. Cuando la encontró, fue como si cantaran los ángeles, se lo aseguro. La pidió enseguida con su tarjeta de crédito. Pero luego no sabía dónde mandarla y la búsqueda empezó otra vez —una leve nota de reproche apareció en la voz de la enfermera—. No fue fácil dar con usted.

—Mi tío y yo no estábamos muy unidos —dijo Eco.

—Eso supuse —contestó la enfermera.

—¿Hay algo que pueda hacer por él? Me dio a entender que prefería que no fuera a verlo.

—No está en condiciones de recibir visitas —dijo la enfermera. Parecía triste, y Eco se preguntó cómo sería trabajar con pacientes que nunca mejoraban y se iban a casa—. Si quiere facilitarle un poco las cosas, envíele algunas fotos y una tarjeta bonita.

Eco no tenía ninguna fotografía reciente, pero por la mañana compraría una tarjeta y una cámara desechable y se haría algunas fotos. Quizás incluyera el recorte de la *Gazette* de Indian Rock en el que aparecía con Snowball y la tarta.

—Lo haré —dijo con calma—. Si... si pasa algo, ¿le importaría avisarme?

—En absoluto —contestó la enfermera—. Pero no va a haber funeral. Joe no quiere que se arme ningún revuelo, y su familia ya se ha despedido de él.

Qué triste, pensó Eco. Cuando moría una persona, ¿no debería haber siempre algún tipo de ceremonia? ¿No debería reunirse gente en una iglesia o en la capilla de un hospital, apenada por ver marchar a esa persona?

Eco comprendió, sin embargo, que su tío no había llevado esa clase de vida.

Estaba divorciado y al parecer no había vuelto a casarse.

No estaba muy unido a sus hijos.

Su única pariente, una sobrina, le era tan desconocida como él para ella.

Eco anotó la dirección del hospital, dio las gracias a la enfermera y colgó.

Snowball estaba tendida a sus pies, mirándola.

Sólo era cuestión de tiempo que Marge y Herb aparecieran en su caravana y se llevaran también a la perra.

Eco se mordió el labio con fuerza.

Estaba Rance, claro, pero no podía esperar que él llenara los espacios vacíos que había en su vida. Él tenía a sus hijas, tenía primos que se preocupaban por él hasta el punto de hacer averiguaciones sobre posibles novias. Tenía un rancho que dirigir.

Habían hecho el amor dos veces, sí, y había sido estupendo. Rance la había salvado de Bud Willand la noche anterior, y ese día la había abrazado hasta que se quedó dormida.

Pero eso no la convertía en asunto suyo.

Si quería rellenar vacíos emocionales, tendría que hacerlo sola. Conocer gente, hacer más amigos. Tal vez buscarse otro perro cuando los Ademoye se llevaran a Snowball. Bien sabía Dios que había por ahí muchos perros abandonados que necesitaban un buen hogar.

Pero primero tenía que hacerse uno para ella.

Alquilar una casita con jardín. Plantar unas flores. Servir la cena en una mesa de picnic, como hacía Cora.

Paseó la mirada por el pequeño apartamento. Era acogedor, y vivir allí resultaba más económico, dado que su negocio aún no estaba bien afianzado. Pero nunca sería un verdadero hogar.

Por una vez en su vida, Eco quería una casa con todos sus aditamentos.

Aquella idea mantuvo sus ojos secos hasta que se quedó dormida.

Esa tarde, después de acabar sus quehaceres en el rancho, Rance ensilló a Snowball y a su caballo. Maeve no esperó a que la ayudara: montó sola. Por un momento, allí sentada, sobre el lomo blanco de la yegua, pareció Cassidy a su edad.

Rianna y él iban en el caballo, Rianna encaramada delante, tan a gusto como un jockey en un purasangre.

—¡Vamos a correr! —gritó.

Rance tomó las riendas, rodeándola con los brazos.

—Nada de correr —dijo—. Snowball no está muy en forma.

—¿Podemos ir al cementerio? —preguntó Maeve de pronto.

—Está demasiado lejos —dijo Rance—. Oscurecerá dentro de una o dos horas.

—¿Podemos ir mañana?

Rance miró a su hija, pensando en todas las cosas que no sabía de ella, que nunca sabría de ella.

—¿Por qué ese interés tan repentino? —preguntó.

—No es repentino —la informó Maeve—. La abuela nos lleva muchas veces. Ponemos flores en la tumba de mamá.

Rance intentó recordar la última vez que había hecho aquello, y no pudo.

—Mañana —dijo.

Pasearon a lo largo del riachuelo, como habían hecho los McKettrick durante generaciones. Maeve iba delante. Montaba bien, igual que su madre. Y que Cassidy.

—¿Hay alguna cosa que hayáis querido por Navidad y que no hayáis tenido? —preguntó Rance, después de ensayar de cabeza la pregunta una docena de veces, sin lograr formularla bien.

Rianna se volvió para mirarlo.

—Papi —dijo—, estamos en junio.

Él se rió.

Pero Maeve tenía una expresión solemne.

Rance se puso serio.

—¿Y tú, pequeña?

—A ti —dijo Maeve.

Él frunció el ceño.

—He estado con vosotras todas las Navidades, desde que nacisteis, hija.

—No sólo en Navidades —le dijo Maeve—. Cuando tenemos una función en la peluquería. El tío Jesse siempre viene, pero no es lo mismo.

Imaginarse a Jesse en un espectáculo de niñas con bastón y tutú habría hecho sonreír a Rance, si las circunstancias hubieran sido otras. Como no sabía si podría decir algo, siguió cabalgando junto a Maeve, alargó el brazo y la apretó contra su costado un momento. Era un gesto burlón, la clase de cosa que hacía cuando intentaba engatusarla para disipar uno de sus ataques de mal humor preadolescente, pero por alguna razón se le encogió la garganta.

—Trabajas demasiado, papá —le dijo Rianna, mirando hacia atrás con los ojos entornados para que el sol poniente no la deslumbrara—. No necesitamos el dinero, ¿verdad?

Rance carraspeó.

—No, campeona, no necesitamos el dinero.

—¿Es porque somos chicas? —preguntó Maeve.

—¿Qué... qué clase de pregunta es ésa?

—A lo mejor, si fuéramos chicos —dijo Rianna—, te gustaríamos más.

Rance se quedó de piedra. Hizo parar al caballo, porque aunque había aprendido a montar casi antes que a caminar, no estaba seguro de poder sostenerse en la silla y hablar al mismo tiempo.

—¿Qué? —preguntó con voz ronca.

Maeve irguió la espalda al estilo de los McKettrick.

—Nosotras podemos hacer cualquier cosa que haga un chico.

—Menos hacer pipí de pie —añadió Rianna.

Maeve levantó los ojos al cielo.

—Como si eso importara —dijo.

—Esperad —dijo Rance—. No os cambiaría a ninguna de las dos ni por un barco lleno de chicos. Y no es que me gustéis, es que os quiero.

¿Cuánto tiempo hacía que no se lo decía?

Ellas se lo habían dicho a él un millar de veces.

Le sorprendió darse cuenta de que contestaba invariablemente «yo también» o «igualmente, hija».

—¿Sí? —preguntó Rianna.

—¿En serio? —preguntó Maeve.

—Claro que sí.

—Siempre te vas —alegó Maeve.

—A Taiwán o a sitios que están igual de lejos —añadió Rianna.

—Eh —dijo Rance—, escuchadme las dos. Soy vuestro padre. Y esté aquí, en el Triple M, o en Tombuctú, no hay nadie que me importe más que vosotras dos. Nadie.

Rianna le creyó enseguida. Maeve era un poco más difícil de convencer.

—Hasta que se presenta un negocio importante —dijo—. Entonces, si te he visto, no me acuerdo.

Los caballos estaban impacientes, querían seguir moviéndose. Rance sujetó las riendas de su montura con una mano y se inclinó para agarrar la brida de Snowball con la otra.

—Hay veces en que tengo que irme —le dijo a Maeve con calma—. Ocurren cosas que hay que resolver. Eres lo bastante mayor como para entenderlo. Reconozco que me costó un poco romper las viejas costumbres de cuando trabajaba en la empresa, pero a partir de ahora voy a ser un ranchero. Y un padre. Os doy mi palabra.

—¿Cómo va a romper la costumbre de ser un McKettrick? —preguntó Rianna.

Rance se echó a reír.

Y también Maeve.

Por fin, seguramente porque tenía buen carácter y no porque entendiera la broma, Rianna los secundó.

—No puedes dejar de ser un McKettrick, boba —informó Maeve a su hermana mientras daban la vuelta por acuerdo tácito para volver al establo—. Aunque te cases, sigues siéndolo.

—Yo no voy a casarme nunca —anunció Rianna con la certeza de una niña de siete años—. Cuando crezca, quiero ser como Eco. Voy a tener un coche rosa y un perro blanco y a vender libros desplegables de caballos.

Rance notó una opresión en la garganta. Sabía que sus

hijas no tardarían en crecer. Serían mujeres, no niñas, y tendrían que escoger sus vestidos de novia e irse de luna de miel. Sí, seguirían siendo McKettrick. Pero, como Meg y las hermanas mayores de Jesse, dejarían el Triple M. Visitarían el rancho sólo muy de tarde en tarde, cuando sus apretadas agendas se lo permitieran.

Tendrían marido e hijos propios. Y también una carrera profesional, posiblemente.

Y aunque todo ello era natural y estaba bien, un sentimiento lúgubre se apoderó de Rance.

El tiempo era precioso, y se escapaba mucho más deprisa que una soga atada a una vaca espantada. Él se había comportado como si Maeve y Rianna siempre fueran a ser pequeñas. La semana siguiente, el mes siguiente pasaría más tiempo con ellas. Pero nunca ahora, cuando eran todavía pequeñas e intentaban asimilar el hecho de que no tenían madre.

Al llegar al establo, las niñas se pusieron en medio mientras intentaba guardar los caballos, pero no le importó. Estaban allí. Tenían siete y diez años. Y él seguía siendo el hombre más importante de sus vidas.

Cuando acabaron, entraron en casa, encendieron todas las luces y cenaron cereales con leche, riéndose porque sabían que a Cora le daría un ataque si se enteraba.

Fue una buena noche, y sólo una cosa podría haberla mejorado.

Tener a Eco allí también.

CAPÍTULO 16

A la mañana siguiente, Rance miraba en silencio, y desde cierta distancia, a sus hijas paradas a los pies de la tumba de su madre. Habían recogido flores silvestres junto a la verja de hierro del cementerio privado, dientes de león y campanillas, y otras florecitas rosas cuyo nombre Rance ignoraba, y las habían dejado junto a la lápida.

Él no había llevado ninguna ofrenda. Nada podía compararse con aquellas flores de vivos colores, apresadas entre manitas sudorosas y depositadas con el cariño espontáneo e inconsciente que sólo puede dar un niño.

Pasados unos minutos, hubo un cambio. Los niños saben poco de la muerte. Están demasiado vivos. Maeve y Rianna se alejaron de la tumba y se pusieron a jugar entre las estatuas y las tumbas menos espectaculares de otros McKettrick, muertos hacía mucho tiempo.

Rance se quedó allí, solo. El fajo de papeles que llevaba doblado en el bolsillo de la camisa parecía emitir un calor que atravesaba la tela y le quemaba la piel, y que más allá de ésta alcanzaba hasta el corazón mismo de su orgullo.

Esa noche, mientras las niñas dormían el sueño profundo de los inocentes, había picado por fin el anzuelo, se había acercado al ordenador de Julie y había abierto el archivo cuya existencia conocía ya. Quizás ella había querido que lo encontrara algún día. O quizá creía que tenía todo el tiempo del mundo para borrarlo.

Ya no importaba.

Rance se tocó el bolsillo.

—Lo siento, Julie —dijo en un susurro ronco.

Un dolor intenso se hinchó tras sus ojos, inundó su garganta.

Oyó avanzar la camioneta de Cora por el sinuoso camino de tierra. La vio salir y acercarse a él, pero no pudo hablar. No pudo hacer ningún gesto de bienvenida.

Al llegar a su lado, ella le tocó el brazo.

—No pasa nada, Rance —dijo suavemente.

Él sacudió la cabeza.

Cora se agachó para dejar un ramo comprado en un supermercado junto a las flores silvestres de sus nietas. Cuando se incorporó, Rance sintió que su mirada le quemaba la cara como el sol de agosto.

—Rianna me ha llamado para decirme que ibais a venir esta mañana —le dijo—. También me ha dicho que habías estado despierto toda la noche, en el despacho de Julie. Puede que esté metiendo la pata, pero imagino que por fin has leído esos e-mails.

Rance sólo pudo asentir con una inclinación de cabeza.

—Julie no lo quería, Rance —continuó Cora—. Intentaba llamar tu atención. Por eso no borró los archivos.

Rance recuperó por fin el habla, pero su voz sonó ronca y entrecortada. No la habría reconocido, si no fuera porque salía de su boca.

—Lo sé —dijo. Y lo sabía, pero de todos modos le ardían los ojos—. Supongo que no puedo culpar a nadie, excepto a mí mismo.

Los ojos de Cora brillaron.

—Lo que hizo Julie estuvo muy mal, y se lo dije en su momento. Nunca te traicionó físicamente, Rance, y confío en que tú tampoco a ella. Pero hizo mal visitando esos chats, y más aún trabando amistad íntima con un desconocido. Julie no está aquí para pedirte perdón, así que te lo pido yo por ella. Tienes que borrar esos archivos, Rance, para que tus hijas no los vean nunca.

—Ya los he borrado —dijo Rance. Se sacó del bolsillo las hojas arrugadas y se las dio a Cora. Ella las tomó con mano temblorosa y se las guardó en el bolso—. Me lo echó en cara un par de veces, Cora —continuó después de un momento—. Quería que leyera las cosas que le decía a ese tipo, y lo que él le decía a ella. Y hasta anoche no pude hacerlo.

Cora le puso una mano en la espalda.

—Sabes que en realidad Julie te estaba escribiendo a ti y no a ese hombre de California, ¿verdad?

Él asintió.

—Eso es lo peor de todo —dijo—. Saber que fue culpa mía. Intentó hablar conmigo muchas veces, decirme lo que sentía. Yo creía que debía estar satisfecha; tenía dos hijas fantásticas, una casa grande y todo el dinero que quisiera gastar. No la escuché, Cora.

—Él quería conocerla. Ella le dijo que no. ¿Sabes por qué, Rance?

Él aguardó.

—Porque te quería. A ti. No a él.

Rance logró asentir de nuevo con la cabeza.

—Vamos a olvidarnos de todo esto —le rogó Cora suavemente—. Vamos a ponerle fin, Rance. Por nuestro bien y por el de las niñas. No sé qué está pasando entre Eco y tú... Me hago ilusiones, pero sé que no es asunto mío. Lo único que te pido es que dejes a un lado tu dichoso orgullo el tiempo justo para darle una oportunidad.

—Eres una mujer asombrosa, Cora —le dijo él. Por primera vez desde la llegada de Cora, pudo mirarla a los ojos.

La suave brisa de la mañana les llevó las voces de Rianna y Maeve, y aquel sonido le hizo sonreír, aunque fuera tristemente.

Cora sonrió también, pero tenía lágrimas en los ojos.

—Algunas veces hasta me asombro a mí misma —dijo—. Tengo una cita para el baile de verano. ¡Imagínate! Una vieja decrépita como yo.

Rance deslizó un brazo por su cintura y la apretó un momento.

—La mitad de los viudos del pueblo están locos por ti —bromeó—. ¿No lo sabías?

Cora suspiró. Parecía sentir una nueva paz, como si hubiera seguido su propio consejo y ella también se hubiera desprendido de algo. Como si se hubiera liberado de una carga muy pesada y no estuviera dispuesta a volver a acarrearla.

—Durante mucho tiempo —dijo—, me he odiado por haber sobrevivido a Julie. Me parecía injusto.

—Supongo que mis padres han sentido eso mismo. Ninguno de los dos ha superado la muerte de Cassidy. Estoy seguro de que fue eso lo que rompió su matrimonio.

—¿No es curioso —preguntó Cora tras asentir con la cabeza— que las cosas que más íntimamente deberían unir a un hombre y a una mujer puedan separarlos?

Antes de que Rance pudiera formular una respuesta, Maeve y Rianna se acercaron dando saltos de alegría y abrazaron a su abuela.

—¿Te importa que me lleve a estas pequeñas gamberras a Flagstaff a pasar el día? —le preguntó Cora a Rance—. Tengo que comprarme un vestido nuevo para el baile, y me vendría bien un poco de apoyo moral.

—¿Nosotras también podemos ir al baile? —preguntó Rianna inmediatamente.

—¿Podemos comprarnos vestidos nuevos? —preguntó Maeve al mismo tiempo que su hermana.

Rance miró las caras ansiosas de sus hijas.

—Podéis ir a Flagstaff. Podéis compraros vestidos nuevos, si queréis. Pero de lo demás no estoy seguro. En mi opinión, falta ya demasiado poco para que tengáis edad para ir a bailes.

—Van a ir todos los niños del pueblo, Rance —dijo Cora suavemente.

Tres mujeres hermosas, un solo hombre. Rance sabía que tenía las de perder, así que transigió.

—Está bien —dijo a regañadientes.

Maeve y Rianna se pusieron a saltar como apaches alrededor de una hoguera.

Cora sonrió y las llevó hacia la camioneta, aparcada junto a la verja del cementerio, junto al coche de Rance. Él la estuvo mirando hasta que se perdieron de vista y, cuando se marcharon, se tocó el sombrero para despedirse de Julie, dio media vuelta y se alejó.

Le había dicho a su difunta esposa lo que tenía que decirle, y ya podía dejarla descansar en paz.

Con el sombrero en la mano, se acercó a la tumba de Cassidy.

Ese día le tocaba dejar a un lado su orgullo y decir lo que llevaba en el corazón.

La mujer, vestida con unos vaqueros viejos y una camiseta descolorida, entró furtivamente en la tienda, como si esperara que la echaran en cualquier momento. Tenía el pelo de un castaño insulso y llevaba un peinado que había pasado de moda hacía una década, y una rosa diminuta tatuada en el antebrazo derecho. Su piel se veía áspera y estropeada, y su mirada era al mismo tiempo desafiante y resignada.

Eco supo al instante quién era.

Pero no logró adivinar lo que quería. Snowball gimió y, agachándose, se escondió detrás del mostrador.

—Hola, señora Willand —dijo Eco, y se alegró de que no hubiera nadie más en la tienda, aunque al mismo tiempo deseó que apareciera Ayanna. Aunque el día había amanecido soleado, por el oeste empezaban a asomar negros nubarrones, y Eco no pudo evitar trazar ciertos paralelismos.

—Della —contestó la mujer, deteniéndose junto a la puerta—. Me llamo Della.

—Eco Wells —dijo ella y, pasando por encima de Snowball, salió de detrás del mostrador y le tendió la mano.

Della vaciló; luego se la estrechó brevemente.

—Supongo que sabe que estoy aquí por Bud —dijo.

Eco no tenía la certeza de que fuera así, pero no dijo nada. Se limitó a esperar.

—Hizo una estupidez —continuó Della, sonrojándose un poco—. Venir aquí así. Entrar en su casa. Cuando se le mete una idea en la cabeza, parece que hace falta un cartucho de dinamita para sacársela.

—¿Qué quiere de mí, señora Willand?

—Della.

Eco sofocó un suspiro, junto con el deseo, surgido a destiempo, de recomendarle un exfoliante.

—Della, entonces —dijo.

—He venido a pedirle que retire la denuncia contra Bud.

—Entró en mi tienda. En mi casa.

Della Willand podía ser una artista del timo, pero el dolor de su mirada era real.

—Bud lleva tiempo sin trabajo —dijo—. Eso lo ha trastornado. Anoche lo llamó su encargado, Bob Walker. Si sale en libertad, el lunes por la mañana puede empezar a trabajar otra vez —sacó un trozo de papel del bolsillo de sus vaqueros ceñidos y se lo dio a Eco–. Aquí está el número de Bob. Él le dirá que lo que le digo es cierto.

Eco miró el nombre y el número garabateados en la esquina de un sobre viejo.

–¿Cómo sé que no es un amigo suyo haciéndose pasar por encargado? –preguntó.

Della se encogió de hombros cansinamente.

–Supongo que no puede estar segura. Bud nunca se había metido en líos, señorita Wells. Eso puede comprobarlo fácilmente. En todo caso, la culpa es mía en parte. Que estuviera tan empeñado en recuperar a la perra, quiero decir. La cruzamos con el perro de nuestro amigo Clovis, y ya teníamos vendidos casi todos los cachorros. Íbamos a hacer muchas cosas con ese dinero.

Eco se quedó pensando. Por un lado, no se le daba muy bien juzgar el carácter de los demás. Había confiado en Justin y en algunas otras personas que no se lo merecían. Por otro, una parte de ella creía sinceramente en Della Willand y quería ofrecerle una segunda oportunidad.

Della empezó a decir algo, se detuvo y tragó saliva visiblemente. Luego asintió con la cabeza.

–Gracias –dijo por fin–. Siento mucho lo que hizo Bud.

Con ésas, salió de la tienda y Eco la siguió hasta la puerta, donde se quedó mirando mientras Della montaba en un coche destartalado y se alejaba.

Eco se tocó pensativamente la barbilla con la punta del dedo índice.

Luego volvió al mostrador, sacó la guía telefónica y buscó el número de la policía local.

Contestó Wyatt Terp.

Eco dio su nombre y le habló de la visita de Della Willand.

Wyatt se quedó callado un rato.

–Ya he hecho averiguaciones sobre Bud –dijo–. Es un

fracasado, sí. Pero, que yo sepa, nunca había tenido líos con la justicia.

—Si retirara la denuncia, ¿lo dejarían marchar?

—Eso depende del fiscal. Lo que hizo Willand es muy serio, se mire por donde se mire, y no tenemos garantías de que no vaya a ir a por usted otra vez.

Eco miró el número de teléfono que le había dado Della.

—Tiene oportunidad de volver a trabajar, según dice su esposa. Me ha dado un número.

—Puedo comprobarlo, si quiere. Y hablar con alguien del despacho del fiscal. Pero puede que tarde.

Eco suspiró, agradecida.

—Se lo agradecería. Tengo la sensación de que...

La campanilla de la puerta tintineó y entró Ayanna.

—No sé si podrá hacerse algo —dijo Wyatt—. Pero veré qué puedo averiguar y volveré a llamarla en cuanto pueda.

Eco le dio las gracias, se despidió y colgó.

—Qué cosas —dijo Ayanna, con los ojos brillantes y casi sin respiración. Diminutos diamantes de lluvia refulgían en su cabello oscuro, surcado por hermosos mechones plateados—. Esta mañana me he encontrado con Virgil Terp en la gasolinera, y me ha pedido ir al baile de verano.

Eco no conocía a Virgil, pero sabía por Cora que era hermano de Morgan y Wyatt, con quien acababa de hablar.

—¿Le has dicho que sí? —preguntó, sonriendo al ver las mejillas sonrojadas de Ayanna.

—Claro —contestó Ayanna—. Virgil me gusta. Es tímido, pero muy amable.

Eco volvió a sonreír.

—No sabrás por casualidad de alguna casa para alquilar, ¿verdad?

—Ahora mismo no se me ocurre ninguna —dijo Ayanna, intrigada—. ¿Por qué?

—Creo que me gustaría tener un poco más de espacio —contestó Eco—. Y un jardín, también. Para plantar flores.

—Deberías preguntárselo a Cora —le dijo Ayanna—. Ella conoce a todo el mundo en Indian Rock. O llama a Elaine, la de la inmobiliaria.

Eco asintió con la cabeza.

—Me alegra saber que piensas quedarte aquí, Eco —dijo Ayanna. Se acercó para dejar el bolso en el sitio de costumbre, debajo del mostrador. Una mirada traviesa apareció en sus ojos—. ¿Tiene algo que ver con Rance McKettrick?

—Todo y nada —dijo Eco.

Ayanna se rió.

—Sé lo que quieres decir —contestó—. Hablando de casas, he visto que alguien se está instalando en la vieja casa de los Lindsay.

Eco frunció el ceño. No le sonaba el nombre.

—Es esa casa de tres plantas que hay en la esquina entre la calle Maple y Red River Drive. La única mansión de verdad que hay en Indian Rock.

—Me sorprende que no sea de un McKettrick —dijo Eco, y enseguida deseó haberse mordido la lengua, porque Cheyenne, la hija de Ayanna, estaba a punto de convertirse en una McKettrick—. No pretendía ofenderte —se apresuró a añadir.

Ayanna se rió.

—No me has ofendido. La verdad es que sí perteneció a uno de ellos, en tiempos. Doss McKettrick, uno de los hijos de Holt, la construyó para su novia, Hannah, en la década de 1920, porque a ella se le antojó vivir en el pueblo. Pero al final volvieron al rancho. En aquel entonces, la casa de Sierra y Meg era suya. Le vendieron la mansión a un banquero por un buen pellizco.

Eco sacudió la cabeza.

—Envidio toda esa historia. La de los McKettrick, quiero decir.

Ayanna la miró con curiosidad.

—¿Tú no tienes historia, Eco?

La pregunta la pilló por sorpresa. Con la punta de un dedo, escribió su verdadero nombre sobre el mostrador, donde no dejó ninguna huella.

—Como la de ellos, no —dijo.

—Pero la muñeca y tu tío Joe...

—Como legado, no es gran cosa —dijo Eco sin resentimiento.

—Entonces quizá sea hora de empezar a construir uno. Así las cosas serán distintas para los que vengan detrás de ti.

Eco no estaba muy segura de que fuera a tener descendientes. El sábado cumplía treinta años, y no tenía perspectivas de casarse. Había algo entre Rance y ella, claro, pero le daba miedo confiar en aquella relación... o en él. Sería demasiado doloroso enamorarse y volver a fracasar.

No, pensaba vivir lo mejor que pudiera. Quería una casa, un jardín lleno de flores, y un perro o dos. De momento, no se atrevía a planear nada más.

—¿Eco? —insistió Ayanna al ver que no decía nada.

Fuera paró un autobús.

—Que empiece la función —dijo con una sonrisa forzada.

Maeve no pensaba leer los papeles. Pero esa tarde oscura y ventosa, cuando volvieron de Flagstaff, la abuela la mandó a la camioneta a buscar su bolso, y el bolso se cayó y todo lo que había dentro se esparció por el suelo.

Estaba metiendo las cosas dentro cuando dobló accidentalmente la esquina de lo que parecía ser una gruesa carta doblada y vio el nombre de su madre.

Después, aunque sabía que no debía hacerlo, a pesar de

que era consciente de que estaba mal leer cosas privadas escritas por otras personas, no pudo evitar echar un vistazo.

No lo leyó todo, y no comprendió muchas de las cosas que leyó. Pero desde el principio tuvo claro que eran e-mails. Había palabras de amor en ellos. Y su madre se dirigía a un hombre llamado Steve, no a su padre.

No a su padre.

Volvió a doblar cuidadosamente las páginas y las guardó en el bolso de su abuela. Le temblaban las manos y notaba la piel pegajosa. Tenía en la boca un sabor raro, como si fuera a vomitar.

Deseaba ardientemente contarle a alguien lo que había descubierto para que le dijeran que no significaba lo que ella creía, o que todo aquello había pasado antes de que sus padres se casaran. Pero ¿a quién podía decírselo?

¿A su abuela?

No. Ella ya lo sabía, si los e-mails estaban en su bolso. Cora no le había dicho nada, claro, porque ella era una niña, y los mayores no les contaban a los niños cosas así.

¿A su padre?

Claro que no. Podía odiar a su madre eternamente, si lo descubría. Y, además, ella sabía que sus padres habían sido novios prácticamente desde niños. No había habido ninguna época en la que pudiera haber sido normal que su madre le dijera cosas así a otro hombre.

Maeve cerró los ojos y respiró hondo varias veces, intentando recuperar el equilibrio. Tenía que ser dura, como una McKettrick. El único problema era que ser dura era difícil cuando se tenían sólo diez años, se fuera una McKettrick o no.

—¡Maeve! —gritó Rianna desde el porche de la casa de su abuela—. ¡Date prisa! Vamos a ponernos los vestidos nuevos y a hacer un desfile de modelos. ¡La abuela, tú y yo!

—Ya voy —respondió Maeve, tras tragar saliva.

El tío Jesse. Eso era, decidió, aliviada. Podía contárselo al tío Jesse. Seguramente él le diría que era todo un error. Le diría que sus padres se querían, y que esos mensajes pertenecían a otra persona, a alguna otra Julie.

Agarrando el bolso de su abuela con fuerza entre los dos brazos, dio media vuelta y echó a andar por el camino mientras grandes gotas de lluvia se estrellaban sobre ella como lágrimas.

A Rance le habría gustado pasar por la librería para estar un rato con Eco, pero cuando llegó al pueblo se estaba formando una tormenta. Tenía que recoger a las niñas y volver al rancho porque el ganado solía espantarse cuando había tormenta, y ya había oído un par de truenos entre breves aguaceros.

Usó el móvil para llamar a Jesse y luego a Keegan.

Tal y como se presentaban las cosas, iba a necesitar ayuda.

Una lluvia cálida golpeaba el suelo cuando Maeve y Rianna salieron corriendo para montarse en la camioneta. Rianna se reía, pero Maeve parecía extrañamente seria.

—Hemos hecho un desfile de modelos —le dijo Rianna al sentarse.

Maeve no dijo nada. Subió al coche con una bolsa en la mano y abrochó el cinturón de seguridad de su hermana y el suyo.

El aire olía a tierra mojada.

—¿Estás bien, Maeve? —preguntó Rance, preocupado.

Ella le lanzó una sonrisa decidida.

—Sí —dijo.

—Cuando lleguemos al rancho, voy a tener que ocuparme del ganado —les dijo a sus hijas—. ¿Queréis quedaros aquí, con la abuela?

—Somos mayores, papá, podemos quedarnos solas en casa —dijo Maeve.

Rianna apenas podía contener la emoción. Movía los piececitos enfundados en sandalias y se alisaba el pelo mojado por la lluvia.

—Podemos hacer otro desfile de moda.

—Como si me apeteciera volver a ponerme el dichoso vestido —dijo Maeve, resoplando. Volvió la cabeza y se puso a mirar por la ventanilla como si nunca hubiera visto Indian Rock.

—Cuando lo compramos te gustaba —dijo Rianna.

—Pues ahora no —contestó Maeve sin darse la vuelta.

Rance puso la camioneta en marcha y pisó el acelerador.

Ahora era ranchero. Tenía que intentar controlar a las reses.

Recorrió los kilómetros que separaban el pueblo del Triple M lo más rápido que pudo llevando a las niñas en la camioneta. Cuando llegó al rancho, Jesse ya estaba allí, ensillando un caballo delante del establo.

—Entrad en casa y no os mováis de allí —les dijo Rance a sus hijas.

Maeve lanzó a Jesse una mirada extraña cuando salió del coche, y hasta dio un paso hacia él. Pero luego, como llovía más que en el pueblo, agarró a Rianna de la mano y corrieron las dos hacia la casa, dejando la bolsa de la compra atrás.

—Keeg viene para acá —dijo Jesse con una sonrisa—. Puede que esto sea divertido. Como en los viejos tiempos, cuando el Triple M era de verdad un rancho ganadero.

—¿Divertido? —dijo Rance, irritado. Estaba preocupado por Maeve, pero las reses ya estaban inquietas, mugían y se agitaban formando un confuso tumulto en los pastos. Un buen trueno y seguramente se pisotearían unas a otras, o saldrían en estampida y atravesarían alguna cerca—. Tendremos suerte si no nos parte un rayo.

—Yo siempre tengo suerte —le dijo Jesse con una sonrisa despreocupada. Luego montó en la silla y tiró del ala de su sombrero.

Rance entró rápidamente en el establo para ensillar su caballo y otro para Keegan. Snowball se removía, ansiosa por salir, pero no estaba preparada para aquella labor.

Cuando Rance salió del establo, Keegan acababa de llegar. Se había pasado por su casa para cambiar el traje por unos vaqueros, una camisa de faena y unas botas camperas. Se empaparían los tres si volvía a caer otro aguacero, pero a Rance le importaba un bledo.

Pensaba únicamente en una cosa: en impedir que se mataran doscientas cabezas de ganado.

Jesse se inclinó para abrir la puerta de la cerca, dio un grito y cabalgó hacia las reses.

Rance y Keegan lo siguieron.

Era agradable montar juntos así, pero para Rance aquel sentimiento resultó efímero. Los truenos eran ensordecedores, y un relámpago salió del cielo serpenteando y fue a caer a corta distancia de Jesse.

Su montura retrocedió y Jesse soltó otro grito y sonrió como un idiota.

Formaban un buen equipo y estaban consiguiendo contener al ganado cuando de pronto Keegan silbó y señaló hacia la casa. Maeve había saltado la cerca y corría derecha hacia ellos como si la persiguiera el diablo.

Al menos veinte reses se volvieron en aquella dirección. El terreno húmedo y resbaladizo apenas frenaba su avance. Rance y Keegan aguijaron a sus monturas para alcanzarla, pero Jesse llegó primero, agarró a la niña por un brazo y la subió a la silla. Unos segundos más tarde, las reses la habrían arrollado y pisoteado hasta la muerte.

Jesse se quedó inmóvil como una estatua, controlando a su caballo con un brazo mientras con el otro sujetaba a Maeve. Las vacas pasaron corriendo a su alrededor y se alejaron.

Rance escudriñó la cerca para asegurarse de que Rianna no había seguido a su hermana. Luego acercó su caballo al de Jesse.

Maeve se echó en sus brazos y se apretó contra él.

Rance cerró los ojos. La abrazó lo más fuerte que se atrevió. Ella escondió la cara en su cuello, sollozando.

Rance le acarició la espalda. Esperó. Más tarde la regañaría por hacer aquella estupidez, pero de momento sólo se alegraba de que estuviera viva.

—Rianna —sollozó por fin ella—. Le dije lo de los e-mails. Tenía que contárselo a alguien. Y entonces entré en mi cuarto y estuve llorando un rato y cuando salí se había ido... y no encontraba ese ridículo cochecito rosa...

El corazón de Rance, que había vuelto a latir otra vez, se paró de nuevo. Se volvió hacia Jesse y Keegan. Estaban muy cerca, pero con los mugidos de las vacas y el ruido de los truenos no sabía si habrían oído a Maeve.

—¡Rianna se ha ido con su coche de juguete! —gritó.

—Maldita sea —dijo Jesse sombríamente.

—Vamos a buscarla —añadió Keegan.

Rance asintió con la cabeza. Volvieron al jardín, donde Rance dejó a Maeve con órdenes estrictas de entrar en casa y quedarse allí. El ganado tendría que valerse solo; se le había perdido una niña, y no estaba dispuesto a poner a la otra en peligro.

—Es culpa mía —sollozó Maeve.

—¡Entra en casa! —le gritó su padre.

Ella dio media vuelta y corrió entre la lluvia, desapareciendo en medio de una cortina gris.

Eco conducía lentamente por la carretera del Triple M, mirando por el parabrisas. Snowball jadeaba en el asiento de al lado, llenando de vahos las ventanillas, y de cuando en cuando soltaba un gemido angustiado.

Veinte minutos antes, Eco había recibido una llamada frenética de Maeve. Sollozando, la niña había farfullado algo sobre unos e-mails y le había dicho que creía que Rianna podía estar de camino al pueblo, sola. Al preguntarle Eco dónde estaba Rance, Maeve le había dicho que estaba ocupándose del ganado con Jesse y Keegan.

Aterrorizada, Eco había dejado la tienda al cuidado de Ayanna, había montado a Snowball, que insistía en acompañarla, en el Volkswagen y se había dirigido al rancho.

Maeve creía que Rianna se había ido en su cochecito. Si era así, no podía haber ido muy lejos. ¿No?

¿Y cómo se le ocurría a Rance dejar a sus hijas solas en aquella casa enorme mientras él jugaba a ser un vaquero?

Snowball resopló de pronto con fuerza, se volvió en el asiento y comenzó a arañarlo.

Eco detuvo el coche en la cuneta.

El perro arañaba la puerta y gemía frenéticamente.

Rezando por que no viniera ningún coche por el otro lado, Eco se inclinó, soltó el cinturón de seguridad de la perra y abrió la puerta. Snowball salió disparada en medio de la lluvia, ladrando sin parar.

Eco luchó por desabrocharse el cinturón, salió del coche y enseguida se vio cegada por una cortina de lluvia. Cuando recobró el aliento y se enjugó los ojos, vio que Snowball corría por el camino, en dirección al pueblo, ajena a la tormenta.

Eco corrió tras ella, resbalando en el barro, casi cegada. El viento húmedo le hacía difícil respirar, y estaba jadeando cuando encontró el cochecito volcado en la cuneta.

El miedo se apoderó de ella. Miró a su alrededor, pero no había ni rastro de Rianna, ni de Snowball. Luego oyó aullar a la perra desde un talud empinado y cubierto de hierba.

Se quitó los zapatos y, mientras rezaba a medias en voz

alta y a medias para sí misma, siguió los aullidos de la perra y comenzó a gritar:

—¡Rianna! ¡Snowball!

Resbaló por el talud. El riachuelo, el mismo por cuya orilla había paseado a caballo con Rance, corría allá abajo, hinchado y enfurecido por la lluvia y el barro.

—¡Rianna! —gritaba Eco.

Se cayó, se levantó, volvió a caerse.

Snowball gemía.

«Olvídate del universo», pensó Eco. «Pásame directamente con Dios».

—¡Eco! —era una vocecilla débil y muy asustada. La voz de Rianna—. Eco, ayúdame...

Eco llegó al borde del riachuelo atravesando matorrales a ciegas y saltando por encima de troncos caídos. Rianna había caído al agua y se había agarrado a la raíz desnuda de un árbol, y Snowball sujetaba la parte de atrás de su camiseta con los dientes y con las patas traseras intentaba afianzarse en el terreno mientras el agua furiosa bañaba la cara de la niña.

Eco no pensó.

No rezó.

Saltó al agua helada del riachuelo y agarró con fuerza a Rianna. La arrastró hasta la orilla y estaban las dos allí tendidas, temblando de cansancio, cuando Rance, Jesse y Keegan bajaron desde la carretera a pie, entre un torbellino de tela vaquera mojada y botas cubiertas de barro.

Abrazada a Rianna, Eco lloró de alegría.

CAPÍTULO 17

Rance se arrancó la chaqueta vaquera, empapada por fuera pero relativamente seca por dentro y, clavando una rodilla en tierra, envolvió el cuerpecillo tembloroso de Rianna en ella. La niña estaba tiritando y tenía los labios azules y unos cuantos cortes y arañazos visibles, pero al menos estaba consciente.

Tendida a su lado en la hierba, entre piedras y barro, Eco se tumbó de espaldas y se quedó mirando el cielo. Entre el estruendo de la lluvia y el rugido del riachuelo crecido por la tormenta, no servía de nada hablar. Buscó, sin embargo, los ojos de Rance y le sostuvo la mirada.

—¿Estás herida? —preguntó él moviendo los labios sin emitir sonido.

Ella negó con la cabeza, se incorporó sobre los codos y enseguida volvió a dejarse caer. Rance ansiaba estrecharla entre sus brazos, pero tenía que ocuparse de Rianna.

Keegan se agachó, levantó a Eco en brazos y empezó a subir por el talud, hacia la carretera. Jesse hizo lo mismo con la perra. Rance iba delante de él, con Rianna todavía en brazos, intentando transmitirle su fuerza a la niña.

Cuando llegaron arriba, se detuvieron a hablar un momento.

—El pueblo está demasiado lejos, y más con este tiempo —gritó Keegan para hacerse oír por encima del ruido de la lluvia. Abrió la puerta del coche rosa y depositó suavemente a Eco en el asiento del pasajero. Rance puso a Rianna sobre su regazo y les abrochó el cinturón de seguridad mientras Jesse colocaba a la perra empapada detrás desde el lado del conductor.

—Os vais a poner bien —les dijo Rance a Eco, a Rianna y a la perra, confiando con todas sus fuerzas en que fuera cierto.

Eco asintió con la cabeza mientras abrazaba a Rianna.

—Nosotros nos ocuparemos de los caballos —dijo Jesse, y agarró las riendas del caballo de Rance antes de volver junto al suyo. Keegan asintió y también montó.

Rance se embutió tras el volante del Volskwagen.

Eco miraba por el parabrisas, prácticamente opaco por el vaho y la lluvia. Rianna apoyó la cabeza en su pecho y cerró los ojos. Luego dejó escapar un suspiro trémulo.

Al llegar a la casa del rancho, Rance aparcó lo más cerca que pudo de la puerta de atrás, echó el asiento hacia delante para que la perra pudiera salir y rodeó el coche para recoger a Rianna.

—Quédate aquí sentada hasta que vuelva a buscarte —le dijo a Eco.

Ella no le hizo caso, por supuesto. Había perdido los zapatos en alguna parte y corrió descalza por el barro, junto a Rance, camino de la puerta, donde Maeve los esperaba silueteada por la luz de la cocina.

Una vez dentro, Eco habló por primera vez desde que Rance la había encontrado junto al riachuelo, abrazada a su hija.

—Quitadle la ropa mojada —dijo señalando a Rianna con la cabeza.

Rance asintió con un gesto.

—¿Puedes quedarte unos minutos aquí?
Eco contestó inclinando la cabeza.
—Voy a traerte un albornoz —le dijo Maeve.
—Gracias —contestó ella, y se dejó caer en una de las sillas de la mesa de la cocina. La perra se echó a sus pies, en medio de un charco de agua, y suspiró.

Rance llevó a Rianna arriba, la desnudó y la envolvió en una manta.

—¿Te duele algo, cariño? —le preguntó. Su voz sonaba ronca.

Rianna empezó a llorar.

—No —dijo—. Creía que iba a ahogarme, papá. Entonces llegó Snowball y me mordió la camiseta. Y luego Eco...

Rance la abrazó un momento con fuerza.

—Descansa —le dijo, y dio gracias a Dios por aquel inmenso favor—. Voy a bajar a asegurarme de que Eco está bien y a llamar al médico.

Rianna le echó los brazos al cuello.

—Llévame contigo, papá —le suplicó.

Él parpadeó para contener las lágrimas y la levantó de la cama.

—Claro que sí, pequeña —dijo.

Cuando llegaron a la cocina, Jesse y Keegan estaban allí. Jesse se había agachado delante de Eco y la había tomado de las manos, y Keegan estaba encendiendo el viejo fogón de leña que usaban las mañanas de invierno, más por crear ambiente que por el calor que daba. Sobre la encimera resoplaba una cafetera.

Maeve observaba la escena desde cierta distancia, como si ansiara formar parte de ella y al mismo tiempo temiera que se la llevara una corriente invisible.

Rance le apretó ligeramente el hombro al pasar y dejó a Rianna en la mecedora antigua que había junto al fogón.

Envuelta en uno de sus albornoces viejos, Eco lo miró.

—He llamado a la clínica —le dijo Jesse a Rance, levantándose y retrocediendo—. El médico dice que, si todo el mundo respira y nadie está sangrando, es mejor que nos quedemos aquí. Llegará en cuanto pueda.

Keegan se apartó del fogón, se inclinó para revolverle el pelo a Rianna y volvió a incorporarse.

—Jesse, deberíamos salir a ver qué tal está el ganado —dijo.

Jesse asintió con la cabeza y volvieron a irse.

—Nunca imaginé que conduciría un coche rosa —dijo Rance, sólo por empezar la conversación.

Eco sonrió. Luego, una carcajada estalló en su garganta.

—Yo no se lo diré a nadie, si tú haces lo mismo —dijo.

Él sonrió y se detuvo para acariciar la curva de su mejilla. Apenas conocía a aquella mujer, y sin embargo ella lo había cambiado todo. Al verla en la orilla del riachuelo, empapada y exhausta porque, con ayuda de la perra, acababa de salvarle la vida a su hija, un montón de ruedecillas y engranajes oxidados habían vuelto a ponerse en marcha de pronto.

—¿Cómo te llamas? —preguntó.

Ella le pidió que se acercara con un gesto y Rance se inclinó para escucharla. Eco le susurró el hombre que le había ocultado hasta entonces.

Él sonrió.

—Me gusta —dijo.

—¡Dínoslo! —le pidió Rianna desde la mecedora. El fuego del fogón crepitaba tras el cristal empañado de la portezuela, iluminando la habitación.

Eco se llevó un dedo a los labios y sonrió.

—Aún no —les dijo Rance a sus hijas.

Sirvió café a Eco cuando la cafetera dejó de pitar y empezó a preparar chocolate caliente para Maeve y Rianna.

Rianna aceptó su taza con ansia y enseguida comenzó a beber, pero Maeve, que estaba ocupada secando a la perra con una toalla, sacudió la cabeza cuando su padre le llevó la suya. Ni siquiera lo miró.

Rance dejó la taza sobre la mesa y se agachó a su lado.

—Maeve —dijo—, háblame.

—Es culpa mía que Rianna, Eco y Snowball hayan estado a punto de ahogarse en el río —le dijo sin atreverse a mirarlo.

Él la agarró de la barbilla con una mano y la obligó a mirarlo.

Rianna se levantó de la mecedora, se acercó y se sentó sobre las rodillas de Eco. Quería que la abrazaran.

—Mamá escribía cartas de amor a otro hombre —anunció.

Eco miró a Rance, pero no dijo nada.

—No eran cartas, eran e-mails —dijo Maeve, siempre puntillosa, a pesar de su mala conciencia.

—Sé lo de los e-mails —dijo Rance—. No es lo que piensas.

Los ojos de Maeve se agrandaron, llenos de esperanza.

—No tenía intención de leerlos —dijo—. Pero se cayeron del bolso de la abuela...

—No importa —le dijo Rance. Rodeó con el brazo el cuello de su hija y la atrajo hacia sí para darle un beso en la coronilla.

—¿Cómo no va a importar? —preguntó Maeve.

—Así es —dijo Rance, y volvió a mirar a Eco.

—¿Era mala mi mamá, como una de esas señoras de las series de la tele? —preguntó Rianna, y parecía verdaderamente preocupada por la respuesta.

—No —contestó Rance—. Tu mamá no era mala. Pero a veces se sentía sola.

—Ojalá no se lo hubiera dicho a Rianna —dijo Maeve como si Eco y Rianna hubieran desaparecido de pronto y tuvieran la habitación para ellos solos—. Es muy pequeña.

—Pero tenías que decírselo a alguien, ¿no? —preguntó Rance suavemente.

Maeve se mordió el labio y asintió con la cabeza.

Rance se levantó, entró en la despensa y sacó una lata grande de sopa de ave con fideos. El doctor llegó cuando, después de calentar la sopa en el fogón, Rianna, Maeve, Eco y la perra ya habían tomado un poco. Examinó a Rianna, aseguró que estaba bien, le puso una inyección y la mandó a la cama.

Se quedó dormida antes de que Rance saliera de su habitación.

Eco fue la siguiente en someterse al examen del médico, pero prefirió quedarse en la cocina, con el albornoz de Rance y las piernas encogidas.

Maeve subió a echar un vistazo a su hermana.

Entre tanto, el médico examinó a la perra.

—Parece que aquí tenemos otra paciente —dijo mientras le palpaba el vientre.

Eco se puso tensa al instante.

—¿Está herida?

—No —contestó el médico—. Pero está a punto de parir —miró a Rance—. ¿Tienes una manta por aquí?

Rance subió y estuvo rebuscando en los armarios hasta que encontró una.

Maeve bajó con él.

El primer cachorro nació cinco minutos después. Siguió un segundo, y luego un tercero. Había cuatro cuando el médico dijo que el parto había acabado.

Rance, que se sentía como si acabara de asistir a un alumbramiento de cuatrillizos, se dejó caer en el banco de la mesa de la cocina.

Eco había estado todo el tiempo arrodillada en el suelo, frente al médico, acariciando a Snowball y susurrándole palabras de ánimo. Tenía lágrimas en los ojos cuando miró a Rance.

—¿No son preciosos? —preguntó.

Rance apenas podía soportar la emoción desnuda de su cara. Eco iba a tener que devolver a la perra cualquier día, y a todos los cachorros con ella. Sufría, y sin embargo parecía llena de alegría.

—¿No debería haber más de cuatro? —preguntó Maeve con el ceño fruncido—. Yo creía que los perros siempre tenían camadas grandes.

—No necesariamente —dijo el médico. Se levantó con un crujido de huesos y se acercó al fregadero para lavarse las manos.

Snowball lamió a sus cachorros y miró a Eco agradecida cuando ésta los ayudó a acurrucarse contra su vientre.

Fue tan emocionante que Rance casi tuvo que darse la vuelta.

—Más vale que vuelva a la clínica —les dijo el médico, recogiendo su maletín—. Aunque en días como éste sólo van los hipocondríacos.

—Las carreteras están en muy mal estado —dijo Rance, y aunque hablaba para el médico, miraba a Eco—. Quizá debería quedarse a pasar la noche.

El médico negó con la cabeza.

—No puedo —dijo—. Yo que tú, Rance, llamaría a Cora. Si se entera de esto por otras personas, pondrá el grito en el cielo.

Rance asintió, muy serio.

Acompañó al doctor hasta su coche y volvió dentro para llamar a Cora. Tuvo que hablar deprisa para impedir que se montara de un salto en su camioneta y se fuera al rancho, y cuando colgó Eco estaba sentada en la mecedora, con Maeve profundamente dormida en su regazo.

Rance levantó a la niña en brazos con mucho cuidado, la llevó arriba y la metió en la cama.

Maeve abrió los ojos mientras estaba a su lado, bostezó y dijo:

—Lo siento, papá.
Él se inclinó y la besó en la frente.
—Te quiero, pequeña.
Ella se abrazó a su cuello un momento. Luego volvió a dormirse.

Eco miraba mamar a los cachorros mientras Snowball dormitaba.
Rance volvió, le llenó la taza de café, añadiendo una gota de whisky, y acercó una silla de la mesa a la mecedora.
—Gracias —dijo.
—No hay de qué. Lo hago todos los días —bromeó Eco.
—No debía comprarle a Rianna ese maldito coche rosa —dijo Rance.
Eco alargó el brazo, tomó su mano. Se la apretó.
—¿Cómo es que ibas por esa carretera justo cuando mi hija necesitaba tu ayuda?
Ella sabía que debía soltarle la mano, pero no podía. Sus dedos estaban entrelazados.
—Maeve me llamó a la tienda —dijo.
Rance besó sus nudillos. Cerró los ojos un momento.
—No, Rance —musitó ella—. No imagines lo que habría ocurrido si no la hubiéramos encontrado a tiempo.
Él se quedó mirándola, visiblemente confuso.
Ella sonrió.
—Tengo facultades paranormales —bromeó ella. No las tenía, pero era mujer, y eso bastaba.
Rance la levantó de la silla y la sentó sobre sus rodillas. Eco se acurrucó contra él, como habían hecho las niñas antes, cuando las había abrazado.
—Supongo que es demasiado pronto para pedirte que te mudes aquí, con nosotros —dijo él pasado un rato.
A Eco le aleteó el corazón, y tiró del cuello de la camisa

de Rance. Besó el hoyuelo del fuerte mentón de los McKettrick.

—Es muy pronto, sí –dijo.
—Te quiero –dijo él.

Ella dio un respingo, atónita.

—Lo sé, lo sé –añadió Rance antes de que dijera nada–. Sé que también es demasiado pronto para eso. Pero de todos modos estoy enamorado de ti.

—Rance –dijo ella en tono razonable–, sólo estás angustiado. Han pasado muchas cosas y...

Él le puso un dedo en los labios.

—No –dijo–. No es por lo que ha pasado en el río, ni porque hayan nacido los cachorros, ni por nada de eso. Te quiero, Eco.

El corazón de Eco se aceleró, comenzó a golpear con fuerza la base de su garganta.

—¿Intentas seducirme? –preguntó.

Él sonrió, y el destello de su sonrisa era casi tan fuerte como el de los relámpagos que rasgaban aún el cielo oscurecido.

—No, pero tampoco es mala idea.
—Rance McKettrick, tus hijas están casa.
—Están dormidas. Completamente. Como lirones.
—Aun así –dijo Eco, avergonzada por lo mucho que deseaba tumbarse en la cama de Rance mientras la tormenta se desataba aún, y entregarse a sus caricias.

Él le puso las manos a ambos lados de la cara.

—¿Me quieres? –preguntó.

Ella tragó saliva.

—Claro que sí –dijo.
—¿Sí?
—Sí.
—¿Cuándo te diste cuenta?
—Cuando te vi bajar por la orilla del río, hace un rato. Pensé: «Todo va a salir bien, porque Rance está aquí».

Él sonrió, se removió bajo ella, le mordió la boca.

—Si piensas escabullirte hasta que nos casemos —le dijo—, nuestro noviazgo se me va a hacer eterno.

Ella agrandó los ojos.

—¿Casarnos?

—Si quiero a una mujer —dijo Rance, sonriendo todavía—, me gusta casarme con ella.

—¿A cuántas mujeres has querido?

—A dos.

—¿Quieres que nos casemos... ya?

—Bueno, eso depende de si estás dispuesta o no a dormir conmigo mientras tanto.

Ella le dio un puñetazo en el pecho, pero no muy fuerte. Entonces se dio cuenta de que él todavía llevaba la ropa mojada. Había estado tan atareado ocupándose de Maeve, de Rianna y de ella (por no hablar de Snowball) que no había tenido tiempo de cambiarse.

—Vas a pillar un resfriado de muerte —dijo.

—Me vendría bien una ducha caliente —hizo una pausa, movió las cejas—. En el cuarto de baño de la piscina. Muy lejos de la habitación de las niñas. Muy, muy lejos.

—¿Estás sugiriendo...?

—¿Que me acompañes? Sí, esto es lo que estoy sugiriendo. Entre otras cosas.

Eco se sintió avergonzada. Nunca había deseado nada tanto como ducharse con Rance (salvo, quizá, una bocanada de aire cuando luchaba por agarrar a Rianna en el riachuelo y el agua le daba en la cara).

Rance deslizó una mano bajo su albornoz, acarició su pecho. Tocó el pezón con el pulgar.

—Jesse y Keegan volverán en cualquier momento —dijo Eco, estremeciéndose ligeramente.

—Se darán cuenta de lo que pasa.

—Eso es lo que temo —dijo Eco.

Rance se echó a reír. Y luego se levantó, llevando a Eco en brazos.

Diez minutos después, mientras hacía el amor con Rance bajo un chorro de agua deliciosamente caliente, Eco asumió su verdadero nombre.

Penetró en su verdadero yo.

Y descubrió que aquél era un lugar extraño y maravilloso en el que estar.

El sábado por la mañana, el gemido de los cachorros despertó a Eco.

Se levantó, sonriendo, se desperezó y se inclinó hacia la colchoneta para ver cómo daba de mamar Snowball a sus cachorros.

—Tengo treinta años —les dijo a los perros.

Snowball la miraba con su adoración de siempre.

Eco le dio unas palmadas en la cabeza, acarició a los cachorros y se acercó al fregadero para lavarse las manos y empezar a preparar el desayuno. Mientras esperaba a que estuviera listo el café, se quedó parada delante de la ventana.

Las calles estaban tranquilas, y Eco se dijo que todo el mundo debía de estar durmiendo, reservando fuerzas para el baile de esa noche.

Sonó el teléfono y corrió a contestar. Si era alguien que quería encargar un hechizo amoroso de última hora, se lo mandaría, pero sería un regalo. Ya había clausurado la página web, y cuando se le acabaran los suministros, dejaría aquello de una vez por todas.

Había abandonado el negocio de la hechicería. Indian Rock parecía un lugar mágico, pero ella no quería ser responsable de tantos corazones. Bastante le costaba ya controlar el suyo.

—Librería y regalos Eco —dijo, a pesar de que estaba arriba, en pijama. Era más fácil así—. ¿Puedo ayudarlo en algo?

La risa baja de Rance resonó en su oído.

—Espero que sí —dijo—. Han pasado un par de días.

Ella se sonrojó y se rió al mismo tiempo. Después de hacer el amor en la ducha, se habían ido a la cama y habían vuelto a hacerlo. Por la mañana, habían intentando fingir que era normal que Eco estuviera en la cocina del rancho, haciendo tortitas, vestida aún con el albornoz de Rance, y aunque Rianna parecía habérselo creído, Maeve se había quedado pensativa.

Rance y Eco habían acordado darse un par de días para que las cosas se calmaran.

—¿Sigues enamorada de mí? —preguntó Rance.

—Ridículamente enamorada —contestó ella—. ¿Y tú?

—Yo estoy dispuesto a comprar un anillo y a buscar un párroco —dijo Rance—. Voy a llevarte a desayunar, así que vístete. Maeve y Rianna van a ir a pasar el día a casa de Cora, para prepararse para el baile.

—Se supone que tengo que abrir la tienda en menos de...

—Eso puede esperar —dijo Rance—. ¿No?

Ella sonrió.

—Creo que sí.

—Bien.

Se despidieron y Eco se dio prisa en ducharse y vestirse. Después de reponer fuerzas con un café recién hecho, bajó a ver si había algún cliente esperando en la acera.

Ayanna estaba entrando por la puerta.

—Voy a ir a desayunar con Rance —le dijo Eco—. ¿Puedes guardar el fuerte una hora, más o menos?

Ayanna sonrió.

—Claro —contestó—. ¿Cómo está la flamante mamá?

Snowball y sus cachorros habían aparecido en la primera página de la *Gazette* de Indian Rock un par de días antes, junto con el relato completo del rescate de Rianna, y desde entonces tenían muchos admiradores. Eco solía bajar a la tienda la colchoneta todas las mañanas y luego bajaba también a los cachorros, uno a uno. Snowball la seguía, claro. Pero esa mañana dormían tan apaciblemente que no había querido molestarlos.

—Se está recuperando —dijo Eco.

—¿Y tú? —preguntó Ayanna—. ¿Te estás recuperando? —se refería, claro, a su incursión en el riachuelo para rescatar a Rianna.

—No podría estar mejor —dijo Eco, pero antes de que acabara de hablar una enorme caravana aparcó delante de la tienda.

Comprendió, antes de que la puerta del lado del copiloto se abriera y bajara un hombre mayor y calvo, que los Ademoye habían llegado por fin para llevarse a su perra.

De pronto se le saltaron las lágrimas.

—¿Eco? —dijo Ayanna, mirándola con preocupación. Luego miró hacia atrás y vio la caravana.

El hombre se acercó apresuradamente a la puerta de la librería, sonriendo de emoción. Eco se quedó clavada en el suelo, y se preguntó cómo era posible sentirse feliz y tener el corazón roto al mismo tiempo.

Herb estaba en el umbral cuando apareció Marge, una mujer gruesa y de mediana edad, enfundada en unos pantalones pirata de color pastel, con alpargatas y una blusa con volantes. Su sonrisa era más amplia aún que la de Herb.

—¿Está aquí? —preguntó Marge, casi sin aliento, cuando entraron.

Arriba, Snowball profirió un gemido indeciso.

—¡Snowball! —gritó Herb.

La perra ladeó alegremente y bajó corriendo. Herb y Marge se agacharon y la abrazaron mientras la perra se retorcía y les lamía la cara, gimiendo suavemente.

Tras ellos entró Rance. Su mirada se fue derecha a la cara de Eco.

Ella inclinó la cabeza, porque no podía hablar. Pensó que seguramente parecía una loca, sonriendo mientras le corrían lágrimas por las mejillas.

—Tú debes de ser Eco —dijo Herb cuando se recobró y por fin se fijó en ella. Marge seguía en el suelo, con la cara pegada al cuello de Snowball, llorando de alegría.

Eco asintió con la cabeza y tragó saliva. Le tendió la mano.

—No sabes cuánto te lo agradecemos —le dijo Herb.

—Ha sido un placer —dijo Eco sinceramente. Snowball había aparecido cuando ella necesitaba una amiga, y habían hecho juntas un viaje que tenía muy poco que ver con los kilómetros que habían recorrido entre Tucson e Indian Rock. Por más que le pesara separarse de la perra, sabía que había llegado el momento de hacerlo, y que era lo correcto.

Rance se aclaró la garganta.

—¿Les has dicho lo de los cachorros?

A Marge, que estaba limpiándose las lágrimas con un pañuelo, se le iluminó la cara. La sonrisa de Herb se hizo más amplia.

—¿Los cachorros? —preguntaron a coro.

—Cuatro —dijo Eco—. Todos sanos y preciosos.

Snowball empezó a subir las escaleras. Se detuvo y miró a Herb y Marge.

—No pasa nada —les dijo Eco—. Adelante. Snowball quiere enseñaros a sus bebés.

Herb y Marge siguieron a Snowball arriba.

—Ojalá hubiera hecho la cama —se lamentó Eco.

Rance cruzó la tienda, la tomó en sus brazos y apoyó la barbilla sobre su cabeza.

—Creo que voy a salir a comprar el periódico —anunció Ayanna, aunque ya les habían llevado uno, que había desaparecido de pronto.

—¿Estás bien? —le preguntó Rance a Eco.

—Sí —dijo ella, y apoyó la cara en su hombro—. Y no.

Los Ademoye bajaron a la tienda, llevando cada uno dos cachorros blancos. Snowball iba tras ellos.

—Necesitaréis la colchoneta —dijo Eco—. A Snowball le encanta.

A Marge se le llenaron los ojos de lágrimas.

—Te daría uno de los perritos —dijo—, pero son demasiado pequeños para separarse de su madre.

Rance subió a buscar la colchoneta.

—Lo sé —dijo Eco mientras acariciaba a los cachorros.

—Vendremos la próxima primavera —dijo Herb, cuya voz sonaba ronca de pronto—. Y te traeremos un cachorro, si quieres.

—Sí, claro que quiero —dijo Eco.

Snowball se acercó a la puerta, dio media vuelta y volvió sobre sus pasos. Miró a Eco con lo que parecía una sonrisa.

Eco se agachó, le pasó ligeramente las manos por las orejas.

—Adiós, dulce perrita —dijo—. Gracias por todo.

Snowball le lamió la cara, profirió un suave gemido.

—Tienes que irte, ¿eh?

Snowball gimió otra vez. Volvió a la puerta.

Eco se levantó.

Rance volvió con la colchoneta, salió con Herb y la puso en la parte de atrás de la caravana. Snowball los siguió alegremente, sin mirar atrás.

Marge se quedó en la tienda, con los dos cachorros en brazos.

—Sé que es duro —dijo.

Eco asintió con un gesto.

—Estaríamos encantados de recompensarte de alguna manera.

—Un cachorro —dijo Eco—, la próxima primavera.

—La próxima primavera —dijo Marge. Luego se acercó a Eco y le dio un beso maternal en la mejilla—. Herb y yo tenemos dos hijas —dijo—. Cada una querrá un cachorro. Nosotros nos quedaremos con otro y con Snowball, y te traeremos otro a ti. Te lo prometo.

—Gracias —le dijo Eco.

La siguió fuera. La vio meter los cachorros por la puerta lateral de la caravana. Rance salió, se quedó en la acera a su lado, rodeándole los hombros con un brazo.

Los Ademoye se marcharon.

Eco tembló.

Rance la apretó suavemente.

Ella dijo adiós con la mano.

Marge tocó el claxon a modo de despedida.

Y entonces la enorme caravana dobló la esquina y desapareció.

—¿Todavía quieres desayunar? —le preguntó Rance en voz baja, pasado un rato.

La gente que pasaba en coche los miraba con curiosidad.

—Sí —contestó Eco con un sollozo, porque la vida continuaba. Porque Snowball había vuelto con su familia, al lugar al que pertenecía, y porque, a pesar de todo, ella estaba hambrienta.

Después de comer tortitas en el Roadhouse, Rance la llevó de vuelta a la tienda y regresó al rancho. A fin de cuentas, los dos tenían que trabajar.

Ese día la tienda estuvo muy frecuentada, lo cual ayudó. Pero aun así Eco notaba un vacío en el corazón.

A las seis, justo cuando se disponía a cerrar y a subir para vestirse para el baile, el todoterreno de Rance paró en la acera. Maeve y Rianna salieron vestidas con sus preciosos vestidos.

Cora salió del local de al lado, junto con Ayanna, que le había dicho a Eco que se iba a casa para prepararse para su cita con Virgil Terp.

Eco sonrió.

—¡Feliz cumpleaños! —exclamó Rianna, echándose en sus brazos.

Eco la abrazó y volvió a levantar la mirada.

Y allí estaba Rance, en la puerta, con una gran caja blanca en un brazo y un perrillo en la otra.

Eco sofocó un grito de sorpresa y se llevó una mano a la boca.

—Es un bichito horrendo —dijo Rance refiriéndose al perro, que era un mestizo gris y de pelo corto, y lucía un pañuelo rojo para la ocasión—, pero los de la perrera me han dicho que necesitaba un hogar.

Eco se rió y lloró al mismo tiempo.

—Quieres a Scrappers, ¿verdad? —preguntó Maeve, preocupada.

—Claro que lo quiero —dijo Eco.

Rance dejó al perro en el suelo y puso la caja sobre el mostrador.

—Ábrela —dijo.

Eco cruzó la tienda, levantó la tapa de la caja y miró dentro.

Era una tarta, y había algo escrito en ella.

Eco miró a Rance. Lo quería más de lo que jamás había creído que pudiera querer a un hombre. Scrappers, entre tanto, olisqueaba sus zapatos y le lamía los tobillos.

Bajó los lados de la caja.

Había velas, un tres y un cero, pero fueron las palabras,

escritas en crema azul, lo que casi hizo que a Eco se le parara el corazón.

Feliz cumpleaños, Emma.

—Emma —dijo—. Me llamo Emma.

Maeve y Rianna se mostraron encantadas de ver por fin resuelto el misterio, pero Scrappers las distrajo enseguida.

—Qué lata, me he dejado los platos para la tarta en la peluquería —dijo Cora, cuyos ojos brillaban, llenos de lágrimas.

—Te ayudo —dijo Ayanna.

Ambas se apresuraron a salir.

Rance tomó su mano.

—¿Quieres casarte conmigo, Emma Wells?

Ella asintió con la cabeza, demasiado emocionada para hablar.

Rance quitó la vela del tres de la tarta y Eco (ahora Emma) ahogó un gemido de sorpresa.

Debajo de la vela había un anillo de compromiso.

Rance se lo puso en el dedo, con crema y todo.

—Cuando estés lista —dijo, y la besó.

Cuando sus labios se separaron, Emma puso un pedacito de crema de la boca de Rance y se lo quitó de un beso.

Algunas cosas, como una maravillosa perra blanca encontrada en un bar de carretera, en medio de la lluvia, eran para quererlas una temporada y entregarlas luego con la mayor generosidad posible. Otras cosas, como las tierras que formaban el Triple M, y como el amor de Rance McKettrick, estaban hechas para durar eternamente.

«Cuando estés lista», le había dicho Rance.

Emma estaba lista.

Estaba lista para amar y ser amada.

Estaba lista para entregar su confianza.

Estaba lista para criar a las dos hermosas niñas que la miraban con ojos brillantes.

—Vas a ser nuestra madrastra, ¿verdad? —preguntó Rianna, ilusionada.

—Prometemos ser buenas —añadió Maeve.

Eco, o Emma, las abrazó, se inclinó para besarlas en la coronilla.

—Será un orgullo para mí que seáis mis hijas —dijo. Luego, consciente de que el corazón le brillaba en los ojos, miró a Rance—. ¿Qué te parece si hacemos un poco de historia, vaquero? —preguntó.

Rance sonrió, le ofreció el brazo.

—¿No tenemos que ir a un baile?

Ella se rió.

—Sí —dijo.

El gimnasio del instituto de Indian Rock estaba decorado de arriba abajo con globos y serpentinas que colgaban del techo. En el escenario tocaba una orquesta. Era, pensó Emma, como retroceder en el tiempo, como asistir a todos los bailes de promoción que se había perdido, todos en uno.

Rance la condujo al centro de la pista de baile, se dio la vuelta y le abrió los brazos. Emma se acercó.

Y encajaban perfectamente.

EPÍLOGO

29 de junio
En la finca de Jesse

El claro en lo alto de la montaña estaba repleto de gente vestida para una boda. Algunos habían subido en todoterrenos, otros en calesas y carruajes tirados por caballos. Unos pocos habían llegado a caballo.

Jesse y Cheyenne, su encantadora novia, estaban de espaldas a los invitados, mirando al sacerdote, un amigo de la familia McKettrick.

—Queridos amigos —comenzó el sacerdote—, nos hemos reunido aquí...

Rance y Keegan se erguían, orgullosos, a la izquierda de Jesse. Estaban guapísimos con sus chaqués, aunque parecieran maravillosamente fuera de lugar. Rance miró a Emma, que estaba junto a Cora, el doctor Swann, Rianna y Maeve, y le guiñó un ojo.

Ella sonrió y se puso colorada.

El diamante de Rance brillaba en su mano izquierda, y se tomó un momento para contemplarlo.

Una brisa suave agitaba las ramas de los viejos pinos que

rodeaban el claro. Allá arriba, el cielo era de un azul sobrecogedor.

La ceremonia pasó en un suspiro. Emma apenas oyó nada.

Pensaba en su tío, que había fallecido apaciblemente unos días antes en el hospital, mientras dormía, y había sido enterrado sin ceremonias.

Y luego estaban Della y Bud Willand. El fiscal había decidido darle a Bud una oportunidad, y según Della, Bud había vuelto a trabajar como soldador y se estaba portando bien.

Los Ademoye llamaban de vez en cuando para ponerla al día sobre los cachorros. Snowball estaba perfectamente.

Scrappers estaba demostrando ser todo un reto, pero era el perro de Emma. Nadie podía quitárselo.

La librería florecía.

Emma quería a Rance McKettrick, y él le correspondía. No podía pedirse más.

—... yo os declaro marido y mujer —dijo el sacerdote—. Jesse, puedes besar a la novia.

Jesse besó a Cheyenne y luego dio un grito de alegría.

Los invitados se rieron y aplaudieron, y sus risas resonaron en los montes, en aquellos montes que habían contemplado los nacimientos, las bodas y las muertes de incontables McKettrick.

Emma cerró los ojos un momento y respiró el dulce olor de la montaña. Jesse y Cheyenne se sumarían a la historia de la familia, lo mismo que Rance y ella, con el tiempo. Y que Rianna y Maeve, cuando llegara el momento.

La historia continuaría, ondeando como una cinta fuerte y luminosa a través del presente y hacia el futuro.

Títulos publicados en Top Novel

La hija del pirata – BRENDA JOYCE
En busca del pasado – CARLY PHILLIPS
Trilby – DIANA PALMER
Mar de tesoros – NORA ROBERTS
Más fuerte que la venganza – CANDACE CAMP
Tan lejos… tan cerca – KAT MARTIN
La novia perfecta – BRENDA JOYCE
Comenzar de nuevo – DEBBIE MACOMBER
Intriga de amor – ROSEMARY ROGERS
Corazones irlandeses – NORA ROBERTS
La novia pirata – SHANNON DRAKE
Secretos entre los dos – DIANA PALMER
Amor peligroso – BRENDA JOYCE
Nuevos amores – DEBBIE MACOMBER
Dulce tentación – CANDACE CAMP
Corazón en peligro – SUZANNE BROCKMANN
Un puerto seguro – DEBBIE MACOMBER
Nora – DIANA PALMER
Demasiados secretos – NORA ROBERTS
Cartas del pasado – ROSEMARY ROGERS
Última apuesta – LINDA LAELL MILLER
Por orden del rey – SUSAN WIGGS
Entre tú y yo – NORA ROBERTS
El abrazo de la doncella – SUSAN WIGGS
Después del fuego – DEBBIE MACOMBER
Al caer la noche – HEATHER GRAHAM

www.ingramcontent.com/pod-product-compliance
Lightning Source LLC
LaVergne TN
LVHW030339070526
838199LV00067B/6350